省级质量工程重点项目“大学生创业教育课程化研究”（2012jyxm100）结项成果

大学生创业教育

DAXUESHENG CHUANGYE JIAOYU

刘新跃　主编

安徽师范大学出版社
·芜湖·

责任编辑:盛　夏
封面设计:陈　爽
责任印制:郭行洲

图书在版编目(CIP)数据

大学生创业教育/刘新跃主编. —芜湖:安徽师范大学出版社,2015.10
ISBN 978-7-5676-2226-5

Ⅰ.①大…　Ⅱ.①刘…　Ⅲ.①大学生—创造教育　Ⅳ.①G640

中国版本图书馆 CIP 数据核字(2015)第 239283 号

大学生创业教育
刘新跃　主编

出版发行:安徽师范大学出版社
　　　　芜湖市九华南路 189 号安徽师范大学花津校区　邮政编码:241002
网　　址:http://www.ahnupress.com/
发 行 部:0553-3883578　5910327　5910310(传真)　E-mail:asdcbsfxb@126.com
印　　刷:虎彩印艺股份有限公司
版　　次:2015 年 10 月第 1 版
印　　次:2015 年 10 月第 1 次印刷
规　　格:700 mm×1000 mm　1/16
印　　张:16
字　　数:250 千
书　　号:ISBN 978-7-5676-2226-5
定　　价:32.00 元

大学生创业教育

主　编　　刘新跃
副主编　　台启权　　聂全高　　张玉新

前 言

创业是经济活力之源、社会进步之翼。党的十八届三中全会指出，要促进健全就业创业体制机制，实行激励高校毕业生自主创业政策，整合发展国家和省级高校毕业生就业创业基金。国家在《国家中长期教育改革和发展规划纲要(2010—2020年)》《教育部关于全面提高高等教育质量的若干意见》中都强调了高校创业教育的重要意义，指出了创业教育的目标要求和发展方向。国务院总理李克强在2014年政府工作报告中13处谈及“创业”，表示要继续简政放权，为创业提供便利，形成新创业浪潮；大力发展众创空间，使“草根”创业蔚然成风、遍地开花；推出创业引领计划，制定“互联网+”行动计划，设立400亿元新兴产业创业投资引导基金，支持新兴产业创业。大学生是大众创业的生力军，高校应该担任起大学生创业教育的重任，深化高等教育改革，激发大学生的创造力，促进创业带动就业。

创业教育是联合国教科文组织在研讨面向21世纪国际教育发展趋势时提出的一个全新的教育理论。早在20世纪80年代，经济合作与发展组织专家柯林·博尔就首次提出创业教育理念，他在《学会关心:21世纪的教育圆桌会议报告》中指出:未来的人都应具备“第三本教育护照”。1994年，联合国大会一致通过了一项决议，鼓励所有新兴国家和发达国家把促进创业作为一项国策。联合国教科文组织在1999年发表的《21世纪的高等教育:展望与行动世界宣言》中提出:提升高校创业教育质量，使学生“具备创业意识，创造就业机会”，创业教育已成为当代大学教育的重要组成部分。

实施创业教育是一项系统工程，是教育教学、科学研究、学生工作、后勤保障等多方面协同作战的一项综合性工作。高校创业教育的宗旨在于培养学生的创业技能与开拓精神，以适应全球化、知识经济时代的挑战。创业教育不仅传授与创业相关的知识与能力，更重要的是要让学生学会像企业家一样去思考，去提升自己的创新思维和实践能力。创业需要创业教育提供基础，即要经过严格的学术训练和知识准备，使未来创业者具备战略眼光，良好的沟通协调能力、营销能力和决策能力，并具备较高的情商。据调查显示，美国表现最优秀的上市公司与高新技术企业老板有86%接受过创业教育。

本教材编写主要依据2012年教育部颁布的《普通本科学校创业教育教学基本要求(试行)》，结合安徽师范大学大学生创业教育实践，并吸收了安徽省大学生创业调查的最新成果。本教材是一本大学生通读性创业教程，着重培养学生的创业精神和创新意识，提升学生创业能力和综合素质，让学生了解更多的关于企业方面相关的知识和法规，为个人职业生涯的发展和就业创业奠定坚实的基础。

本教材分为创业知识篇、创业准备篇、设立企业篇和企业经营篇，共11章，旨在让读者树立科学的创业观，掌握创业所需要的基本知识和基本理论，有针对性地开展创业活动；能够主动适应国家经济社会发展需要和人的全面发展需求，正确理解创业与职业生涯发展的关系，自觉遵循创业规律，积极投身创业实践；能够辩证地认识和分析创业者、创业机会、创业资源、创业计划和创业项目，掌握创业资源整合与创业计划撰写的方法，熟悉新企业的开办流程与管理，提高创办和管理企业的综合素质和能力。

编者

2015年7月

目 录

创业知识篇

创业准备篇

设立企业篇

企业经营篇

创业知识篇

第一章　科学认识大学生创业

案例一：

生命科学学院2005级学生王雷，在经历了大哥二哥相继去世、父亲遭遇车祸、母亲患肿瘤一连串的打击后，为了撑起全家，他暗暗发誓："从今天开始，再也不能花家里一分钱！"他首先选择了家教。在家教过程中，王雷发现芜湖的专业家教市场刚刚起步，还没有上规模的辅导机构，而身边的一些贫困学生，学习刻苦，却没有更多兼职和锻炼的机会，于是下决心创办一个家教机构，并把它做大。和其他初次创业的大学生一样，王雷也经历了许多挫折和磨难，有几次几近放弃。但他最终克服了困难，注册成立了安徽省出众教育文化公司，主要经营中小学课程辅导业务，并和他的团队逐步掌握了一套完整的教学和管理模式，特色课程和附带业务也在不断涌现。至目前为止，公司已拥有十多个教学点，约100名专兼职老师，累计辅导学生超过2 400人，先后给近300名在校大学生提供了勤工俭学机会。

案例二：

体育学院2011级学生小熊，入学报到时就感觉到新生刚进校不熟悉市场，宿舍安装窗帘不方便，他马上想到找市内窗帘店加工窗帘，自己买来工具亲自安装，将"生意"做到新生宿舍，以此来赚取自己的第一桶金。由于小熊窗帘性价比高、服务热情周到、安装迅速、售后服务好，新生宿舍几乎都找小熊安装窗帘，小熊创业初战告捷，收入颇丰。学校组织的创业培训课小熊积极地来参加了，并和老师说起了自己的烦恼：季节性的窗帘生意让他没有下决心租赁场地，发到宿舍的名片一段时间后就不知所踪，平时的生意就差多了。他感觉学校即将开始的创业孵化基地对他很有吸引力，他自己要成立公司，将创业做好做到底还有很多问题需要解决，还有很长的路需要走。

第一节　创业与创业精神

一、创业

（一）创业概念

广义的创业是指对新企业、小型企业和家庭企业的创建与经营。学术界较为广泛接受的是斯蒂文森对创业下的定义："创业是一个人——不管是独立的还是在一个组织内部——追踪和捕获机会的过程，这一过程与其当时控制的资源无关。"

美国学者帕尔特·维罗斯教授把创业概念延伸到从人们创业意识产生之前到企业成长的全过程。他认为创业应该分为四个阶段：未成年、创业行动开始之前、开始创办企业、企业成长。未成年就是创业意识萌芽阶段，创业者心里有创业的冲动，只是还没有找到合适的机会。当机会出现后，创业欲望加强，开始进行各种准备活动，进入了第二个阶段。接着，创业者或者独自一人，或者组建创业团队，进行市场调研—拟定创业方案—融资—注册登记—建厂生产—提高产品或者服务质量。最后，企业进入发展期，进入第二次创业阶段。

目前国内较为流行的是郁义鸿等人对创业下的定义：创业是一个发现和捕捉机会并由此创造出新颖的产品、服务并实现其潜在价值的过程。

（二）创业包含几个方面的主题

（1）创业者。创业者是创立企业的关键要素，没有创业者就没有创业。"创业"是创业者依自己的想法，努力工作来开创一个新企业，包括成立新公司，以及提供新产品或新服务，以实现创业者的理想。

（2）创新。"创业"是创字当头，业为基础。新颖、灵活、有动力、有创造性是创新的目标追求，而创新体现在变化、改革、改造、新方法引进等。创业本身是一种无中生有的历程，只要创业者具备求新、求变、求发展的心态，以创造新价值的方式为新企业创造利润,那么我们就能说这一过程中充满了创新思想。

(3)过程。创业不是昙花一现,而是一个需要时间的过程。创业需要寻求机遇将企业组织创建起来,经过有组织的努力和行动使企业成长壮大起来,直至企业的退出。整个过程中贯穿着一系列的决策和行动。

二、创业精神

创业精神,又称企业精神,是指在创业者的主观世界中,那些具有开创性的思想、观念、个性、意志、作风和品质等。

(一)剖析创业精神

创业精神的本质仍着重于一种创新活动的行为过程,而非企业家的个性特征。创业精神的主要含义为创新,也就是创业者通过创新的手段,将资源更有效地利用,为市场创造出新的价值。虽然创业常常是以开创新公司的方式产生,但创业精神不一定只存在于新企业。创业精神类似一种能够持续创新成长的生命力,一般可区分为个体的创业精神及组织的创业精神。所谓个体的创业精神,指的是以个人力量,在个人愿景引导下,从事创新活动,并进而创造一个新企业;而组织的创业精神则指在已存在的一个组织内部,以群体力量追求共同愿景,从事组织创新活动,进而创造组织的新面貌。

创业精神所关注的在于“是否创造新的价值”,而不在于设立新公司。因此,创业管理的关键在于创业过程能否“将新事物带入现存的市场活动中”,包括新产品或服务、新的管理制度、新的流程等。创业精神指的是一种追求机会的行为,这些机会还不存在于资源应用的范围,但未来有可能创造资源应用的新价值。因此,创业精神是促进新企业形成、发展和成长的原动力。

(二)创业精神的三个主题

第一个主题是对机会的追求。创业精神是追求环境的趋势和变化,而且往往是尚未被人们注意的趋势和变化。

第二个重要的主题是创新。创业精神包含了变革、革新、转换和引入新方法,即新产品、新服务或者是做生意的新方式。

第三个主题是增长。创业者追求增长,他们不满足于停留在小规模或现有的规模上,创业者希望他的企业能够尽可能地增长,员工能够拼命工作。因为他们在不断寻找新趋势和机会，不断地创新，不断地推出新产品和新的经营方式。

（三）创业精神的基本特征

创业精神具有以下几方面特征：

（1）高度的综合性。创业精神是由多种精神特质综合作用而成的。诸如创新精神、拼搏精神、进取精神、合作精神等，都是形成创业精神的特质精神。

（2）三维整体性。无论是创业精神的产生和内化，还是创业精神的展现和外化，都是由哲学层次的创业思想和创业观念、心理学层次的创业个性和创业意志、行为学层次的创业作风和创业品质三个层面所构成的整体，缺少其中任何一个层面，都无法构成创业精神。

（3）超越历史的先进性。创业精神的最终体现就是开创前无古人的事业，创业精神本身必然具有超越历史的先进性，想前人之不敢想、做前人之不敢做。

（4）鲜明的时代特征。不同时代的人们面对着不同的物质生活和精神生活条件，创业精神的物质基础和精神营养也就各不相同，创业精神的具体内涵也就不同。

（四）创业精神的五大要素

创业精神是一种天赋。

1. 激情（Passion）

没有人能比得上维京集团创始人理查德·布兰森的激情，从他对创建公司的强烈欲望中可见一斑。布兰森曾打过一个比方："生意就好像公共汽车，总会有下一班车过来。"

2. 积极性（Positivity）

亚马逊创始人杰夫·贝索斯非常清楚积极思考的能量。他以"每个挑战都是一次机会"为座右铭，把一家很小的互联网创业公司，发展成全球最大的书店。

3. 适应性（Adaptability）

具备适应能力是企业家应具备的重要特质之一。每个成功的企业主，都乐于改进、提升或按照客户意愿定制服务，以持续满足客户所需。

谷歌创办人谢尔盖·布林和拉里·佩奇更进一步，他们不仅对变化及时反应，还引领发展方向。凭借众多新创意，谷歌不断引领互联网发展，将人们对世界的认识提升到一个前所未有的新境界。

4. 领导力(Leadership)

好的领导人一定具有很强的个人魅力和感召力,有道德感,有在组织里树立诚信原则的意愿;也可能是个热心人,具有团队协作精神。在已近迟暮之年的玫琳凯·艾施女士身上我们可以发现所有这些元素。她创建了玫琳凯品牌,帮助超过50万名女性开创了自己的事业。

艾施以具有强大驱动力和富有灵感的领导风格闻名,她创办公司的态度是"你能做到!"她甚至会用凯迪拉克轿车奖给顶尖的销售者。由于其强大的领导力技巧,艾施被认为是近35年来最具影响力的25位商业领袖之一,而玫琳凯也被评为美国最适合工作的企业之一。

5. 雄心壮志(Ambition)

20岁时,戴比·菲尔兹几乎一无所有。作为一个年轻的家庭主妇,她毫无商业经验,但她拥有绝佳的巧克力甜饼配方,并梦想全世界的人都能分享到。1977年,菲尔兹开设了自己的第一家店,菲尔兹的果断决定和雄心壮志使得小小甜饼店变成了一家大公司,600多个销售点遍布美国和其他10个国家。

具备这五种性格特征,创业者将在创业路途上勇往直前。面对挑战时,凭借创业精神就不会像平庸者那样反应迟钝或者尾随别人行事,而是充当先行者,应对挑战并发现和把握从中获益的机会。创业精神将在新时期发挥更大的作用,有利于加快转变经济发展方式,促进经济社会又好又快发展。一些著名的学者认为,在过去的30年里,美国出现了创业革命,创业精神和创业过程是美国经济的秘密武器,创业者和创新者们已经彻底改变了美国和世界的经济。这证明了将创业精神投入到创业活动或创新事业之中,会不断创造出更多的财富和价值,促进经济增长!

企业家提醒:

阿里巴巴CEO马云经典语录:"我永远相信只要永不放弃,我们还是有机会的。最后,我们还是坚信一点,这世界上只要有梦想,只要不断努力,只要不断学习,不管你长得如何,不管是这样,还是那样,男人的长相往往和他的才华成反比。今天很残酷,明天更残酷,后天很美好,但绝大部分是死在明天晚上,所以每个人不要放弃今天。"

第二节　大学生创业的意义

大学生创业在美国高校由来已久，从某种意义上说，它已经成为知识经济时代美国经济发展的直接驱动力之一。中国大学生创业是近几年才出现的事情，是市场经济发展的结果，它顺应了时代发展的需求。尽管一些大学生在创业过程中遭受挫折，但是挫折并非都是负面的，有时它还是难能可贵的财富。在北京大学，被调查者中支持大学生创业的比例为80%；在清华大学，这个比例达到90%；山东大学的比例也达到70%。安徽师范大学团委、就业中心日前进行的一项调查显示，被调查者中支持大学生创业者与反对者人数之比为5:1。

大学生创业存在一定的消极影响。

第一，大学生创业风险较大。由于大学生长期待在校园里，对社会缺乏了解，特别缺乏市场运营和企业管理的相关知识及操作经验，很容易陷入眼高手低、纸上谈兵的误区，很多学生急躁冒进、异想天开、盲目自大，创业的成功率是非常低的。

第二，创业对学生学业的影响不容低估。学生的时间、精力有限，顾此必然失彼。没有在求学阶段打下坚实的基础，即使创业取得暂时成功，从长远来看，消极影响深远。

第三，创业对校园文化形成不良冲击。无论我们如何努力去引导，都难以绝对防止浮夸与鼓噪之风刮进校园。甚至产生一种不良认知：努力学习成为一种过时的说教，唯有创业才是实现自我的最佳途径。尤其是创业与经济利益直接挂钩，使得急功近利、唯利是图的思想悄然出现，使很多学生的人生观、价值观打上了功利主义的烙印。

然而，大学生创业的弊端，并不能阻止大学生创业的步伐，因为其对于国家、社会、学校、家庭、大学生本人而言，意义重大而深远。

第一，大学生创业符合当前国家素质教育的大方向，也是实现大学生自身价值理想的途径。创业激发的不仅仅是致富梦，更是青年学子们在学习中的想象力与创造力，创业的过程实际上就是全面提高和磨炼大学生面对社会、面对挫折困难、面对商业操作的综合素质与能力的大课堂。大学生中不乏魄力大、志向远而又兼具经营管理能力强的佼佼者，作为未来创业之星的他们一旦选择了正确的创业道路，前途不可估量，而只有在这样的大浪潮面前，他们才能感觉到价值的实现，也才能不埋没超凡的才能。

第二，大学生创业促进知识成果向生产力转换，促进社会财富的增加，是国家社会发展的需要。我国科技成果转化率仅为5% ~6%，而发达国家则高达50% ~60%。造成这一现状的直接原因是科研机构与企业间存在巨大的鸿沟。创业是时代发展对于产业模式调整的要求所产生的必然现象，学生创业潮中涌现出许多在技术上领先的企业。截至2000年，清华学生创业圈内人士大约为500人，占清华学生总数的2%左右。但就是这2%的学生，在1999年创造了大约总和为8 000万元的价值，2000年上半年学生创业公司的总价值已超过2亿元。

第三，鼓励学生创业从总体上有利于学生的长远发展。学生创业的成功率很低，“风物长宜放眼量”，我们不应该因为某一个大学生创业公司的失败而反对大学生创业，正如一切新生事物所共同面临的问题，我国大学生创业才刚刚迈出年轻的步伐，拥有矫健的身姿阔步向前还需要一个过程，但它已经显示了生命力，其积极意义不容否定。安徽师范大学在校创业的大学生，很大一部分失败了，或者说他们中的大多数没有将事业做强做大，但“失败是成功之母”，几乎所有的创业者都得到了历练，其创业经验成为今后事业发展中的宝贵财富。熟悉他们的师生一致感觉：“他们脸上似乎多了些沧桑，但绝对成熟老练了许多，他们长大了。”安徽师范大学就业中心进行了不完全统计，有创业经验的毕业生在应聘工作时，成功率高出没有创业经验的毕业生两倍以上。大学生创业不仅提高了自身素质，培养了创新精神，也使他们进一步明确了个人目标规划，对个人职业生涯发展意义重大。

第四，大学生创业一方面可以增强大学生自己的动手操作能力、组织协调能力、心理承受能力、团队合作精神和社会适应能力，一方面可以缓解社会的就业压力，部分生活困难的学生还可以通过创业来完成学业。随着高校招生规模的扩大，大学生就业难的问题可能会日益突显。学生自己创业，如获成功，不仅能解决个人的就业问题，又可为其他学生就业创造机会。自1997年之后，我国大学全部实行并轨招生，尤其是1999年高校大规模扩招之后，学费亦大幅度增加，每个大学生要完成学业，每年均需花费万余元。这对于部分学生来说，是一个很大的经济负担。鼓励学生创业，可以引导这部分学生用知识和劳动来解决这一问题，顺利完成学业，同时也可以减轻家庭的负担。

第五，大学生创办企业，壮大了私营企业队伍，高学历、高素质人才的加入也改善了我国原有的私营企业从业成员的素质结构。

第六，大学生创业促进教育现代化进程。学生创业的潮流有利于推动高校教育理念的转变，呼唤用新的价值标准和评价体系来培养人才和进行高校教改，对推动科研市场化有深远的意义。这些也给大学的教育体制机制和大学生素质教育提出了新的课题。

第七，鼓励、支持学生创业就要改革相应的制度、规则以与之相适应，而任何改革都需要付出成本。其次，鼓励学生创业、培训学生创业技能都需要增加学校的管理成本，增加社会运行的成本。在当前大学生创业成功率还不高的情况下，社会、学校，甚至家庭、个人都要为大学生创业做出努力，甚至付出与回报很不成比例的成本。这也给学校扶持就业、选好选准项目、做好相应培训提出了更高的要求。

创业情结已经在当代大学生心中深深地扎下了根，但愿在国家、社会、学校、家庭的大力支持下，通过大学生本人的积极努力，创业这朵娇嫩的小花能绽放出奇异的光芒。

企业家提醒：

现任新东方教育科技集团董事长兼总裁、全国青联常委、全国政协委员俞敏洪曾说过：“每条河流都有一个梦想：奔向大海。长江、黄河都奔向了大海，方式不一样。长江劈山开路，黄河迂回曲折，轨迹不一样，但都有一种水的精神。水在奔流的过程中，如果沉淀于泥沙，就永远见不到阳光了。”

第三节　大学生创业的自我认识

大学生创业问题越来越受到社会的关注，因为大学生属于高级知识人群，并且经过多年的教育成长，在社会经济繁荣发展的今天，其背负的社会期望更多。大学生要想取得创业成功，必须对自己、对创业有个清醒的认识。当我们谈到大学生创业的时候，不乏偏颇，甚至有一些错误的认识。比如，大学生创业就是创办大企业大公司挣大钱，大学生只要有勇气、有激情就能取得成功，等等。其实，大学生创业有着很复杂的内容，需要我们去全面认识。大学生创业指导专家、上海市创业教育培训中心校长徐本亮分析认为，大学生创业前必须做好充分的认识准备。

一、创业不同于创立企业

创业就是人们发现和捕捉机会并由此创造出新颖的产品或服务和实现其潜在价值，接管和组织一个经济体的某个部分，并且以自己可以承受的经济风险和社会风险通过交易来满足人们的需求，经过一定时间的努力和付出，获得更大的经济财富和社会财富，创造出一份事业并对社会负责的一种行为过程，目的是为了创造价值。青年大学生创办、参与创办或入股企事业单位，以及为此积极筹备的活动，都可以称为大学生创业。

创业不代表一定要拥有完全属于自己的公司，职业经理人的道路也是一种创业，我们称为企业内部创业。比如大企业中"事业部"的形态就是典型的企业内部创业的范例，依托企业的平台和资源，事业部独立核算。这样就可以把创业理解为：创业者对自己拥有的资源或通过努力能够把所拥有的资源进行优化整合，从而创造出更大经济或社会价值的过程。

创办公司，对于当前大学生来说，显然是成功率最低的一个选择。倘若选择创业作为想要成就的事业，只要有平台能够满足你的事业梦想，用好这个平台，无疑这份事业是一种明智的创业选择，相比创办大公司、大企业容易成功多了。青年大学生如能把"就业"看成"创业"，把这个"业"看成事业，利用一个好的平台，把它当成自己的事业，当成自己学习成长的空间，以创业者的心态去对待,去依靠自己的努力来实现自己的梦想,即使你在为公司打工,寻求创业经验,你同样可以变成真正的精英。能否把自己的工作岗位当成自己的事业去看待,取决于你是就业的心态还是创业的心态。同样的年龄,两种不同的心态,几年下来,无论从能力还是收益,都有巨大的不同。把自己的工作当成事业,其实就是一种创业,一种成功率更高、社会价值更大的创业。如果只是把创办企业看成创业,也许自己就是数以万计的创业失败者之一。

二、大学生创业的利弊

学校教育具有系统性、完整性、连贯性,所以休学创业和退学创业有悖于教育规律,是不提倡的。而在校大学生创业,因为他们特殊的身份而使得创业优势与弊端均显而易见。

(一)有利因素

(1)大学生往往对未来充满希望,年纪轻,精力旺盛,故有"年轻是最大的资本"之说。他们有着年轻的血液,充满激情,以及"初生牛犊不怕虎"的精神,这些都是一个创业者应该具备的素质。

(2)现代大学生有创新精神,有对传统观念和传统行业挑战的信心和欲望,而这种创新精神也往往成为大学生创业的动力源泉,成为成功创业的精神基础。

(3)具有本科或研究生文化水平的大学生,具有超越一般人的意志能力品质:对事物领悟力较强,有些东西一点即通;接受新鲜事物快,甚至是潮流的引领者;思维普遍活跃,不管敢不敢干,至少是敢想;自信心较足,对认准的事情有激情去做;运用 IT 技术能力强,能够在互联网上搜寻到许多信息。

(4)大学生在学校里学到了很多理论性的东西,有着较高层次的智力优势。大学生创业往往具有对新发明新创造最旺盛的活力,对高新科技最敏锐的触觉,以及强烈的开拓进取意识,而这些正是加速科技成果市场化进程中不可或缺的重要动力。因此,优秀的学生完全有可能凭借自己的技术创新,通过周密的商业计划吸引到投资,从而迈向创业成功之途。创业是时代发展对于产业模式调整的要求所产生的必然现象。"用智力换资本"是大学生创业的特色和必然之路。一些风险投资家往往就因为看中了大学生所掌握的先进技术,而愿意对其创业计划进行资助。

(5)当前,国家大力支持大学生创新创业,社会、地方政府给予大学生更多的创业扶持,学校在开设课程、创业培训指导、孵化基地等方面积极扶持引导大学生创业。没有成家的大学生暂无家庭负担,其创业很可能获得家庭或家族的支持。这些均为大学生创业提供了坚强的后盾。

(二)弊端

(1)由于大学生社会经验不足,常常盲目乐观,没有充足的心理准备。对于创业中的挫折和失败,许多创业者感到十分痛苦茫然,甚至沮丧消沉。大家创业以前看到的都是成功的例子,心态自然都是理想主义的。其实,成功的背后还有更多的失败,而大学生们往往很难走出失败的困扰,更不用说经历一连串打击而振作起来。

(2)急于求成、缺乏市场意识及商业管理经验,是影响大学生成功创业的重要因素。学生们虽然掌握了一定的书本知识,但终究缺乏必要的实践能力和经营管理经验。此外,由于大学生对市场营销等缺乏足够的认识,很难一下子胜任企业经理人的角色。

(3)大学生对创业的理解还停留在仅有一个美妙想法与概念上。在大学生提交的相当一部分创业计划书中,许多人还试图用一个自认为很新奇的创意来吸引投资。这样的事以前在国外确实有过,但在今天这几乎是不可能的了。投资人看重的是你的创业计划真正的技术含量有多高,在多大程度上是不可复制的,以及市场赢利的潜力有多大。而对于这些,你必须有一整套细致周密的可行性论证与实施计划,绝不是仅凭三言两语的一个主意就能让人家认可的。

(4)大学生的市场观念较为淡薄,不少大学生很乐于向投资人大谈自己的技术如何领先与独特,却很少涉及这些技术或产品究竟会有多大的市场空间。就算谈到市场的话题,他们也多半只会计划花钱做做广告而已,而对于诸如目标市场定位与营销手段组合这些重要方面,则全然没有概念。其实,真正能引起投资人兴趣的并不一定是那些先进得不得了的东西,相反,那些技术含量一般但却能切中市场需求的产品或服务,常常会得到投资人的青睐。同时,创业者应该有非常明确的市场营销计划,能强有力地证明赢利的可能性。

（三）大学生创业的风险

1. 项目选择太盲目

大学生创业时如果缺乏前期市场调研和论证，只是凭自己的兴趣和想象来决定投资方向，甚至仅凭一时心血来潮做决定，一定会碰得头破血流。

大学生创业者在创业初期一定要做好市场调研，在了解市场的基础上创业。一般来说，大学生创业者资金实力较弱，选择启动资金不多、人手配备要求不高的项目，从小本经营做起比较适宜。

2. 缺乏创业技能

很多大学生创业者眼高手低，当创业计划转变为实际操作时，才发现自己根本不具备解决问题的能力，这样的创业无异于纸上谈兵。一方面，大学生应去企业打工或实习，积累相关的管理和营销经验；另一方面，积极参加创业培训，积累创业知识，接受专业指导，提高创业成功率。

3. 融资渠道单一

如果没有广阔的融资渠道，创业计划只能是一纸空谈。除了银行贷款、自筹资金、民间借贷等传统方式外，还可以充分利用风险投资、创业基金等融资渠道。

4. 社会资源贫乏

企业创建、市场开拓、产品推介等工作都需要调动社会资源，大学生在这方面会感到非常吃力。平时应多参加各种社会实践活动，扩大自己人际交往的范围。创业前，可以先到相关行业领域工作一段时间，通过这个平台，为自己日后的创业积累人脉。

5. 管理过于随意

一些大学生创业者虽然技术出类拔萃，但理财、营销、沟通、管理方面的能力普遍不足。要想创业成功，大学生创业者必须技术、经营两手抓，可从合伙创业、家庭创业或从虚拟店铺开始，锻炼创业能力，也可以聘用职业经理人负责企业的日常运作。

（四）大学生创业培训的重要意义

创业培训是以提高学生自我就业能力为目的，尤其注重培养学生“白手起家”创办小企业的精神和能力，使较多毕业生成为职业岗位创造者的教育。高等教育培养大学生创业能力，重在培养其创业技能与主动精神，让大学生“不仅成为求职者，而且成为工作岗位的创造者。”

（1）通过创业培训，让大学生们认识到当前的就业形势，了解自己的性格特征、意志品质，及早地明了自己今后的择业去向，为选择创业早做精神、心理准备；让大学生们熟悉政策扶持、做好知识技能储备、争取经济资金来源、完成市场调查等，接受专业指导，提高自身能力，提高创业成功率。

（2）通过创业意识、创业基础知识以及有关经济、法律知识的培训，激发培训者的创业热情，在他们的心目中播种创业的种子，挖掘出自身的创业潜能，树立创业意识和竞争意识以及掌握创业的必备知识。

（3）通过创业培训，特别是创业实训，可以帮助培训者学习消化创业理论知识，学会把这些知识应用到实践中，在实践中不断积累经验，为真正投身创业打下扎实的基础。去企业打工或实习积累相关的管理和营销经验是获取创业经验的最好实践途径。

（4）参加创业培训，不仅可以从成功创业典型那里学到经验，从他们的生活经历、社会经验中汲取有用营养，借鉴、分享他们的成功秘诀，也可以与有共同理想、志同道合的培训者一起研讨交流，甚至共同尝试创业，为以后成功创业积累经验，扩充人脉关系。

大学生创业培训是一项系统的工程，不是单靠培训机构就可以完成的，它需要社会各方面的配合，需要社会大环境的支持。只有社会、学校、个人等各方面形成合力，培训才能收到满意的效果。

企业家提醒：

联想公司董事长柳传志曾说过：“能够按照自己设立的目标，通过努力最后实现了自己的追求，就是一种幸福。在前面，草地、泥潭和道路混成一片无法区分的时候，我们要反反复复细心观察，然后小心翼翼地、轻手轻脚地去踩、去试。当踩过三步、五步、十步、二十步，证实了脚下踩的确实是坚实的黄土路的时候，则毫不犹豫，撒腿就跑。走了两步，发现不对，赶快折回来，脚上沾了点泥水，没什么了不起，换双鞋寻找新路再往前走。”

第二章　创业者与创业团队

俞敏洪与新东方传奇

俞敏洪,1962年10月出生于江苏江阴,1980年考入北京大学西语系,毕业后留校担任北京大学外语系教师。1991年9月,俞敏洪从北京大学辞职,开始自己的创业生涯。1993年,俞敏洪创办了新东方培训学校。创业伊始,俞敏洪单枪匹马,仅有一个不足十平方米的漏风的办公室,零下十几度的天气,自己拎着浆糊桶到大街上张贴广告,招揽学员。"当你碰到困难的时候,你不要把它想象成不可克服的困难。在这个世界上没有任何困难是不可克服的,只要你勇于去克服它!"正是凭借着这种不怕困难、勇于克服困难的精神,新东方不断发展壮大,俞敏洪还把"从绝望中寻找希望"作为新东方的校训。

在新东方创办之前,北京已经有三四所同类学校,但普遍未能做大,由于对个别讲师的过分倚重,每个讲师都可以开一个公司,因而每个公司都做得不大。所以,俞敏洪需要找到更多的合作伙伴,帮他控制住英语培训各个环节的质量。而这样的人,不仅要有过硬的专业知识和能力,更要和俞敏洪本人有共同的办学理念。他首先想到的是远在美国的王强、加拿大的徐小平以及与他有着共同梦想的惺惺相惜的朋友——杜子华等人。这些人作为自己在北大时期的同学、好友,在思维上有一定的共性,肯定比其他人能更好地理解并认同自己的办学理念,合作也会更坚固和长久。从1994年到2000年,杜子华、徐小平、王强、胡敏、包凡一、何庆权、钱永强、江博、周成刚等人陆续被俞敏洪网罗到了新东方的门下。他们也分别在出国咨询、基础英语、出版、网络等领域各尽所能,为新东方搭起了一条顺畅的产品链。徐小平开设的"美国签证哲学课",把出国留学过程中一个大家关心的重要程序问题上升到一种人生哲学的高度,让学员在会心大笑中思路大开；王强开创的“美语思维训练法”，突破了一对一的口语训练模式；杜子华的“电影视听培训法”已经成为国内外语教学培训极有影响力的教学方法。新东方的老师很多都根据自己教学中的经验和心得著书立说，并形成了自身独有的特色，让新东方成为一个有思想有创造力的地方。

俞敏洪的成功之处是为新东方组建了一支年轻而又充满激情和智慧的团队。俞敏洪的温厚，王强的爽直，徐小平的激情，杜子华的洒脱，包凡一的稳重，五个人的鲜明个性让新东方总是处在一种不甘平庸的氛围当中。俞敏洪敢于选择这帮人作为创业伙伴，并且真的在一起做成了大事，成就了一个新东方传奇。

第一节　创业者的素质要求

美国《时代周刊》曾经有这样一段话，“在21世纪，改变你命运的只有你自己，别期盼有人会来帮助你。从现在开始，学习、改变、创业是通往新世界的唯一道路。”创业，是一个发现和捕捉机会，并创造出新颖的产品，提升服务，实现其潜在价值的过程。创业能否成功，与创业者的素质关系极大。

一、创业者应具备的素质

创业者需具备哪些特点和素质，不少学者做过研究。英国的科林·巴罗在《小型企业》一书中提出小企业人的六个特点：①全身心投入，努力工作；②接受不确定性；③身体健康；④自我约束；⑤独创性和敢冒风险性；⑥计划与组织能力。

美国的唐·多曼在《事业革命》一书中提出了创业者的五种人格特征：①愿意冒风险；②能分辨出好的商业点子；③决心和信心；④壮士断腕的勇气；⑤愿意为成功延长工作时间。美国的蒂姆·伯恩在《小企业创业蓝图》一书中提出了对企业家的四点要求：①信心；②专门知识；③积极主动的态度；④恒心。

著名管理专家威廉·拜格雷夫将优秀的创业管理人素质归纳为十个以“D”字母为首的要素：①理想（Dream）；②果断（Decisiveness）；③实干（Doers）；

④决心(Determination);⑤奉献(Dedication);⑥热爱(Devotion);⑦周详(Details);⑧命运(Destiny);⑨金钱(Dollar);⑩分享(Distribution)。根据我国的创业环境及众多成功案例,创业者应锻炼以下几方面的基本素质,即心理素质、身体素质、知识素质和能力素质。

1. 心理素质

心理素质是指创业者的心理条件,包括自我意识、性格、气质、情感等心理构成要素。作为创业者,他的自我意识特征应为自信和自主;他的性格应刚强、坚持、果断和开朗;他的情感应更富有理性色彩。成功的创业者大多是不以物喜、不以己悲的,面对成功和胜利不沾沾自喜、得意忘形;在碰到困难、挫折和失败时不灰心丧气,消极悲观。

2. 身体素质

身体素质是指创业者的身体健康、体力充沛、精力旺盛、思路敏捷。现代小企业的创业与经营是艰苦而复杂的,创业者工作繁忙、时间长、压力大,如果身体不好,必然力不从心,难以承受创业重任。

3. 知识素质

创业者的知识素质对创业起着举足轻重的作用。在知识大爆炸、竞争日益激烈的今天,单凭热情、勇气、经验或只有单一专业知识,要想成功创业是很困难的。创业者要进行创造性思维,要作出正确决策,必须掌握广博知识,具有一专多能的知识结构。具体来说,创业者应该具有以下几方面的知识:

(1)用足、用活政策,依法行事,用法律维护自己的合法权益;

(2)了解科学的经营管理知识和方法,提高管理水平;

(3)掌握与本行业、本企业相关的科学技术知识,依靠科技进步增强竞争能力;

(4)具备市场经济方面的知识,如财务会计、市场营销、国际贸易、国际金融,等等;

(5)具备一些有关世界历史、世界地理、社会生活、文学、艺术等方面的知识。

4. 能力素质

创业者至少应具有如下能力:①创新能力;②分析决策能力;③预见能力;

④应变能力;⑤用人能力;⑥组织协调能力;⑦社交能力;⑧激励能力。

当然,这并不是要求创业者必须完全具备这些素质才能去创业,但创业者本人要有不断提高自身素质的自觉性和实际行动。

二、提高创业素质的途径

如何能够提高创业素质,一要靠学习,二要靠改造。要有坚持学习的良好习惯,敢于挑战,敢于创新;要想成为一个成功的创业者,就要做一个终身学习者和改造自我者。哈佛大学拉克教授讲过这样一段话:“创业对大多数人而言是一件极具诱惑的事情,同时也是一件极具挑战的事。不是人人都能成功,也并非想象中那么困难。但任何一个梦想成功的人,倘若他知道创业需要策划、技术及创意的观念,那么成功已离他不远了。”

第二节 创业团队

创业如同拔河比赛,人心齐,泰山移。“宁要一流的人才和二流的项目,也不要一流的项目和二流的人才”是风险投资家的箴言。可以说,创业浪潮中的“项目秀”“个人秀”的时代正在结束,团队的力量逐渐被越来越多的人所看好。尤其是创业的起步阶段,如果没有一个高素质的团队,再美的创业计划也会“胎死腹中”。由于团队所具有的协作能力和灵活机动的运作模式,在很多公司内部,团队形式成为新的组织模式。因此,在创业过程中,不仅要求创业者本身具有一定的创业能力,对于团队成员的整体协同作战能力也提出了很高的要求。创业过程实际上就是团队不断成长成熟的过程。

一、创业团队的概念和要素

所谓创业团队是指在创业初期(包括企业成立前和成立早期),由一群才能互补、责任共担、愿为共同的创业目标而奋斗的人所组成的特殊群体。

一般而言,创业团队由四大要素组成:

(1)目标。目标是将人们的努力凝聚起来的重要因素,从本质上来说创业团队的根本目标都在于创造新价值;

(2)人员。任何计划的实施最终还是要落实到人的身上去。人作为知识的载体,所拥有的知识对创业团队的贡献程度将决定企业在市场中的命运;

(3)团队成员的角色分配。即明确各人在新创企业中担任的职务和承担的责任;

(4)创业计划。即制订成员在不同阶段分别要做哪些工作以及怎样做的指导计划。

二、创业团队的组建

(一)创业团队组建原则

1. 目标明确合理原则

目标必须明确,这样才能使团队成员清楚地认识到共同的奋斗方向是什么。与此同时,目标也必须是合理的、切实可行的,这样才能真正达到激励的目的。

2. 互补原则

创业者之所以寻求团队合作,其目的就在于弥补创业目标与自身能力间的差距。只有当团队成员相互间在知识、技能、经验等方面实现互补时,才有可能通过相互协作发挥出“1 +1 >2”的协同效应。

3. 精简高效原则

为了减少创业期的运作成本,最大比例地分享成果,创业团队人员构成应在保证企业能高效运作的前提下尽量精简。

4. 动态开放原则

创业过程是一个充满了不确定性的过程,团队中可能因为能力、观念等多种原因不断有人离开,同时也不断有人加入。因此,在组建创业团队时,应注意保持团队的动态性和开放性,使真正完美匹配的人员能被吸纳到创业团队中来。

(二)成功的创业团队特征

1. 强大的凝聚力

团队是一体的,成败是整体而非个人,成员能够同甘共苦,经营成果能够公开且合理地分享,团队就会形成坚强的凝聚力与一体感。每一位成员都应将团队利益置于个人利益之上，而且充分认识到，个人利益是建立在团队利益基础上的。因此，团队中没有个人英雄主义，每一位成员的价值表现为其对于团队整体价值的贡献。

2. 公平的利益分配

创业之初的股权分配与以后创业过程中的贡献往往并不一致，会发生某些具有显著贡献的团队成员拥有股权数较低、贡献与报酬不一致的不公平现象。因此，好的创业团队需要有一套公平、弹性的利益分配机制，来弥补上述不公平的现象。

3. 完美的能力搭配

创业者寻找团队成员，应该基于这样的考虑：主要是弥补当前资源能力上的不足，也就是说考虑创业目标与当前能力的差距，来寻找所需要的配套成员。好的创业团队，成员间的能力通常都能形成良好的互补，而这种能力互补也会有助于强化团队成员间彼此的合作。建立优势互补的团队是创业关键。

4. 良好的相互信任

猜疑会令企业瓦解。近年来中关村每年的企业倒闭率都在25%左右，其中很重要的一个原因，就是创业团队内部不团结。建立和维护创业团队成员之间的信任，简单地说，一是要增强信任，二是要防止出现不信任，避免信任转变为不信任。信任是一种非常脆弱的心理状态，一旦产生裂痕就很难缝合，要消除不信任及其带来的影响往往要付出巨大的代价。所以，防止不信任比增强信任更加重要。

5. 昂扬的创业激情

创业者还需要特别注意，那就是一定要选择对项目有热情的人加入团队，并且要使所有人在企业创建初期就要有每天长时间工作的准备。任何人，不管他（她）的专业水平多么高，如果对事业的信心不足，将无法适应创业的需求，而这样一种消极的因素，对创业团队所有成员产生的负面影响可能是致命的。

（三）创业团队组建步骤

1. 明确创业目标

创业团队的招募、人员的调配，其总目标就是要完成创业阶段的整个技术、市场、规划、组织、管理等职权的划分，各项工作实现企业从无到有，从起步到成熟。总目标确定之后，为了推动团队最终实现创业目标，再将总目标加以分解，设定若干可行的、阶段性的子目标。

2. 制订创业计划

在确定了总目标以及一个个阶段性子目标之后，紧接着就要研究如何实现这些目标，这就需要制订周密的创业计划。创业计划是在对创业目标进行具体分解的基础上，以团队为整体来考虑的计划。创业计划确定了在不同的创业阶段需要完成的阶段性任务，通过逐步实现这些阶段性任务来最终实现创业目标。

3. 招募合适的人员

招募合适的人员也是创业团队组建最关键的一步。关于创业团队成员的招募，主要应考虑互补性，即考虑其能否与其他成员在能力或技术上形成互补。这种互补性形成既有助于强化团队成员间彼此的合作，又能保证整个团队的战斗力，更好地发挥团队的作用。一般而言，创业团队至少需要管理、技术和营销三个方面的人才。只有这三个方面的人才形成良好的沟通协作关系后，创业团队才可能实现稳定高效。一般认为，创业团队的规模控制在2～12人最佳。

4. 职权划分

为了保证团队成员执行创业计划，顺利开展各项工作，必须预先在团队内部进行职权的划分。团队成员间职权的划分必须明确，既要避免职权的重叠和交叉，也要避免无人承担造成工作上的疏漏。

5. 构建创业团队制度体系

创业团队制度体系体现了创业团队对成员的控制和激励能力，主要包括团队的各种约束制度和各种激励制度。要实现有效的激励首先就必须把成员的收益模式界定清楚，尤其是关于股权、奖惩等与团队成员利益密切相关的事宜。需要注意的是，创业团队的制度体系应以规范化的书面形式确定下来，以免带来不必要的混乱。

企业家提醒：

李宁："很早就有记者问我，做运动员和做老板有什么区别，我自己并没有感到经历非常大的震动和转变。在国家队的时候，我年龄很小，却是队长，这可能也是一种悟性。这种理念与个人价值观或许有关，体操中有一种技巧叫"四人叠罗汉"，很多人都会专注最顶上的那个"尖子"，但实际上他必须依赖底下三个人的支撑，包括抛、接、托、举，缺少任何一个环节都无法完成。个人的价值是依靠团队支持来实现的，这也是在做生意的过程中必须要注意的。"

思考题：

1. 一个优秀的创业者应该具备哪些素质？
2. 大学生怎样提升创业方面的素质？
3. 简述团队对创业的重要性。

第三章　大学生创业的政策法规

案例一：安徽师范大学大学生创业基金使用与管理办法(试行)

为贯彻落实大学生创业引领计划，鼓励和支持大学生自主创业，提高创业实践能力和创业成功率，学校设立安徽师范大学大学生创业基金(以下简称“创业基金”)。为规范创业基金使用与管理，特制订本办法。

第一章　总　则

第一条　创业基金为安徽师范大学自主设立的非营利性公益专项资金，按照“分批使用、接力发展”模式运作。

第二条　基金来源：

1. 首批创业基金为安徽师范大学教育基金会捐赠的资金100万元。

2. 基金资助项目负责人在取得较好经济效益后自愿捐赠的资金。

3. 社会企业、事业单位自愿捐赠的资金。

第三条　创业基金用于扶持在校全日制本科生自主创业，为创业实体和有发展前景项目进行培育。

第二章　管理机构与职能

第四条　管理机构。

学校成立大学生创业基金管理委员会(以下简称“基金管委会”)，负责创业基金的评审和监管工作。基金管委会主任由分管校领导担任，成员由办公室、纪委、发展规划处、教务处、学生工作处、财务处、团委等有关部门负责人组成。基金管委会下设办公室(以下简称“基金办”)，负责创业基金使用与日常管理工作。基金办设在学生工作处，学生工作处处长兼任基金办主任。

第五条　基金管委会职责：

1. 筹集创业基金。

2. 评审创业项目和确定扶持额度。

3. 制定、完善创业基金有关管理办法。

4. 决定创业基金其他重要事项。

第六条　基金办职责：

1. 负责创业基金申报、审核和报批工作。

2. 负责创业项目扶持基金拨付工作。

3. 负责监督所扶持项目的进展和资金运用情况。

4. 负责向基金管委会报告创业基金使用情况。

第三章　扶持对象与范围

第七条　扶持对象为安徽师范大学全日制在校三、四年级本科生，且同时满足以下条件：

1. 品行端正，身心健康，学习成绩良好以上。

2. 具有一定的组织协调能力和经营管理水平。

3. 参加过创业模拟实训，且具有较强的自主创业意愿和创业能力。

4. 无拖欠学费等不良信用和违纪违法记录。

第八条　扶持范围与金额。

每年扶持5个左右以文化创意、科技创新、电子商务等创业项目为主导的创业实体或有发展前景的创业项目，对每个创业项目提供创业基金不超过5万元。

第四章　基金申报

第九条　申报程序：

1. 学生申请。每年4—5月份，申报对象向基金办提交项目申请。

2. 项目审查。基金办对申请创业基金项目进行初步考察、论证和审查。

3. 专家评审。基金办邀请校内外专家组成创业基金评审组，评审组对申请项目进行现场汇报与答辩评审，确定扶持项目和扶持金额。

4. 公示。对拟扶持项目和金额在全校公示5个工作日。

5. 资金拨付。公示无异议，项目申请负责人与基金办签订资助协议，拨付资金。

第十条　申请材料。

申请人需提交以下材料：

1. 安徽师范大学大学生创业基金申请表。

2. 创业项目可行性论证报告。

3. 申请人身份证、学生证复印件，实体企业还需提供法人营业执照原件及复印件。

4. 项目情况（如技术报告、鉴定报告、检测报告、专利证书、产权使用证明书、技术合同等复印件）。

5. 企业相关材料（如奖励证书、用户订单复印件及产品照片等）。

第五章　项目管理

第十一条　基金办代表基金管委会负责对基金扶持项目进行跟踪、指导和过程管理。

第十二条　创业项目负责人定期向基金办汇报项目进展情况，在每年12月底前要对项目进展情况形成书面材料报基金办审议；项目运营过程中如有重要变更，需报基金办同意，如擅自变更，基金办有权收回扶持资金。

第十三条　资助项目无法正常运行需终止或实体项目破产，需履行清算核销手续，报基金办审核。经审核后，报基金管委会批准，按照合同约定返还或核销手续。

第六章　基金运作

第十四条　学校设立“大学生创业基金”专门账户，接受基金资助项目人、社会企业和事业单位等捐赠，捐赠资金实行专项管理、专款专用。基金办每年向基金管委会报告财务情况，接受基金管委会监督。

第十五条　对获批扶持项目，学校按照项目资助金额一次性拨付，每个项目扶持期限为三年，三年期满一次性归还本金。

第十六条　创业基金使用接受校审计处监督。基金实行专款专用，不得截留和挤占。对于采取各种手段骗取基金行为的项目负责人，学校将给予严肃处理，如有违法行为，将移交司法机关依法追究其责任。

第七章　附　则

第十七条　本办法由学校基金办负责解释。

第十八条　本办法自发布之日起施行。

案例二：　　安徽师范大学　芜湖市弋江区人民政府

大学生创业孵化基地合作共建方案（节选）

为加强政府与高校深度合作，发挥双方资源优势，共建大学生创新创业实践平台，扶持和服务大学生创新创业，促进区域经济发展，推进高校大学生自主创新创业与芜湖市人才特区建设，经过双方沟通协商，现决定合作共建大学生创业孵化基地（以下简称“创业孵化基地”）。

一、指导思想

深入贯彻芜湖市政府《关于进一步促进高校毕业生创新创业和稳定就业的实施意见》（芜政〔2013〕51 号）文件和有关会议精神，进一步落实市委、市政府关于促进高校毕业生就业创业工作的政策措施，以培养大学生创新创业精神、提升创新创业能力为主要目标，以孵化基地为载体，积极搭建大学生自主创业实践平台，引导、鼓励和扶持高校大学生开展创新创业实践和成果孵化，造就一批大学生自主创业典型，建成一批大学生自主创业实体，为建设创新芜湖做贡献。

二、建设原则

分区建设，分类孵化；坚持标准，兼顾长远。

三、建设标准

根据省级孵化基地（AA 级）认定标准和芜湖市大学生创业示范园条件，参照青年创业孵化基地认定标准，合理规划园区功能，建设 1 个主园区和 1 个分园区：主园区建设为非生产加工型园区，建设成入驻企业接待、洽谈、办公为一体的综合型孵化场所；分园区建设为生产加工型园区，建设成企业研发、生产与销售一体的综合型孵化场所。

四、场地安排

根据建设原则与标准，在芜湖市高新技术开发区建设孵化基地，总建筑面积约 3 000 平方米。其中：主园区建筑面积约 1 500 平方米，分园区建筑面积为 1 500 平方米。高新区负责建设。

五、投入经费

由政府先投入资金建设创业孵化基地主园区和分园区，待申报认定为省级或市级青年创业孵化基地后，将省市补贴资金填补投入资金。

六、基地管理

按照“政府支持、基地管理、自愿入驻、市场运作”的原则，高新区负责创业孵化基地运营管理及条件保障,负责大学生创业项目政策扶持的兑现;学校按照孵化基地入驻标准,负责本校项目遴选与指导,每年5月份推荐8家左右大学生创业孵化企业入驻,并协助创业孵化基地运营管理。

七、政策支持

(一)创业载体补贴政策

1. 自入驻之日起三年内免交物管费、卫生费等管理费用和办公场地费。

2. 水电费按照入驻企业实际发生费用的50%比例计算,单个创业实体补贴金额不超过8 000元/年。

(二)人才补贴政策

对符合条件的大学生创新创业人才及团队,按照芜市发〔2013〕7号《关于加强自主创新建设人才特区的实施意见》及芜政〔2013〕51号《关于进一步促进高校毕业生创新创业和稳定就业的实施意见》给予扶持补助。对符合条件的大学生科技创业项目按照弋江区鼓励和促进科技创业政策给予扶持。

(三)财税扶持政策

1. 高新区设立大学生创业贷款担保基金200万元整,为入驻大学生创业实体提供贷款担保。对符合条件的科技型或新型业态创业企业,政府给予风险投资。

2. 大学生个人创业或创办劳动密集型小企业,申请小额贷款在10~600万元以内的,按芜湖市有关规定给予财政贴息。

3. 首次创办个体、私营企业,注册资本100万以下(国家限制性行业除外),自工商登记注册之日起,在享受现有税收优惠政策的基础上,5年内前三年缴纳的增值税、营业税、企业所得税和个人所得税地方留成部分给予全部奖励;后两年减半奖励。

4. 大学生创业实体相关税费减免与资金补助,按芜湖市创业富民扶持政策执行。

八、工作目标

经过三至五年的努力,培养一批大学生创新创业人才,孵化一批创业成果,建成一批大学生自主创业实体,转化一批科研成果,将合作共建大学生创业孵化基地建设成为创业成果显著、示范辐射效应明显、与社会声誉和高教地位对等的省级大学生创业示范基地。

大学生自主创业既是一项事业，也是一个法律行为，扎扎实实练好“内功”，巧巧妙妙借力“东风”，为事业腾飞插上翅膀。近年来，从中央到地方再到高校鼓励支持大学生自主创业，对大学生自主创业给以宽松的政策、有力的扶持和舆论的支持，出台了一系列有利于大学生自主创业的政策法规，为大学生自主创业提供了优越的平台。充分了解与创业相关的法律法规以及政府出台的相关的政策，重要性不言而喻。

第一节　政府扶持大学生创业的政策

改革开放拉开中国经济激荡30多年的大幕，带给我们一个商业活跃、经济持续增长、充满无限机遇的创业时代，激发无数青年的创业梦想。其中，政府出台的各项扶持大学生创业的政策措施成为这个时代最鲜明的方向标，引领广大大学生投身创业，改变命运，促进毕业生更加充分、高质量地就业。

我国扶持大学生创业的政策，经历了一个从无到有、从笼统到细化的过程。自1998年“清华大学生创业竞赛”开始，在全国范围内掀起大学生自主创业热潮。此后，教育部先后出台文件，要求各高等学校全面加强创业教育，普及创业教育理念和知识，政策主要是为创业者提供必要的舆论支持。2002年起，随着全国毕业生的急剧增加，大学生就业形势日益严峻，对大学生自主创业扶持的力度也逐年增大，创业法律、政策不断丰富和完善，从企业市场准入、注册登记、金融贷款、税收缴纳、企业运营等方面对创业进行全程无缝扶持，为有志于创业的大学生提供广阔的空间和平台。

一、放宽市场准入条件

针对大学毕业生创业起步早、起点低、筹资难、行业泛等特点，为加强对大学生创业主体的支持，鼓励更多的青年学生投身创业事业，国家对高校毕业生自主创业进一步简化和放宽创业者准入条件，降低注册门槛。

一是放宽行业限制，清除大学生创业的行业障碍，按照“非禁即入、非禁即可”原则，凡法律法规未禁止的行业和领域，均向大学生开放。

二是降低市场准入门槛，构建宽松和谐的创业环境。大学生初创企业时，允许按行业特点放宽资金、人员准入条件，注册资金可分期到位，凡申请设立有限责任公司,以高校毕业生的人力资本、智力成果、工业产权、非专利技术等无形资产作为投资的,允许抵充40%的注册资本。在合肥、宁波等地,甚至允许首次创业大学毕业生“零首付”注册公司,允许确有合理原因无法按期出资的企业延长出资期限并减免行政事业性收费。

三是降低创业就业成本,缓解经营场所瓶颈制约,按照相关规定在特定条件下允许住宅商用,允许毕业两年之内的普通高校毕业生在自有或家庭所有的住宅内从事“远程经营”,允许企业集中办公、集中注册,允许无法提供合法证件的房屋在取得当地政府证明的条件下作为企业经营场所,各省、市、县还纷纷建立创业孵化园,让符合条件的创业单位免费入住,并提供相应扶持措施。

二、简化注册登记手续

各级工商部门注册大厅开启“绿色通道”,凡高校毕业生(毕业后两年内)申请从事个体经营或申办私营企业的可优先登记注册。其经营范围除国家明令禁止的行业和商品外,一律放开核准经营。对限制性、专项性经营项目,允许其边申请边补办专项审批手续。对在科技园区、高新技术园区、经济技术开发区等经济特区申请设立个体私营企业的,特事特办,除了涉及必须前置审批的项目外,试行“承诺登记制”。申请人提交登记申请书、验资报告等主要登记材料,可先予颁发营业执照,让其在3个月内按规定补齐相关材料,努力为高校毕业生创业提供优质、便捷、高效、“一站式”的注册登记服务;高校毕业生申办个体工商户、企业、农民专业合作社材料齐全、符合法定程序的,应当场受理、当场核准、当场发照。

同时,工商部门还对大学生创业企业注册减免各类费用。除国家限制的行业外,工商部门自批准其经营之日起1年内,免收其个体工商户登记费(包括注册登记、变更登记、补照费)、个体工商户管理费和各种证书费。对参加个体私营协会的,免收其1年会员费。高校毕业生从事社区服务等活动的,经居委会报所在地工商行政管理机关备案后,1年内免予办理工商注册登记,免收各项工商管理费用。

三、享受资金扶持政策

政府不断加大高校毕业生自主创业贷款支持力度，推行优先贷款，并适当发放信用贷款。对符合条件的高校毕业生自主创业的，可在创业地按规定申请小额担保贷款；从事微利项目的，可享受不超过10万元贷款额度的财政贴息扶持。

对于能提供有效资产抵（质）押或优质客户担保的，金融机构优先给予信贷支持。对高校毕业生创业贷款，可由高校毕业生为借款主体，担保方可由其家庭或直系亲属家庭成员的稳定收入或有效资产提供相应的联合担保。对于资信良好、还款有保障的，在风险可控的基础上适当发放信用贷款，并最大限度简化程序，给予利率优惠，并视当地情况，可申请“大学生创业资金”。

四、实行税费减免优惠

政府对大学生自主创业实行税费减免优惠。2014年国家政策明确规定，毕业2年以内从事个体经营，自在工商部门首次注册登记之日起3年内，可免交管理类、登记类和证照类等有关行政事业性收费。

持《就业失业登记证》（注明“自主创业税收政策”或附着《高校毕业生自主创业证》）的高校毕业生在毕业年度内（指毕业所在自然年，即1月1日至12月31日）从事个体经营的，3年内按每户每年8 000元为限额享受有关税收优惠。

五、提供培训指导服务

政府对大学生自主创业进行全程化的帮扶，为企业创立提供方便，努力做好各方面培训指导和服务，降低企业运营成本，促进企业走向正常轨道。

员工聘请和培训享受减免优惠。对大学毕业生自主创办的企业，自工商部门批准其经营之日起1年内，可在政府人事、劳动保障行政部门所属的人才中介服务机构和公共职业介绍机构的网站免费查询人才、劳动力供求信息，免费发布招聘广告等；参加政府人事、劳动保障行政部门所属的人才中介服务机构和公共职业介绍机构举办的人才集市或人才、劳务交流活动给予适当减免交费；政府人事部门所属的人才中介服务机构免费为创办企业的毕业生、优惠为创办企业的员工提供一次培训、测评服务。对高校毕业生在整个毕业学年（即从毕业前一年7月1日起的12个月)内参加创业培训的,根据其获得创业培训合格证书或就业、创业情况,按规定给予培训补贴。对进入"高校学生科技创业实习基地"的创办企业,可以享受减免12个月的房租、专业技术服务与咨询、相应的公共设施以及公共信息平台服务等。

政府为企业员工做好人事档案服务。各城市应取消高校毕业生落户限制,允许包括专科生在内的高校毕业生在创业地办理落户手续(直辖市按有关规定执行)。对自主创业的高校毕业生,政府人事行政部门所属的人才中介服务机构免费为其保管人事档案(包括代办社保、职称、档案工资等有关手续)两年。

政府为企业员工社会保险参保设立单独渠道。高校毕业生从事自主创业的,可在各级社会保险经办机构设立的个人缴费窗口办理社会保险参保手续,并根据当地情况提供社保补贴。

第二节 高校扶持大学生创业的政策

大学生自主创业需要激情和拼搏的精神,更需要保持一份冷静和理性的心态,来面对创业的机遇与挑战。高校在普及创业文化,营造创业氛围,激发创业的思维和意识,提高优质的创业教育、指导、孵化和服务方面发挥着不可替代的作用。

近年来,随着毕业生就业压力的不断增大和国家政策的引导,各高校不断加大对大学生创业的扶持力度,纷纷确立以"创业"带动"就业"大就业方针,出台一系列鼓励大学生创业办法,为高校毕业生创业提供创业教育、政策咨询、项目选择、创业指导、资金支持、开业指导、跟踪辅导的"一条龙"服务,及时解决大学生创业过程中的困难和问题,促进大学生创业公司的健康快速发展。

一、开展系统化创业教育

创业教育是21世纪赋予高等教育的新使命。创业教育是培养人的创业意识、创业思维、创业技能等各种创业综合素质,并最终使被教育者具有一定创业能力的教育,被联合国教科文组织称为教育的"第三本护照",被赋予了与学术教育、职业教育同等重要的地位。

我国高校创业教育在20世纪末才真正起步，当时一些高校自发地开展创业教育探索，以清华大学、北京航空航天大学等几所高校举办大学生创业计划大赛、为在校生开设与创业相关课程为契机，拉开了中国高校创业教育活动的序幕。以2002年4月教育部确定清华大学、中国人民大学、北京航空航天大学、武汉大学、上海交通大学、西安交通大学等高校为创业教育试点院校为标志，我国的创业教育进入政府引导下的多元化发展阶段。到目前为止，各高校在毕业生就业压力和政府政策推动双重作用下，创业教育不断走向深入，逐步形成以课程教育为主要抓手，以校园文化活动为辅助手段的系统化创业教育体系。

近年来，创业教育的力度不断加大，最明显的表现是创业教育被纳入到学校人才培养方案，从大学生职业生涯规划课程和就业指导课程中逐步独立出来，走进大学的课堂，充分显示高校创业教育的力度和普及程度。同时，高校创业教育的师资队伍不断壮大，加大对创业课程教育的师资培养，提高教师的师资水平，提高创业课程教育的整体质量，进一步明确培养学生的创业意识，在学生中普遍埋下创业的种子，在大学校园及以后的工作学习中，待条件成熟便会发芽、成长、开花。

创业教育另一个重要项目是政府扶持的GYB（创业意识培训）、SYB（创业模拟实训），特别是SYB在高校学生中的落实，更大程度上加深了高校学生创业教育的深度。SYB是由联合国国际劳工组织开发，为有愿望开办中小企业的朋友量身定制的培训项目。我国从1998年开始SYB创业培训试点工作，经十余年实践证明，SYB教材通俗易懂、简明实用，培训模式符合中国国情。SYB对创业前期准备、创业必备能力、创立企业、经营企业等相关知识进行系统实训，通过培训可以达到三大目的：一是通过学习创业知识和技能，提高创业者的综合素质，理清创业思路，减少创办企业的盲目性，降低企业经营的风险；二是帮助创业者制订周密的创业计划，增强融资能力；三是增强信用度和降低贷款担保风险，增强创办企业能力，提高创业成功率。

高校创业教育还融入了校园文化活动，成为加强创业教育的有效辅助。一是加强大学生创业实践类社团建设力度。成立大学生创业实践类社团，是引导、组织大学生围绕社会人才需求培养创业能力，全面提高自身素质，充分发挥学生组织的自我服务作用，在参与社会实践的过程中通过主动体验实现自我教育。依托创业实践社团的建设，有效引导、规范、维护大学生创业实践的正确发展方向，形成勇于拼搏、善于创造的高校创业文化，为培育当今时代发展要求的创业人才营造良好氛围和环境。

二是加大校园创业活动开展力度，扩大校园创业相关活动的影响力。项目管理是企业经营管理的一种科学手段，对大学生创业活动方案进行立项审查是在事业起跑线上帮助其合理进行规划的重要环节，这也是保证事业能够成功的重要手段。现在全国规模性地开展创业、创意设计大赛，不少学校邀请专家对创业项目进行评审，不仅能够保证所通过项目的创业成功率，而且能够对大学生创业的发展产生示范和推动作用，成功的案例屡见不鲜。甚至，安徽师范大学把创业教育校园文化活动纳入到素质拓展学分，通过活动获得相应学分和资助。

二、设立校级创业扶持基金

在积极推动设立国家和省级高校毕业生就业创业基金，进一步扩大资金规模，简化申领手续，扩展资金受益面的同时，教育部《关于做好 2014 年高校毕业生就业工作的通知》中明确指出："高校要设立校级大学生创业资金"，加大对学校创业项目的扶持力度。

近年来，高校为响应国家政策，加大对创业者切实的帮扶力度，促进毕业生充分、高质量就业，纷纷设立校级创业扶持基金，基金一般由就业主管部门负责统筹，每年遴选项目，进行有针对性小额资助。

高校自设的创业扶持基金，是由高校自己创立和管理，拥有独立的自主权和使用权，用于扶持高校学生创业的非盈利性基金，有着与学生联系密切、程序简单、使用方便等特点，深受高校学生欢迎。其基金主要来源为学校拨款、校友和企业捐赠、社会创业基金资助等，一般分为一次性投入的"定额型"和逐年追加的"按揭型"，资金一般不超过 100 万，对创业团队启动资金及运营资金根据项目性质进行资助。

高校自设创业扶持基金项目的选择手段灵活多样，通过大学生创意创业大赛、院系推荐、资助申请、专家组会审等方式申请，项目选择主要考虑以下标准：一是创业者的选择方向。一般高校要求比较笼统，部分高校如安徽师范大学根据国家大政方针政策和学校实际，对具有自主知识产权、节能降耗、出口创汇和劳动密集型的创业项目给予优先支持。二是创业者或创业团队的整体素质。

评审一般采用道德和信用标准，要求品学兼优，具备创业创新精神，有良好的信誉，品行良好，无不良信用和违法记录，能够顺利毕业并获得相应的学历和学位证书，用以确保扶持资金的使用方向和本金回报，同时部分高校还对城镇零就业家庭、低保户家庭、残疾人家庭和农村贫困家庭高校毕业生自主创业者，给予重点扶持。三是创业企业基础。对已经试运营或者已经投产的学生创业项目进行扶持，锦上添花，增加创业成功的概率，扩大企业影响力。

高校自设创业扶持资金对遴选对象支持的力度，从千元到数万元不等，一般集中在2～5万。扶持资金一般采取本金回收制度，对创办企业给予2～5年的孵化时间，对成功创办的企业要求分批无息返还本金，用以保证创业扶持基金良性运转。

高校自设创业扶持资金贴近学生，方式灵活，给高校学生创业带来无限活力，成为政府创业扶持基金的有效补充，为在校学生创业增加成功机会，为社会提供更多的毕业生带着创立的公司走进社会，形成高校与社会的良性互动。但高校自设创业扶持基金也存在总量小，与学生创业的整体需求不对称，管理运营水平低，缺乏商业化和社会化运作，管理方式不尽合理，相应的法律法规制度不健全等缺点。

三、进行创立企业孵化

国家对高校毕业生创业进行帮扶，各省、市、县纷纷建立创业基地和创业孵化园。同时，教育部也要求各高校“开辟专门场地用于大学生创业实践和孵化”。各高校纷纷借助政策，独立或者与当地政府共建创业基地，对大学生创业项目进行孵化。

企业孵化器应初创企业的需求和提高初创企业的成活率与成功率而生，从产生之初就与企业的创业行为息息相关，有效的创业手段使得企业产生进而有效运作。建立大学生的创业基地或者创业孵化园，引导和帮助大学毕业生创业，以创业带动就业，能够极大缓解当前就业的严峻形势，对我国的经济发展有着很强的现实意义。高校大学生创业基地或者创业孵化园属于比较特殊的孵化器，主要针对在校大学生，为其提供创业实践的相关平台，这是提高大学生就业能力的重要途径。我国许多高校已经建立或者共建了创业孵化园并制定了一系列的优惠政策，用来吸引大批的青年学生进行创业。

大学生创业基地建设在大学生创业中主要发挥以下作用:一是激发创新人才。各个大学都开始重视就业与创业指导教育的契机,孵化园的出现正好与之形成了完美的配合,给他们充足的机会去自我创新和努力奋斗,不仅能够使他们拥有相当丰富的专业实践经验,还能增强他们的创业积极性,在锻炼能力的同时还能培养他们的拼搏精神。很多著名的企业家普遍都有着大学时期创业的相关经历,孵化园的创业经历也能成为这些大学生们的一笔人生财富,培养和激励他们成为民营企业的领军者。

二是促进大学生融入社会。孵化园帮助大学生进行自主创业,使大学生从书本快速走向社会,得以将过去十几年的理论知识运用到实践当中,给他们的自主创业铺平了道路。孵化园的教育性为学生创业提供最大的便利,减少了盲目冲动与风险危害。教育性体现在他们以学生为本,比如提供舒适的办公场地与充足的物品,还有当学生进行创业时,提供一定的资金和技术支持,针对所创行业进行专家指导和辅助。同时,与社会上不同的是,孵化园还有着纽带作用,它连接着各个创业者,在互帮互助的情况下实现最高效率的发展。

三是实现学习与实践结合。孵化园能够为企业的项目带来最新最尖端的技术,最重要的是,它能促进理论学习与实践生产有机地结合在一起,最大限度地满足学生的创业要求。由此可见,创业孵化园不仅是诞生高科技人才的核心所在,还是地方经济得以腾飞的"潜力股",它使得企业与高校从此联系起来了,不再是过去的两个完全分离的部分,使得学生创业之路多了一份保障,减少他们对角色转变的不适应,同时也对自身的创业潜力有了深入的挖掘。

四是推动企业快速成长。孵化园对于企业来讲也有着积极影响,它有着集中各种技术、资金等资源的能力,使得企业的资源占有量在一定程度上得到放大,提供企业发展所需要的各种服务设施。渐渐地,企业将会随着孵化园的发展而加快发展,最终实现企业自身的发展价值,在激烈竞争的市场当中真正成为主导着地方经济的"一匹黑马"。从这个意义上来讲,企业可以经由这种孵化器实现自身发展所需要的诸如管理技术革新等各方面的"脱胎换骨",尤其是在企业还处于初期阶段,常常会出现手头的可用资源不足的情况,而孵化器能很好地缓解这种人才资源和技术资金紧缺的局面。

当代青年涌动着创业的激情,迸发着创业的智慧,实践着创业的探索。高校通过单独或者共建创业基地,为学生提供实践平台,把理论和实际结合起来,在政府、学校的共同支持下，促进学生和创办企业不断成长，极大增加了创业的成功率。

第三节　认识有关企业的法律法规

市场经济是法制经济，需要在法律许可范围内开展经营活动。大学生创业过程中自身是否具备法律意识和法律理性，是否了解和掌握与其创业相关的法律法规是依法创业的关键。因此，大学生创业的法学教育就显得尤为重要。创业法律教育不仅可以指导学生在校期间规避风险，也可以对学生走入社会后的独立创业起到很好的指导作用。

大学生创业涉及的各种共性法律问题，主要包括：

一、创办企业相关法律问题

创办企业主要包括前期的资金、场所的准备和设立公司实体的行政审批相关方面的法律问题。

在资金筹集方面，由于高校学生的特殊身份，一般没有财产供抵押，又缺乏银行个人信用记录，贷款困难，创业学生要充分利用此时各地针对高校自主创业的学生，在工商注册、小额担保贷款、税费减免等方面出台的各项优惠政策，创业所需的设备场地问题争取在学校创业孵化基地解决。当此部分资金和场所不足以满足需要，主要涉及的法律问题有：

1. 担保

担保是指法律为确保特定的债权人实现债权，以债务人或第三人的信用或者特定财产来督促债务人履行债务的制度。担保是一种承诺，是对担保人和被担保人行为的一种约束。担保一般发生在经济行为中，如被担保人到时不履行承诺，一般由担保人代被担保人先行履行承诺。担保一般有口头担保和书面担保，但只有书面担保才具有真正意义的法律效力。

担保具有五大特性：平等性，担保关系中当事人地位平等，担保法律关系中的权利义务是双方平等协商的结果；自愿性（选择性），我国合同法设立了担保制度，但并未规定当事人必须设立担保；从属性（附属性），担保之债是从债，被担保之债是主债，主债无效或消灭，从债也随之无效或消灭；保障性，保障合同的履行是担保的最根本的特征;补充性,担保权利人行使担保权利以主债务已届清偿期且债务未得到履行为前提。

根据法律规定,担保有五种方式:保证、抵押、质押、留置、定金。

主要法律:《中华人民共和国担保法》等。

2. 合同

合同是平等主体的自然人、法人、其他组织之间设立、变更、终止民事权利义务关系意思表示一致的协议。

合同分为口头形式和书面形式,其中书面形式便于当事人履行,便于管理和监督,便于举证,是经济合同当事人使用的主要形式。

合同分类大致有十五种,全部是债权合同:买卖合同,供用电、水、气、热力合同,赠与合同,借款合同,租赁合同,融资租赁合同,承揽合同,建设工程合同,运输合同,技术合同,保管合同,仓储合同,委托合同,行纪合同,居间合同。

合同有效成立的4个条件:双方当事人应具有实施法律行为的资格和能力,应是在自愿的基础上达成的意思表示一致,合同的内容必须合法,合同必须符合法律规定的形式。

合同解除有三种类型:约定解除,即当事人以合同的形式,约定一方或双方在某种条件下享有解除合同的权利;法定解除,即当事人依法律的规定通过行使解除权解除合同的行为;协议解除,即当事人通过协商一致而解除合同的行为,实际上是以一个新合同解除旧合同。

注意事项:①合同的基本条款要具备,尤其是交易的内容、履行方式和期限、违约责任要约定清楚;②查阅国家对该交易有无特别规定,目的在于确定双方的权利义务是否合法有效;③向律师事务所、公司法律顾问咨询相关业务的实际开展情况,了解业务发生纠纷的概率和纠纷的起因、种类,以便在订立合同时尽可能避免重复发生;④可能的话,通过行政机关的公证、律师见证和公证,通过相关机构的中介作用,使合同的内容尽可能完备;⑤签署合同时合同表面要字迹清楚、整洁,推荐使用合同专用纸张打印。

主要法律:《中华人民共和国合同法》等。

3. 企业创办

企业一般是指以盈利为目的,运用各种生产要素(土地、劳动力、资本、技术和企业家才能等),向市场提供商品或服务,实行自主经营、自负盈亏、独立核算的具有法人资格的社会经济组织。依照中国法律规定,公司是指有限责任公司和股份有限责任公司,具有企业的所有属性。

主要法律:《中华人民共和国公司法》《企业法人法定代表人登记管理规定》《中华人民共和国企业法人登记管理条例施行细则》《中华人民共和国个人独资企业法》《中华人民共和国合伙企业法(2006 修订)》《中华人民共和国中外合作经营企业法》《中华人民共和国中外合资经营企业法》等。

二、企业运营和管理相关法律问题

1. 票据

票据是按照一定形式制成、写明有付出一定货币金额义务的证件,是出纳或运送货物的凭证。

票据的特性:①票据是具有一定权力的凭证:付款请求权、追索权;②票据的权利与义务是不存在任何原因的,只要持票人拿到票据后,就已经取得票据所赋予的全部权力;③各国的票据法都要求对票据的形式和内容保持标准化和规范化;④票据是可流通的证券。除了票据本身的限制外,票据可以凭背书和交付而转让。

票据的功能:①支付功能;②汇兑功能。指一国货币所具有的购买外国货币的能力;③信用功能。即票据当事人可以凭借自己的信誉,将未来才能获得的金钱作为现在的金钱来使用;④结算功能。即债务抵消功能;⑤融资功能。即融通资金或调度资金。票据的融资功能是通过票据的贴现、转贴现和再贴现实现的;⑥流通作用。指票据的转让无需通知其债务人,只要票据要式具备就可交付或背书转让票据权利。

种类主要有:汇票、本票、支票、旅行支票。

主要法律:《中华人民共和国票据法》等。

2. 纳税

税收是以实现国家公共财政职能为目的,基于政治权力和法律规定,由政府专门机构向居民和非居民就其财产或特定行为实施强制、非罚与不直接偿还的金钱或实物课征,是国家最主要的一种财政收入形式。任何企业都要按照国家规定缴纳各种税款,保证国家财政的实现,满足社会各方面的需求。及时、足额缴纳税款是创业企业对国家的贡献,也是创业企业应尽的义务。

企业纳税的一般程序:税务登记—领购发票—纳税申报—税金的核算与缴纳—税务清算和报表—税务检查。

主要法律:《中华人民共和国企业所得税法》等。

3. 员工权益

企业竞争力的一个关键因素是员工的素质和活力,优秀员工是企业生存和发展的根本,也是企业发展重要的资源。坚持以人为本,尊重和保护员工的各项合法权益是企业长远发展的重要选择。

签订劳动合同。劳动合同,是指劳动者与用工单位之间确立劳动关系,明确双方权利和义务的协议。订立和变更劳动合同,应当遵循平等自愿、协商一致的原则,不得违反法律、行政法规的规定。劳动合同依法订立即具有法律约束力,当事人必须履行劳动合同规定的义务。它是促进劳动力资源合理配置的重要手段,有利于避免或减少劳动争议,稳定劳动关系。

取得劳动报酬。劳动报酬是劳动者付出体力或脑力劳动所得的对价,体现的是劳动者创造的企业价值,一般以货币形式直接支付给劳动者的各种工资、奖金、津贴、补贴等。

参加社会保险。社会保险是指国家为了预防和分担年老、失业、疾病以及死亡等社会风险,实现社会安全,而强制社会多数成员参加的,具有所得重分配功能的非营利性的社会安全制度。国家要求企业员工都要参加社会保险,一般社会保险包括养老保险、失业保险、医疗保险、工伤保险、生育保险(合称五险)等。

主要法律:《中华人民共和国劳动法》《中华人民共和国劳动合同法》等。

4. 产品质量

产品质量指的是在商品经济范畴,企业依据特定的标准,对产品进行规划、设计、制造、检测、计量、运输、储存、销售、售后服务、生态回收等全程的必要的信息披露。

产品分四种通用类别:服务、软件、硬件、流程性材料。

质量特性:①物质方面,如物理性能、化学成分等;②操作运行方面,如操作是否方便,运转是否可靠、安全等;③时间方面,如耐用性(使用寿命)、精度保持性、可靠性等;④外观方面,如外形美观大方,包装质量等。

主要法律:《中华人民共和国产品质量法》。

三、涉及知识产权的相关法律问题

知识产权是指人们就其智力劳动成果所依法享有的专有权利，通常是国家赋予创造者对其智力成果在一定时期内享有的专有权或独占权。各种智力创造，比如发明、文学和艺术作品，以及在商业中使用的标志、名称、图像以及外观设计，都可被认为是某一个人或组织所拥有的知识产权。

知识产权具备五大主要特点：无形性、专有性、时间性、地域性和大部分知识产权的获得需要法定的程序。它能够为智力成果完成人的权益提供法律保障，调动人们从事科学技术研究和文学艺术作品创作的积极性和创造性，同时将智力成果转化为生产力，运用到生产建设上去，产生巨大的经济效益和社会效益。

1. 专利权

专利权，简称“专利”，是发明创造人或其权利受让人对特定的发明创造在一定期限内依法享有的独占实施权，是知识产权的一种。我国于 1984 年公布专利法，1985 年公布该法的实施细则，对有关事项作了具体规定。

专利权的性质主要体现在三个方面：排他性、时间性和地域性。

专利权的主体即专利权人，是指依法享有专利权并承担相应义务的人。

专利权的客体，也称为专利法保护的对象，是指依法应授予专利权的发明创造。根据我国专利法第二条的规定，专利法的客体包括发明、实用新型和外观设计三种。

专利权主体权利：①实施许可权，它是指专利权人可以许可他人实施其专利技术并收取专利使用费。许可他人实施专利的，当事人应当订立书面合同；②转让权，转让专利权的，当事人应当订立书面合同，并在国务院专利行政部门登记，由国务院专利行政部门予以公告，专利权的转让自登记之日起生效。中国单位或者个人向外国人转让专利权的，必须经国务院有关主管部门批准；③标示权，它是指专利权人享有在其专利产品或者该产品的包装上标明专利标记和专利号的权利。

主要法律：《中华人民共和国知识产权法》《中华人民共和国专利法》等。

2. 商标权

中国商标权的获得必须履行商标注册程序，而且实行申请在先原则。商标是产业活动中的一种识别标志。商标权是一种无形资产，具有经济价值，可以用于抵债，即依法转让。

有效期：商标权有效期为10年，自核准注册之日起计算，期满前6个月内申请续展，在此期间内未能申请的，可再给予6个月的宽展期。续展可无限重复进行，每次续展期10年。

商标权取得的原则有以下三种：①使用原则，即使用取得商标权原则，是指商标权因商标的使用而自然产生，商标权根据商标使用事实而得以成立；②注册原则，即注册取得商标权原则，是指商标权因注册事实而成立，只有注册商标才能取得商标权；③混合原则，即折中原则，是指在确定商标权成立时，兼顾使用与注册两种事实，商标权既可因注册而产生，也可因使用而成立。

商标权取得的方式分为两种：①商标权的原始取得，也称为商标权的直接取得，是指商标权由创设而来，其产生并非基于他人既存之商标权，也不以他人的意志为根据；②商标权的继受取得，也称为商标权的传来取得，是指以他人既存的商标权及他人意志为基础而取得商标权。

主要法律：《中华人民共和国商标法》等。

四、创业过程中解决纠纷的相关法律问题

创业者要了解《民事诉讼法》《行政诉讼法》《仲裁法》中规定的具体诉讼程序，要具有积极收集证据的法律意识，面对交易金额较大、商品较多的经济往来要多采用书面合同文本形式。

思考题：

1. 政府扶持大学生创业的政策主要有哪些？
2. 如何充分利用高校扶持大学生创业政策？

创业准备篇

第四章　创业机会与创业项目

很久以前，在一个小村子里，有两个年轻人，我们称之为 A 和 B。两个年轻人是很好的朋友，都有理想，有抱负，希望有一天能通过自己的努力成为村里最富有的人。有一天，机会来了——村里决定雇两个人把附近河里的水运到村广场的水缸里去。经过积极争取，这份工作就落到了 A 和 B 的手里。两个人都显得很高兴，提起水桶就奔向河边。一天结束后，他们把村广场的水缸装满了。村里的长辈按每桶水 1 分钱的价格付给他们。这是一份不错的工作，而且收入也不错。

可是有一天，A 对 B 说："我总觉得不太对。不知道你考虑过没有，如果有一天我们老了或者我们病了，没有力气担水的时候怎么办？我觉得我们应该挖一条管道过来，把水引到村子里。"B 一听，不屑地说："你疯了，我们现在的收入有多好，我算过，我们每天可以提一百桶水，每桶水有 1 分钱的收入，我们每天有 1 块钱的收入。"要知道，在当时 1 块钱是一个很大的数字。接着，B 又说："我们有这么好的工作，为什么还要去冒险挖管道呢？我们现在的收入可以让我们在一两个星期内买一双皮靴。我们好好地干几个月可以买一头牲畜。我们为什么要去挖那个该死的管道？挖成了又会怎么样？挖不成怎么办？如果你愿意做就去吧！反正我不去。"A 说："那好吧，如果你决定不去的话，我就一个人去做这件事情。希望有一天你不会后悔。"B 说："我后悔？真是天大的笑话。"A 没再说话，就离开了。

从那天的谈话以后，A 除了每天完成他的提水工作之外，利用了很多的业余时间，一寸一寸地在挖他的管道。很多人都嘲讽 A，认为他是在浪费自己的时间。A 坚持不懈。就这样，很多年过去了，管道终于挖成了。这个时候，B 已经老了,背也驼了,水也提不动了,而A管道里的水源源不断地流入了村庄。于是,再也没有人去买B的水,因为A的水更便宜,更优质。A转眼成了村里最富有的人,而B再一次变成了穷人。

这个故事很值得我们深思。虽然我们现在拥有一份不错的工作,就像B一样,但是我们应该考虑长远些,假如有一天生病了怎么办?不管我们现在的处境多么好,都要学会为未来去做打算。所以,每个人都应该像A一样去为自己建立一个“管道”,让财富的水流自动流进来,一定要拥有自己的事业,创建一个属于自己事业的“财富的管道”,只有这样,才能获得经济的独立和时间的自由。

第一节　创业机会的识别

创业切勿好高骛远。那么一般机会在哪里呢?机会一般都在我们看得见的地方或者不起眼的角落里。首先,千万不要小看任何小生意。在这个世界上,没有小生意,只有把生意做小的人。就算是最小的生意,做好以后一样可以做大。卖臭豆腐和炸麻花的小型企业创业者都可以开成百上千家的连锁店,我们能说他们的生意小吗?当然不能。生活中到处都蕴藏着商机。“没有不赚钱的行业,只有在赚钱行业里不会赚钱的人。”

既然想找到创业的机会,必须先了解这个社会,并按照对社会的认识创造出适合这个社会的事业。如果我们将创业比喻成一片茂密的原始森林,那么其中必然充满了危险与机遇。举个例子说,在森林中不容易分辨方向,很容易误入歧途,会因饥饿而误食有毒的果子,也可能因为一不小心而被毒蛇咬伤,甚至被野兽吃掉。当今社会的创业环境就是这样一个危机重重的原始森林。虽然是这样一个处处隐藏危险的社会,如果你能深谙其中的玄机,从空气的流动得知风的方向。但是很多人因为危险而不敢擅入这片原始森林,他们更愿意踏入绿色的平原,安于做工薪阶层的一员,甚至会把那些勇于闯入原始森林的人当做傻瓜。但是谁能保证绿色的平原会永远充满绿色呢?大家难道没有看过很多地方曾经是绿茵茵的草原,可是因为干旱转眼变成了沙漠?事态总是瞬息万变的。因此,与一直停留在平原上相比,勇敢地去开垦充满未知的原始森林或许更有可能得到一片丰饶的土地。

21 世纪就是这样的,不是依靠某一个国家或某一个企业,而是依靠一个个、一伙伙人的力量在改变世界,像比尔·盖茨、迈克尔·戴尔、乔布斯、梅格·惠特曼、塞奇·布林、拉里·佩奇、马云、王传福、尹同耀等,他们用自己的力量和有共同目标的团队的力量成功地改变了世界。如果说这些人有一些共同点的话,我觉得应该就是他们"敢于承担风险","敢于走进危机重重的原始森林"。

不知道大家是否意识到我们已经从一个工业化时代进入到一个信息化时代。这种转变已经对我们的生活产生了很大的影响,很多行业在我们的眼前永远地消失了。有的中小企业倒闭,工人失业;事业单位在改革;公务员岗位更是竞争激烈。对此,我们没有必要抱怨,因为这是社会进步的一种表现。

更有未来学家预言:再过 20 年,人类现有的绝大多数职业将永远在这个地球上消失。如果真有这样的事情发生,那么失业和倒闭将成为 21 世纪的常态。在 21 世纪的商业世纪中,是允许借用别人想法的。不管过程怎么样,只要你提供的产品或者服务能够满足客户的需要,你就是获胜者,就是创业成功者。其实,大学文凭对你将来能否创业成功关系不大,只要你深刻懂得这个社会的需求,在以后的事业中注意不断学习,不断提高。

白手起家创业成功并不像有些人想象的那么难。你不必起早贪黑、夜以继日地辛苦工作,只要你深刻了解这个社会,充分发挥自身的特长和能力,时刻保持理智清醒的头脑,那么成功将是自然而然、顺理成章之事。

我们深信,随着中国经济市场化程度的日益完善,白手起家创业投资的环境会越来越好,机会越来越多,将会有越来越多的白手起家创业者活跃在中国的经济舞台上。也许你就是未来中国经济奇迹的创造者之一!

创业的机会到底在哪里?创业从本质上说就是发现市场的需求,寻找市场的机会,并通过投资经营企业来满足这种需求的活动。那么,创业肯定需要机会,而机会到底在哪里呢?

机会要靠发现。作为一名创业者,一定要具有一定的商业敏感度。这是一种素质,也是一种能力。我们经常听到一些想创业的朋友这样抱怨:"别人机遇好,我运气不好,没有机遇","我要是早几年做就好了,现在做什么都难了"。这种观点真是大错特错!

这是一个机会无处不在的时代，它就像班车，走了一班还有一班，就看你能不能够发现它。大家应该都知道牛仔裤的发明人是美国的李维斯。当初他跟着一大批人去西部淘金，途中一条大河拦住了去路。许多人感到愤怒，但李维斯却说："棒极了！"他设法租了一条船给想过河的人摆渡，结果赚了不少钱。后来，摆渡的生意被人抢走了，李维斯又说："棒极了！" 因为采矿出汗很多，饮用水很紧张，于是别人采矿他卖水，又赚了不少钱。再到后来，卖水的生意又被抢走了，李维斯又说："棒极了！"因为采矿时工人跪在地上，裤子的膝盖部分特别容易磨破，而矿区里却有许多被丢弃的帆布帐篷，李维斯就把这些旧帐篷收集起来洗干净，做成裤子，结果销量很好，"牛仔裤"就是这样诞生的。李维斯将问题当做机会，堪称一个创业的典范。他从别人的熟视无睹中发现了很多的发财机会，最终实现了自己的梦想。

在这里，提醒大家需要特别注意的五个方面，因为很多机会都是和这五个方面紧密相关的。

一、问题产生机会

创业的根本目的是什么？是满足顾客的需求。当顾客的需求在没有得到满足之前是以"问题"的形式存在着的。所以寻找创业机会的一个重要途径就是善于发现问题，并且试图为问题寻找解决的方法。

曾经有一个大学生，他在大学读书时发现很多男孩子向女孩子求爱，却找不到买花的地方，毅然地开了一家花店，生意非常红火。这就是把问题转化为创业机会的成功案例。

二、变化产生机会

这是一个变化无处不在的世界，而创业的机会很多都产生于不断变化的市场环境中。因为，当环境变化了，市场需求和市场结构必然跟着发生变化。

那么到底有哪些变化值得我们关注呢？比如，产业结构的变动，消费结构的升级，城市化速度的加快，人口思想观念的变化，政府宏观政策的改变，人口结构的变化，居民收入水平的提高，全球化趋势的愈演愈烈等诸多方面都能够派生出创业机会来。就拿居民收入水平提高这件事情来说，消费者手里有钱了,那么就会考虑购买私家轿车,自然会派生出汽车销售、修理、配件、清洁、装潢、二手车交易、陪驾等诸多的创业机会。

三、创新产生机会

不可否认,那些为这个世界提供了新产品、新服务的"发明家"就是天才,他们在满足顾客需求的同时,也带来了创业的机会。

比如,随着电脑技术的诞生,电脑维修、软件开发、电脑操作的培训、图文制作、信息服务、网上开店等创业机会就会随之而来。如果你能够深刻洞察电脑技术对信息时代的作用,就一定能够找到更多的创业机会。

四、竞争产生机会

如果你能弥补竞争对手的缺陷和不足,这也将成为你的创业机会。很多创业者正是看到了竞争对手没有注意到的市场空间而介入进去,事业发展非常迅速。

如果你想寻找新的创业机会,首先分析你周围的竞争对手的优缺点,再研究一下能否更快、更可靠、更便宜地为客户提供产品或服务。如果你能做得更好,这就是一个发财致富的绝佳机会。

五、新知识和新技术产生机会

知识和技术都是生产力,在影响和推动社会发展方面起到了举足轻重的作用。现在,科技竞争已经成为市场竞争的焦点。谁在知识和科技创新方面占据优势,谁就能够在发展上掌握主动。

个人电脑的软件开发是一种技术,正是靠着这种技术,比尔·盖茨连续15年占据世界首富的位置;电子商务也是一种技术,正是靠着这种技术,马云的阿里巴巴才成为中国市值最高的互联网企业;如今的4G也是一种新技术,势必会产生另外一个像微软、阿里巴巴、谷歌一样的公司。类似的案例还有很多。拥有了新知识和新技术,蚂蚁就有可能打倒大象,并且在最短的时间内超越大象。面对这样的新技术所带来的机会,不知道你作何感想?如果你能够紧跟新知识和新技术的发展方向,相信你一定能够赚个盆满钵满。

上面谈到的五点都蕴含了大量的商机和创业机会。可是,如果你认为自己只是有一个很好的想法就对创业盲目乐观,有可能会摔跟头。

有想法和点子固然重要,但是并不是每一个想法和点子都能转化成能够带来利润的商业机会。不少创业者仅仅凭一个商业机会就去创业,结果失败了。为什么呢?商业机会也有好坏之分,也有和市场需求相匹配的问题,比如你的新技术太超前了,以至于消费者根本没有办法接受,造成最终的创业失败是很可惜的。

六、判断商业机会的标准

如何判断一个好的商业机会且适逢其时呢?给大家提出四点考量标准:

第一,顾客离不开它,并且有足够的顾客(有市场,规模足以支撑创业者的发展);

第二,能在你的商业环境中行得通(可商业化);

第三,必须能在"机会之窗"存在的期间被实施(时间门槛);

第四,你必须有合作伙伴、资源和技术与之相匹配,以实现这个商业机会(资源整合)。

除了第三点外,其他三点都好理解。所谓"机会之窗",是指你把商业模式推广到市场上去所花的时间。如果你在推广商业模式的时候,竞争对手也意识到了商机所在,采取同样的或者类似的想法把产品推向市场,那么你的机会之窗就关闭了。简而言之,你必须在竞争对手警觉之前让你的产品被消费者所认知。

第二节 创业项目的选择

创业不是简单的乌托邦式的"理想+信念",光凭一腔热血和美好梦想就能顺利到达胜利彼岸。其实创业更多的是需要科学的前期规划、理性的过程分析、有效的资源分析和整合、成熟高效的运作技能及良好的心态等因素结合在一起。

多少年前就听说过这样一个口号:"十亿人民九亿商,还有一亿要开张。"可见,中国人的创业意识是非常浓厚的。为了实现个人价值的最大化,为了解决自己的物质或精神需求,创业就成了必走的道路。

很多人都把创业当成了自己的理想所在。可是要知道,事业有大小之分,创业可没有大小之分。沃尔玛一开始不就是个杂货铺吗?微软一开始不就是一个开发软件的小公司吗?不管一开始的起点是多么低,只要坚持去做,不放弃任何一个微小的机会,也一样能够把小事业开拓成大事业。

我们讲一个小故事:吴利忠学做臭豆腐。

吴利忠一走上社会就给自己立了一个目标:3 年内赚 100 万元,5 年内赚 200 万元。为了实现这个目标,吴利忠对找他合伙做生意的人说,如果一次生意赚不到 5 000 元,你们就不要来找我。就这样,吴利忠把自己所有的精力都集中在那些能发大财的项目上,可惜在外闯荡了 7 年,不但一分钱都没有赚到,还被人狠狠骗了一回,不但所有赚到的钱都被骗走,还一下子亏了十几万元。每每想起这些年来的努力到头却是一场空,吴利忠的心里就像堵了一块石头一样难受。

这天,吴利忠站在家门口的桥上,看着流淌着的河水,他甚至想两眼一闭从桥上跳下去就这样一了百了,省得家人和自己一起叹息痛心。这个时候一阵浓烈的臭豆腐的香味飘到了吴利忠的鼻子里,吴利忠不用看都知道这是桥边沈天智老人在炸臭豆腐。沈天智从 17 岁开始炸臭豆腐,整整炸了 60 年,每一个吃过他炸的臭豆腐的人都会回来吃第二次、第三次……看着沈天智老人的摊子周围围着的人群,吴利忠忽然想,是不是自己也可以做臭豆腐生意呢?

因为吴利忠明白,虽然这是个看起来不起眼的生意,但一旦拥有这门技术并且经营出特色,那么一定是一份很不错的事业。说做就做,吴利忠跑到沈天智的臭豆腐摊说自己想要拜他为师,可是沈天智冷冷地拒绝了吴利忠。吴利忠不甘心,又跑去找沈天智的儿子,希望他能够帮助自己做做沈天智的工作,得到答案是:“你还是别费神了,我的技术是要带到棺材里去的。”

吴利忠还是不肯死心,他一定要向沈天智学到真正的做臭豆腐的手艺,他就找沈天智的老伴,并且决定出 1 万元的拜师费。一听说吴利忠要用 1 万元钱去学沈天智的做臭豆腐的手艺,人们都说吴利忠疯了,吴利忠的叔叔更是当面骂他傻子。吴利忠还真是吃了秤砣铁了心,一定要在沈天智那儿学到做臭豆腐的手艺。他的真诚最终感动了沈天智老人,老人把自己的所有做臭豆腐的手艺都传给了吴利忠。吴利忠的手艺一学成,就在上虞市开了全国第一家臭豆腐专卖店,店名叫做“六十年老磨坊”。5 元钱一份的臭豆腐让每一个品尝过的人都赞不绝口,因为吴利忠做出的臭豆腐味道十分地道。

吴利忠就这样把专卖店一家接着一家地开了起来,并且把臭豆腐的生意做到了鲁迅的故乡,成为鲁迅特色街上最亮丽的一道风景线,每一位游客到了绍兴,如不品尝吴利忠的臭豆腐都会觉得很遗憾。

今天,吴利忠的臭豆腐连锁店已经开遍全国,吴利忠也早已经实现了自己的梦想,不只是 5 年赚 200 万元,而是 500 万元、1 000 万元,甚至更多。现在看着自己臭豆腐店里排着的长队,吴利忠的心里就会有一种踏踏实实的感觉。

从吴利忠的创业经历可以看出,创业真的没有大小之分,只看你怎么样去做。小小的臭豆腐都能做成全国连锁,你还敢说什么事情是小的呢?

发现创业机会不是一件容易的事情,但也不是高不可攀的。

作为一名创业者,应该在日常生活中有意识地加强实践训练以培养和提高创业的能力。你要懂得深入市场,进行调研;要了解市场供求状况和需求变化趋势;要明白竞争对手的长处和不足;要多看、多听、多想,并且保持独特的思维模式,不人云亦云。如果你具备了这些能力,创业成功的几率就会大很多。

这里提供两种可供参考的创业起点,起点并没有好坏和对错之分,要结合自身的情况选择最适合自己的创业模式。

一、跟对人、做对事

一个创业成功的关键秘诀,那就是跟对人,跟成功的人做事。如果你能够跟一个成功的人成为朋友,不管困难还是屈辱,都真心诚意地去用心学习他是怎么做事、如何思考的,那么你就会学到很多创业的道理。成为成功者的朋友,认认真真地帮成功人做事,会减少你创业中很多的错误。所谓的“千点万点,不如明师一点”,说的就是这个意思。

二、先打工、后创业

这里所说的打工,是以未来的个人创业为目的的。也就是说,前期的打工是为了后期的创业打基础。选择这种创业模式的人，必须注意四个问题：

1. 要做出正确的选择，做自己喜欢的事情

在未来的创业路上你要付出几年甚至十几年的艰辛工作，一个人如果做自己喜欢的事，每天工作 24 小时也不觉得辛苦。如果是做自己不喜欢的事，每天工作一小时都是煎熬。

同时，还要选择最有前途、最赚钱的行业去做。做不赚钱的生意吃力不讨好，投入和产出完全不成比例，这是在折磨自己的生命和浪费资源。

最后，还要选择你所在地区有规模有优势的行业去做，这一点也很重要。每一个地区和城市的经济资源都不一样，如果你不是选择当地资源独特、规模最大的行业去做的话，最终你的事业是做不大的。

2. 要有目的、有意识地积累各方面知识和能力

你所在公司和企业的管理知识、产品知识和营销知识等都是你应该学习的东西。要勤奋地帮老板做事，用业绩说话，让老板喜欢你。

3. 把你的平台资源发挥到极致

既然你打工的目的是为了创业，那么一定要利用好你所在公司的平台资源，广泛结交和积累人脉资源，要懂得尽可能地利用现有平台为自己做些事情。在做好充分准备之前千万不要盲目急迫地辞职。当然，如果你觉得各种条件都已经成熟了就应该毅然脱离公司，去开创自己的事业。一般来说，你的老板会挽留你，因为他不甘心丢失了一个好员工。可是你要知道，也许你的老板就是这样成功的。所以，只要坚定决心就应该义无反顾，勇往直前。

4. 从底层做起

做什么事情都需要从底层做起。千万不要小看了业务代表，要知道很多身家上亿的大老板一开始都是从业务代表起步的。如果你真的想创业的话，你可以尝试这样一条道路。

首先，你应该确定你日后要经营的行业和产品要有市场潜力，能赚钱。然后，在这个行业中选择一个好的公司，去做这个公司最底层的业务代表。在你所在的城市为这个公司开拓市场、销售产品，进而了解这个产品，熟悉这个行业，最终拥有这个市场。最后，等条件成熟的时候你可以从业务代表转变成代理商正式开始自己的创业。

用这种模式去创业必须要选择一家好的公司,哪怕薪水比较低也没有关系,因为你看中的是未来而不是现在。

第三节　创业风险的评估

尝试风险是创业者无法回避的客观规律,然而创业的风险与回报并不是矛盾体,而是辩证统一的。真正的创业者能够最大限度地规避风险,不同创业起点的风险规避方式也不同。

一、尝试风险是无法回避的客观规律

成功有时候是知识的"宠儿",更多时候是风险的"儿子",是上天对"吃螃蟹者"的奖赏。如果没有承担风险的能力,就会与成功绝缘。实际上,纯粹靠出卖脑力、体力劳动而创业成功的现象并不多见。一般的体力劳动在社会上不稀缺,而社会从来都是对最稀缺的东西给予最高定价。只有敢于冒险才能出人头地,才能赢得创业的成功。你看那些伟大的创业者,他们都是靠着勇敢面对创业中所有问题最终获得成功的。

在创业的过程中风险是无处不在的。那么到底什么是风险呢?从本质上说,风险就是一种不确定性,而这种不确定性表现在它可能给面临风险的人带来损失。既然风险能够带来损失,我们为什么还要提倡冒险呢?因为在可能带来损失的同时,也可能带来巨大的利益。以创业为例,你所面临的有可能只是暂时的风险和困难,而一旦创业成功就能获得一辈子的安逸生活或者说最大程度地实现人生价值。实际上,没有任何一个人是喜欢风险的,他们喜欢的是风险之后的回报。

二、风险的投资和回报

很多创业者担心风险,怕赔得一塌糊涂。可是任何创业都不可能没有风险。请记住一句话,付出与回报是成正比的。如果你连最基本的风险都不敢承担,凭什么比别人多拥有一份事业而使自己的后半生实现财务自由呢?

市场经济的性质就决定了这个世界没有零风险的创业,"绝对没错"的事情

是不可能存在的。如果你执意去找一个零风险的创业机会,你可能永远也不能创业成功。面对风险我们不应该害怕。因为,风险不是绝对的,是可以被控制的。

如果从一开始就充分考虑风险,甚至有"为创业交学费"的风险心理准备,就可能有效地规避风险。或者说我们准备充足,风险就可能沾不上我们,这样我们几乎就把风险降到很低。有这样一句话来说明创业风险的性质——"与其说创业本身是有风险的,不如说有风险的是创业者本人。"为什么这么说呢?你的创业当然全部是由你来做主的,如果你的创业项目存在大量风险的话,从本质上讲,创业者才是最大的风险起源点。

能力欠缺的创业者就像一个技术不熟练的司机开车上路一样,一开始就是带着风险去创业的。比如,当你在创业能力还不具备的时候就开始创业,资源不具备就开始创业,没有根据自己创业资源来确定合适的创业项目,创业项目本身就有问题等,所有的这些创业风险不都是创业者本身所带来的吗?

如果有人问谁是中国最爱冒险的企业家?这个时候一定会有人提到王石。他 50 多岁还去登珠穆朗玛峰,最后成功了,成为中国企业家中登顶世界最高峰的第一人。他还喜欢跳伞、滑雪、航海……只要是刺激、好玩的项目,王石都喜欢。可是,他认为自己做这些事情并没有太多风险,因为他通过严格的专业训练和过硬的专业素质已经把风险降低到最低了。

王石做的最冒险的事情还是在开始创业的时候。

1983 年,王石在深圳做玉米生意,第一次尝到成功的喜悦,可是没得意几天,媒体就报道说,香港有关部门从鸡饲料中发现了致癌的物质,希望民众在食用鸡肉的时候要特别小心。

大家可以想一下,这条报道出来以后谁还吃鸡肉?

销往香港的鸡销不出去,自然鸡饲料也就不好卖,这就像一条完整的食物链突然一环断了,后面的那些环自然也就散了。此时的王石还不知道深圳的玉米已经无人问津了,他还在做着发大财的美梦。回到深圳后,王石知道了一直畅销的玉米成了滞销货,饲料厂根本就不进玉米了。王石费尽心机才终于销出了这几千吨玉米,可是白白损失了 100 多万,还欠下了 70 多万的债务。

王石辗转反侧,不得入眠。他看着那张报纸恨得直咬牙,可是,王石并不甘心。一想到玉米里面可能没有致癌物质，王石再也躺不住了，一跃而起。他决定冒一次险，再去北方贩玉米。那些和王石一样做玉米生意的商人一听说王石还要去北方贩玉米，都说王石是不是赔钱赔出精神病来了，这个时候去北方贩玉米到深圳那还不是越赔越多。就连王石一直供货的饲料厂的朋友也劝王石别冒险了，鸡都销不出去，玉米还能销出去？

可是王石谁的话都不听，他只相信自己，他安慰自己说，“我就不相信香港人永远不吃鸡了，要吃鸡就要鸡饲料，要鸡饲料就得要我的玉米。”王石来到大连，大连的粮油公司一见王石就像见了亲人一样，这个时候大连粮油公司的经理正为销不出玉米发愁。王石一口气把大连粮油公司所有库存玉米都订购了，紧接着王石又来到天津、青岛等地，把这些地方的玉米库存都给订购了。

首批 7 000 吨玉米从北方装船起运，看着这 7 000 吨玉米，王石的心也是非常忐忑，他知道运到深圳的时候，香港人如果还没有开始吃鸡，那么自己真的就只能够跳海了。当装载着 7 000 吨玉米的货船还有两天就要停靠在蛇口赤湾码头时，香港的那家报纸登出一封致歉信，对错误报道鸡饲料中存在致癌物质进行道歉。拿着这张登着新消息的报纸，王石心中的愁云散开了，这个时候只有王石手里有玉米，所有深圳的饲料厂只能向王石订货，就是这一遭生意王石足足赚了 300 多万元，后来他正是凭着这 300 多万元的启动资金成立了万科，才有了今天的成功。

现在，很多人在谈到王石的这场战役的时候都认为王石非常大胆，这样的险也敢冒。王石自己也说：“想想其实也是很后怕的，如果香港的报纸再迟一个月登出致歉信，那么我就只能是全军覆没选择自杀了。然而凭着自己的直觉和常识，我认为这样的险还是值得冒的。”

许多人在创业危机来临的时候往往非常恐惧，而王石却能够在四面楚歌的时候仍然保持冷静的头脑，具有理性的分析能力，并且坚信自己的分析，相信自己的选择。拥有这样的能力和素质的人自然更容易创业成功。

三、真正的创业者能够最大化地规避风险

创业中的风险是必不可少的，可是真正的创业高手却能够尽可能地规避风

险,把风险降到最低。要想规避风险,不但要有激情和理念,懂得专注,还要有较强的执行力。同时,创业者做事情的眼光要高,着手却要低,要现实,千万不要去见风险投资人的时候对自己的事业夸夸其谈。这样的话,风险投资人反而对你的创业项目感到不信任。

我们只要踏踏实实地说你想做什么,这个东西能解决什么问题就可以了。作为创业者,我们还需要一种胸怀,一种与时俱进的学习能力。很多年轻的创业者雄心勃勃,可是创业就是不成功,损失惨重。分析他们失败的原因主要是太自负,不能从成功人士那里学到一些经验,听不进好的建议。

很多创业者一开始都缺少创业的经验。其实,缺少创业的经验并不可怕,可怕的是你没有谦虚、开放的学习心态,不能与时俱进。很多创业者一开始就陷入了一个死循环,注定要失败。他们认为自己的眼光独到才是出手的前提,其实,眼光独到只是创业的一个方面,并不能有效规避风险。

我们并不鼓励大家盲目创业。也就是说,如果你的创业时机不成熟就不要创业。先学会给别人打工,等时机成熟了再出来创业。千万别说机会一去就不复返了。创业的时机就像大巴车,错过了一班还有下一班的到来。

对刚毕业的大学生而言,至少应该在公司里踏踏实实干五六年。虽然是打工,实际上是公司在给你"缴学费",你在不同的平台积累的经验是任何老板剥夺不走的。只有积累这种经验,你的创业能力才更高,更有把握成功。

总的来说,创业风险的规避是有规律可循的。

有的时候,创业者之所以失败就是因为摊子铺得过大,过于冒进,在一开始创业的时候就轻易地涉足多个产业,缺乏对创业进行风险控制和管理的能力。要知道创业是一项工程,必顺谨慎、谨慎、再谨慎,把风险控制在一定的范围之内。

就拿企业家史玉柱来说吧!1997 年对史玉柱来说是一个关键的转折点,也正是那一年,巨人倒下了。1997 年之前,史玉柱的创业非常激进、大胆、冲动而又理想主义,所以巨人集团才轰然倒地,史玉柱欠款 2 亿元,堪称全国最穷的人。1997 年之后呢?史玉柱在重新创业的时候不再只片面地注意事情好的一面,他总是天天在想如果失败了会怎样,失败的因素会有哪些。史玉柱知道,作为一名创业者对风险的考虑不足,就会很容易把企业导向失败的境地。为了不让自己再犯冒进的错误,史玉柱给自己定了这样一个原则:宁可错过一百个机会,绝不投错一个项目。这跟他过去的那种绝不放过任何一个机会的思路大相径庭。

再看万科集团的王石。他曾经说过,低于20%利润的项目万科不做,这也是风险控制的一个表现。像万科这样的大公司尚且要控制风险,创业公司就更不用说了。能否在发展的过程中始终对风险有良好的认识,并通过一个控制体系将风险控制在可承受的范围内是所有创业公司必备的能力。

很多的创业高手都懂得"嫁接"资源,降低风险,都是资源积累和整合的高手。创业往往是从一项有前景的技术开始的。那么,你不但要对这个技术进行合理的评估,还应该撰写一份商业计划书。这份商业计划书的目的就是为了筹措创业资金。你需要将你所描绘的创业蓝图拿给那些有资金、有意向的投资者看,方案可行的话,可将你的技术换成公司的股份。

四、几种规避风险的策略

在千方百计筹措到资金后,你就需要把这笔钱投入市场进行市场运作。这时,你应该把用于投资的资金一次性投入市场吗?答案是否定的。真正的创业高手从来都不这样做。

真正的创业高手懂得,不宜将可用于投资的全部资金一次性投入市场,而应预留部分资金,以一定百分比的资金投入市场,这样才可以尽可能地降低风险。预留一部分资金可以帮助我们在市场之外将损失限定在一定范围内。如果一次性投入全部资金,倘若市况不佳或创业者决策失误,很有可能面临弹尽粮绝的境地。在这种情况下,创业者再想募集资金就更加困难了。预留一部分资金可以随时作为追加投资投入市场,可以增加创业开拓的灵活性和主动性。总之,投资资金不可一次性投入市场而应预留一部分,这是创业风险控制的重要一条。

除了预留一部分资金外,创业者还应该怎样降低创业风险呢?

创业者最重要的能力是自我控制。自我控制的能力决定创业者的创业能否成功。从某种意义上说,创业本身并没有多少风险可言,而是创业者本身带有很多风险。一个真正成熟的创业者懂得时刻控制两个比率,一个是收入、支出比率，一个是资产、负债比率。掌握一定的创业知识能够保证两个比率的可操控性。公司利润中要承担的税务额度对每个公司来说都是一项不能避免的开支。所以，任何一个公司的创业者都应该懂得合理合法地避税、控税的重要性。

此外，风险的控制还需要注意节奏和分寸。在节奏方面，创业企业在不同的时期会遭遇不同的风险，需要认识到在目前以及将来不同时期存在哪些风险。就拿举办一场演唱会来说，最开始的风险可能主要是没人来买票；有人来买票后的风险可能是演唱会能不能如期举行，请的大牌歌手能不能如期过来，场地器材能不能准时就绪；演唱会开始后的风险可能是会不会冷场，舞台会不会倒塌，天上会不会下雨（如果室外举行的话），会不会出现骚乱；演出结束后的风险可能是大家如何有秩序地散场，如何让艺人安全地离开，等等。

在认识到有哪些风险后，就需要采取一系列措施来防止风险的出现，并且制定一套方案来应对风险出现，将风险带来的影响降到最低。

在分寸方面，一方面不能过紧，另一方面也不能过松。过紧的话，创业公司就可能会丢失诸多的机会，快速反应的能力就发挥不出来；过松的话，可能无法有效控制住风险。创业企业本来自身应对风险的能力就比较差，所以无法控制风险的后果是非常严重的。有效控制好风险，少犯错误，这样才能让自己创立的企业发展得更快、更稳，前景也更加光明。

创业有段位的高低，有起点的不同，是因为每个创业者所拥有的资源不一样，所拥有的抱负也不同。我们根据起点的不同把创业分成三大类，并简单介绍相对应的风险规避方式。

1. 初级起点

不一定非得做成百年基业的公司才叫创业，很多初级起点的创业者从一开始就慢慢积累自己的财富，一样取得了不错的创业成绩。

初级起点创业的最大的特点是：创业者往往没有资金或者只有少量的积蓄，然而心怀一个创业的梦想，或者为生计所迫只得做一些小本买卖。初级起点创业也常常被称之为“小本创业”。很多人瞧不上小本创业，觉得没有什么“技术含量”，或者觉得规模太小。可是，只要勇敢迈出这一步就是值得我们敬佩的。当初肯德基的创始人就是开着他的福特老爷车辗转各地卖炸鸡,之后呢?肯德基餐厅开遍了全球。小本创业的起点低,前途却不见得就低,关键要看创业者的胸怀和眼光。

初级起点的创业者应该如何规避风险呢?首先,应该审视自己的优势在什么地方,客观估计自己对风险的承受力。其次,还要认真考虑自己的商业模式。比如从事第三产业,例如咨询、中介等行业就得仔细研究要怎么收费、收谁的费、收多少费,以及消费者是否被认可,等等。这些都是商业模式要解决的问题。小本创业切记不可盲目扩张,要稳扎稳打,不能看到丰厚的利益后就贪图安逸,不思进取。

要提醒小本创业者:要坦然面对失败。失败不可避免,就算失败了也不是一无所成,你还拥有宝贵的创业经验,这些经验会对下一次的创业有所帮助。

2. 中级起点

中级起点创业的特点就是:创业者拥有不错的资金或者一项有前景的技术。相对于初级起点的创业者来说,中级起点的创业者拥有一定的资源,能够一开始就把事业做得大一些。可是,摊子铺的大相对应的风险也会增多。我们应该怎么样回避中级起点的创业风险呢?

如果拥有一定的资金,就要审视自己曾经的工作经验,是不是对创业的项目有所帮助,这一点是非常关键的。如果两者可以有效匹配的话,以前的创业经验和人脉关系肯定可以帮你降低创业的风险,反之就要慎重。如果你的创业经验和创业项目没有交叉点,那么你在把资金投入到创业项目前一定要多向别人请教,多做市场调研,等全部都弄清楚了再做进一步的规划。

3. 高级起点

拥有高级创业起点的创业者无疑拥有更多的资源:有雄厚的资金,又有良好的管理团队和丰富的人脉关系。可能你会觉得,高级起点的创业者创业成功的比率要高得多。

一般来说,拥有高级起点的创业者比拥有中级起点和初级起点的创业者创业成功率要高一些。可是,这也并不意味着就没有风险了。高级起点的创业者有一个致命的弱点,那就是失败不起。因为这个阶段的创业者一般年龄都比较大,一旦失败就再也没有翻盘的可能。所以,对这个阶段创业者的建议是,一切以稳健为要。

第四节　商业模式开发

一、商业模式的定义

商业模式已经成为挂在创业者和风险投资者嘴边的一个名词。几乎每一个人都确信,有了一个好的商业模式,成功就有了一半的保证。那么,到底什么是商业模式?它包含什么要素,又有哪些常见类型呢?商业模式就是公司通过什么途径或方式来赚钱。简言之,饮料公司通过卖饮料来赚钱,快递公司通过送快递来赚钱,网络公司通过点击率来赚钱,通信公司通过收话费来赚钱,超市通过平台和仓储来赚钱,等等。只要有赚钱的地方,就有商业模式存在。

商业模式是一个比较新的名词。尽管它第一次出现是在 20 世纪 50 年代,但直到 20 世纪 90 年代才开始被广泛使用和传播。目前相对比较贴切的说法是:为实现客户价值最大化,把能使企业运行的内外各要素整合起来,形成一个完整的高效率的具有独特核心竞争力的运行系统,并通过最优实现形式满足客户需求、实现客户价值,同时使系统达成持续赢利目标的整体解决方案。

商业模式是一个非常宽泛的概念,通常所说的有关模式的说法很多,包括运营模式、盈利模式、B2B 模式、B2C 模式、"鼠标加水泥"模式、广告收益模式,等等。商业模式是一种简化的商业逻辑,依然需要以下一些元素来描述:

价值主张:即公司通过其产品和服务所能向消费者提供的价值。价值主张确认公司对消费者的实用意义。

消费者目标群体:即公司所瞄准的消费者群体。这些群体具有某些共性,从而使公司能够(针对这些共性)创造价值。定义消费者群体的过程也被称为市场划分。

分销渠道:即公司用来接触消费者的各种途径。这里阐述了公司如何开拓市场,它涉及公司的市场和分销策略。

客户关系:即公司同其消费者群体之间所建立的联系。通常所说的客户关系管理即与此相关。

价值配置:即资源和活动的配置。

核心能力:即公司执行其商业模式所需的能力和资格。

合作伙伴网络:即公司同其他公司之间为有效地提供价值并实现其商业化而形成合作关系网络。这也描述了公司的商业联盟范围。

成本结构:即所使用的工具和方法的货币描述。

收入模型:即公司通过各种收入流来创造财富的途径。

总体来说,商业模式是指一个完整的产品、服务和信息流体系,包括每一个参与者和其起到的作用,以及每一个参与者的潜在利益和相应的收益来源和方式。在分析商业模式过程中,主要关注企业在市场中与用户、供应商、其他合作伙伴的关系,尤其是彼此间的物流、信息流和资金流。

二、商业模式的类型

商业模式分可为两大类:

(1)运营性商业模式。重点解决企业与环境的互动关系,包括与产业价值链环节的互动关系。运营性商业模式创造企业的核心优势、能力、关系和知识,主要包含以下几个方面的内容:

产业价值链定位:企业处于什么样的产业链条中,在这个链条中处于何种地位,企业结合自身的资源条件和发展战略应如何定位。

盈利模式设计(收入来源、收入分配):企业从哪里获得收入,获得收入的形式有哪几种,这些收入以何种形式和比例在产业链中分配,企业是否对这种分配有话语权。

(2)策略性商业模式。策略性商业模式对运营性商业模式加以扩展和利用。应该说策略性商业模式涉及企业生产经营的方方面面。业务模式:企业向客户提供什么样的价值和利益,包括品牌、产品等;渠道模式:企业如何向客户传递业务和价值,包括渠道倍增、渠道集中或压缩等;组织模式:企业如何建立先进的管理控制模型,比如建立面向客户的组织结构,通过企业信息系统构建数字化组织等。

每一种新的商业模式的出现，都意味着一种创新、一个新的商业机会的出现，谁能率先把握住这种商业机遇，谁就能在商业竞争中先拔头筹。商业模式还具有生命性，一个世纪前，金·吉利通过赠送产品来赢得财富，创造了一种新的商业模式，而今天当各商家都用打折或买一送一的方式来促销时，这就不再是一种商业模式。商业模式具有可移植性，如果今天我们生产剃须刀片的企业仍然通过免费赠送剃须刀来卖刀片，它就不能称之为商业模式，而当新型的网络企业通过各种免费方式赢得眼球时，我们就能称这种免费形式为网络企业的新商业模式。在企业的创办过程中，每一个环节上有多种创新形式，偶尔的一个创新也许就能改变企业的整个经营模式，也就是说企业的商业模式具有偶然性和广阔的衍生性。

三、制造商领域的商业模式

目前，制造商商业模式主要有以下六种形式：

(1)直供商业模式。主要应用在一些市场半径比较小，产品价格比较低或者是流程比较清晰，资本实力雄厚的国际性大公司。直供商业模式需要制造商具有强大的执行力，现金流状况良好，市场基础平台稳固，具备市场产品流动速度快的特点。由于一般情况下市场战略纵深很大，市场特点迥异，渠道系统复杂，市场规范化程度比较低，在全国市场范围内选择直供商业模式是难以想象的。因此，即使强大如可口可乐、康师傅等跨国企业也开始放弃直供这样商业模式。但是，利润比较丰厚的一些行业与产业还是会选择直供商业模式，如白酒行业。

(2)总代理商业模式。这种商业模式为广大的中小企业所广泛使用。由于这些企业在发展过程中面临着两个最为核心的困难，其一是团队执行力比较差，他们很难在短时间内构建一个庞大的执行团队，而选择经销商做总代理可以省去很多当地市场执行面的困难；其二是资金实力上有困难，中小企业普遍资金实力比较薄弱，选择总代理商业模式，他们可以在一定程度上节约资金，更有甚者，他们可以通过这种方式完成最初原始资金的积累，实现企业快速发展。

(3)联销体商业模式。随着大量中小企业选择采取总代理商业模式,市场上好的经销商成为一种稀缺的战略性资源,很多经销商对于鱼目混珠的招商产生了严重的戒备心理,在这样的市场状况下,很多比较有实力的经销商为了降低商业风险选择了与企业进行捆绑式合作,即制造商与经销商分别出资,成立联销体机构,这种联销体既可以控制经销商市场风险,也可以保证制造商始终有一个很好的销售平台。如食品行业的龙头企业娃哈哈就采取了这种联销体的商业模式,空调行业巨头格力空调也选择了与区域性代理商合资成立公司共同运营市场,取得了不错的市场业绩。

(4)仓储式商业模式。仓储式商业模式也是很多消费品企业选择的商业模式。很多强势品牌基于渠道分级成本很好,制造商竞争能力大幅度下降的现实,选择了仓储式商业模式,通过价格策略打造企业核心竞争力。这种商业模式在家电业尤为明显,比如长虹电视:商场负责卖电视,长虹的仓储基地负责送货、安装和售后服务。

(5)专卖式商业模式。随着市场渠道终端资源越来越稀缺,越来越多的消费品企业选择专卖形式的商业模式。如“五粮液”提出的全国两千家专卖店计划,蒙牛乳业提出的蒙牛专卖店加盟计划等。选择专卖店商业模式需要具备以下三种特征中的任何一种或者三种特征均具备。其一是品牌。选择专卖式商业模式的企业基本上属于具备很好的品牌基础,消费者自愿消费比较多,而且市场认知也比较成熟;其二是产品线比较全。要维系一个专卖店具有稳定的利润,专卖店产品结构就应该比较合理。因此,选择专卖渠道的企业必须具备比较丰富的产品线;其三是消费者行为习惯。必须看到,在广大的农村市场,可能我们这种专卖模式就很难起到推动市场销售的功能,因此,专卖商业模式需要成熟的市场环境。

(6)复合式商业模式。由于市场环境异常复杂,很多快速消费品企业在营销策略上也选择了多重形式。复合式商业模式是基于企业发展阶段而做出的策略性选择。但是,要特别注意的是,一般情况下,无论多么复杂的企业与多么复杂的市场,都应该有主流的商业模式,而不能将商业模式复杂化作为朝令夕改的借口,使得营销系统在商业模式上出现重大的摇摆。

四、商业模式与技术创新

一般来说,商业模式比技术创新更重要。其根本原因在于存在一个庞大而低端的消费市场,而且这个市场在绝对意义上说远远没有饱和,无数商品还没有被寻常消费者享受到,商业并没有得到更广泛普及。而在短期内,国民的收入不会发生大的变化,这也导致对高端消费的抑制。这个时候,发现新的需求,并且创造出新的需求模式,显得尤其重要。

成功者总是令人羡慕,但是,成功不能复制。当年大家都搞互联网的时候,只有搜狐、新浪等门户网站赚了大钱;等到大家都去搞门户的时候,互联网却遭遇寒冬,反而是做 B2B 的阿里巴巴赚钱了;等到大家都去做电子商务的时候,没有想到出来个陈天桥,搞游戏发财了。那些成功的人,都是走的与别人不一样的道路。新的商业模式不仅仅表现在 IT 行业,在其他的各个领域也出现了新的商业模式。例如,如家改变传统酒店模式,以连锁和简化酒店功能的新型商业模式,获得了商务人士的广泛推崇;分众传媒“发现”了楼宇广告,并且开创了户外媒介传播的新方式。

在日益激烈的竞争中,新的商业模式会层出不穷,而这也正是商业社会的魅力之所在。也许某一天,从一个不知名的角落里,崛起一个巨大的商业帝国。

五、商业模式的核心原则

商业模式的核心原则是指商业模式的内涵、特性,是对商业模式定义的延展和丰富,是成功商业模式必须具备的属性。持续盈利是对一个企业是否具有可持续发展能力的最有效的考量标准,盈利模式越隐蔽,越有出人意料的好效果。商业模式所要遵循的核心原则有:

(1)客户价值最大化原则。一个商业模式能否持续盈利,是与该模式能否使客户价值最大化有必然关系的。一个不能满足客户价值的商业模式,即使盈利也一定是暂时的、偶然的,是不具有持续性的。反之,一个能使客户价值最大化的商业模式,即使暂时不盈利,终究也会走向盈利。所以,我们把对客户价值的“实现再实现、满足再满足”当作企业应该始终追求的主观目标。

(2)持续盈利原则。企业能否持续盈利是我们判断其商业模式是否成功的唯一的外在标准。因此,在设计商业模式时,盈利和如何盈利也就自然成为重要的原则。当然,这里指的是在阳光下的持续盈利。持续盈利是指既要“盈利”,又要能有发展后劲,具有可持续性,而不是一时的偶然盈利。

(3)资源整合原则。整合就是要优化资源配置,就是要有进有退、有取有舍,就是要获得整体的最优。在战略思维的层面上,就是通过组织协调,把企业内部彼此相关、把企业外部合作伙伴整合成一个系统,取得 $1+1>2$ 的效果。在战术选择的层面上,根据企业的发展战略和市场需求对有关的资源进行重新配置,以凸显企业的核心竞争力,并寻求资源配置与客户需求的最佳结合点,通过重组制度安排和管理运作协调来增强企业的竞争优势,提高客户服务水平。

(4)创新原则。在经营企业的过程中,商业模式比技术更重要,因为前者是企业能够立足的先决条件。成功的商业模式不一定是在技术上的突破,而是尝试对某一个环节的改造,或是对原有模式的重组、创新,甚至是对整个游戏规则的颠覆。商业模式的创新形式贯穿于企业经营的整个过程之中,贯穿于企业资源开发研发模式、制造方式、营销体系、市场流通等各个环节,也就是说,在企业经营的每一个环节上的创新都可能变成一种成功的商业模式。

(5)融资有效性原则。融资模式的打造对企业有着特殊的意义,尤其是对广大的中小企业来说更是如此。企业生存需要资金,企业发展需要资金,企业快速成长更是需要资金。资金已经成为所有企业发展中的障碍和很难突破的瓶颈。谁能解决资金问题,谁就赢得了企业发展的先机,也就掌握了市场的主动权。

如巨人集团,仅仅为近千万的资金缺口而轰然倒下;曾经与国美不相上下的国通电器,拥有过30多亿元的销售额,也仅因为几百万元的资金缺口而销声匿迹。所以说,商业模式的设计很重要的一环就是要考虑融资模式。可以说,能够融到资并能用对地方的商业模式就已经是成功一半的商业模式了。

(6)组织管理高效率原则。高效率,是每个企业管理者都梦寐以求的境界,也是企业管理模式追求的最高目标。用经济学的眼光衡量,决定一个国家富裕或贫穷的砝码是效率,决定企业是否有盈利能力的也是效率。一个企业要想高效率地运行,首先要解决的是企业的愿景、使命和核心价值观,这是企业生存、成长的动力,也是员工奋斗的理由;其次是要有一套科学的实用的运营和管理系统,来解决系统协同、计划、组织和约束问题;最后还要有科学的奖励、激励方案,来解决如何让员工分享企业的成长果实的问题,也就是向心力的问题。只有把这三个主要问题解决好了,企业的管理才能实现效率。

(7)控制风险原则。设计再好的商业模式,如果抵御风险的能力很差,就会像在沙丘上建立的大厦一样,经不起任何风浪。这个风险指的是系统外的风险,如政策、法律和行业风险;也指的是系统内的风险,如产品变化、人员变更、资金不继等。

(8)合理避税原则。合理避税,而不是逃税。合理避税是在现行的制度、法律框架内,合理地利用有关政策,设计利于利用政策的体系。合理避税做得好,也能大大增加企业的盈利能力,千万不可小看。

第五章　大学生创业资源

天津的天桥广告

在天津生活的人都知道国际商场，国际商场是天津市第一家上市公司，20世纪80年代初期开业，定位于引进国内外最好的商品，让无法出国的人了解外国。准确而新颖的定位使国际商场开业后就非常红火。

国际商场紧邻南京路，南京路是一条十分繁华的主干道，道路对面就是滨江道繁华的商业街。在国际商场刚开业时，门口并没有过街天桥，行人穿梭南京路非常不方便，也不安全。修建天桥是非常正常的一件事情，估计经过那里的人都会这样认为。但是，绝大多数人都会觉得这个天桥应该由政府来修建，所以也就想想、发发牢骚就过去了。

有一天，一位年轻人产生了同样的想法，但他没有认为这一定就是政府应该干的事情，而是立即就去找政府商量，提出自己愿意出资修建过街天桥，希望政府能够批准，但前提是修建好的天桥上要让他挂广告牌。不花钱让老百姓高兴，而且天桥也不注明由谁修建，政府觉得不错，就同意了。这个年轻人拿到政府的批文，从政府出来后立即找著名的大公司洽谈广告业务，在这么繁华的街道上立广告牌，当然是件好事。

就这样，这位年轻人从大公司那里拿到了广告的定金，用这笔钱修建了天桥，还略有剩余。天桥建好了，广告也挂上了，年轻人从大公司那里拿到了余款，这就是他创业的第一桶金。

这个案例是一个典型的创业资源成功整合的案例，创业资源中有创业必备资源和外围资源，创业活动通常是在资源不足的情况下进行的，创业者要在企业发展的各个阶段都力争用尽可能少的资源来推动企业的发展。因此，整合资源、利用资源的能力对于一个创业者来说就显得非常重要,创业者应该具备整合资源为我所用的能力,资源整合的能力就是创业者的竞争力。

第一节 创业资源概述

创业资源是指新创企业在创造价值的过程中需要的特定的资产,包括有形与无形的资产,它是新创企业创立和运营的必要条件,主要表现为创业人才、创业资本、创业机会、创业技术、创业管理、创业环境、创业政策等。

而大学生创业资源则是大学生在创业中可以依赖的有利条件和资源。简单地说,创业资源就是创业者需具备的一些必要条件。可见,创业资源是大学生创业的前提和基础,缺少创业资源,成功创业就无从谈起。大学生在创业过程中需要的资源是多方面的,体现在创业的各个环节,其重要性也是显而易见的,比如说相关的政策资源,极大地鼓励了大学生创业,同时也为大学生营造了良好的创业环境;相关的知识资源(包括专业知识和企业经营管理知识)是创业的基础,先进的信息资源与科学技术为创业者成功创业提供了可能;人脉资源是大学生创业过程中最不能缺少的,只有拥有充分的人脉资源,创业之路才能走得更远。

一、创业资源的内涵与种类

(一)创业资源的内涵

创业资源包括创业要素资源和创业环境资源两大部分。其中要素资源包括场地资源、资金资源、人才资源、管理资源和科技资源;环境资源包括政策资源、信息资源、文化资源和品牌资源。

要素资源可以直接促进初创企业的成长,环境资源可以影响要素资源,并间接促进初创企业的成长。

(二)大学生创业资源基本内涵

1. 要素资源

(1)场地资源。大学生初创企业的场地选择很重要,这是创业最基础的资源,无论是生产经营类企业还是服务类企业都需要一定的场地,选择创业场地时一方面要考虑它的市场价值和生产经营条件,另一方面要根据场地特点进行合理的平面布局和现场搭建，充分发挥场地优势。

（2）资金资源。资金是大学生创业的关键资源，许多微小型企业因为无法合理利用资金导致企业发展举步维艰，这是造成大学生创业失败较为普遍的原因。这不仅是资金匮乏的问题，更为重要的是无法有效整合和管理资金。

（3）人才资源。人才资源是创业成功的重要资源。创业成功离不开人才，企业持续发展更需要人才，企业的竞争就是人才的竞争，结构优化、种类齐全的人才群是企业生产力的源泉，大学生在创业过程中需要通过整合管理，科学利用人力资源实现人尽其才、才尽其用。

（4）管理资源。一个企业的运转需要很多要素和资源，运转好坏的关键在于能否有效管理资源，包括管理人才、管理制度、管理考核，等等。有效管理资源是企业人、财、物、产、供、销有条不紊运转的前提和基础，这对企业发展极其重要。

（5）科技资源。科技资源是科技创新的物质基础，也是提高企业发展速度、质量和效益的重要保障。当前高科技创业是大学生创业的重要领域，科技资源对大学生创业至关重要。

2. 环境资源

（1）政策资源。政策资源主要是指政府大力扶持大学生创业的政策和措施，包括在税收制度保障等方面给予优于其他创业人员的优惠。利用好创业政策能够最大限度降低方方面面的限制和阻力，能够有效促进大学生创业。

（2）信息资源。信息资源涉及企业生产和经营活动过程中的各种信息，信息资源的开发和利用，是整个企业运作的核心内容。有效整合和管理信息，是保障初创企业健康、快速发展的重要手段。

（3）文化资源。企业文化是一个企业的灵魂，是企业经营发展的持续动力。文化资源汇聚和积淀企业文化的各种要素，作为初创企业要特别注意文化资源的整合和管理。

（4）品牌资源。品牌不仅涉及产品或服务信息的传播和沟通，它还涉及整个企业管理体制的适应与变革。因此，品牌资源是指围绕品牌的创建、传播、培育、维护、创新等方面而涉及的一切可利用的资源，包括品牌本身等企业内外可以利用的资源。

（三）大学生创业资源的种类

按照资源要素对企业发展过程的参与程度，大学生创业资源可以分为直接资源和间接资源。直接资源主要包括物质资源、资金资源、市场资源、管理资源和人力资源等，间接资源主要包括社会资源、信息资源和技术资源等。

1. 直接资源

（1）物质资源。物质资源是企业运行的物质基础，其中包括内在的物质资源和外在的物质资源。在物质资源管理的过程中，一般将其分为三大类：固定资产、材料和低值易耗品。

（2）资金资源。资金在创业初期是一个最为核心的资源，如果资金不足，对初创企业来说是个致命打击。在现有政策和环境中，大学生可以从以下几个方面得到创业启动资金：自筹资金、小额创业贷款、社会融资、参加创业比赛获得资助支持，比如参加“挑战杯”大学生创业计划竞赛等。

（3）市场资源。企业所提供的产品或服务的种类、多少由市场中来，最终也要到市场中去。市场资源对企业的生存发展至关重要。市场资源包括营销网络与客户资源、行业经验资源、人脉关系等。市场资源主要解决的问题是：凭什么进入这个行业？盈利模式是什么？市场和客户在哪里？销售的途径有哪些？

（4）管理资源。一个企业的运转需要很多要素和资源，运转好坏的关键在于管理。管理资源包括管理人才、管理制度、管理考核等，企业发展的各阶段都需要有效的管理资源，拥有高效的管理资源，可以使企业资源更好地整合在一起。

（5）人力资源。人力资源在创业中有着举足轻重的地位，是企业的核心资源。在创业初期，相对于其他创业资源，人力资源是实现企业可持续发展的关键资源。人力资源具有时效性、再生性、社会性等特点。

2. 间接资源

（1）社会资源。在当前社会环境下，政府及社会各界对大学生创业的支持因素就是社会资源。最为重要的社会资源是国家政策的支持，国家出台的鼓励和扶持创业的政策是大学生创业时认真分析和把握的基础性资源。

（2）信息资源。信息资源的涉及面比较广泛，从创业的初期就一直占有比较重要的地位。创业信息资源涉及企业生产和经营活动过程中的各种信息，具有内容循环重复、导向性、整合性、流动性等特点。

(3)技术资源。在创业初期以及企业运行的过程中,技术资源是一个企业最为关键的资源。企业要想实现可持续发展,必须要有过硬的技术资源才行,企业的技术先进才能为产品在竞争中赢得优势。

二、创业资源的整合

创业资源整合对创业企业核心竞争力有着重大影响,核心竞争力要求资源内部充分实现相互衔接和协调,而创业资源是否做到有效整合关系着衔接和协调的绩效。如何充分发挥创业资源对于创业的支持作用,是创业者所必须掌握的基本职能。

(一)创业资源的获取

创业资源的获取往往取决于软实力,创业资源又可以划分为必备资源(资金、场地、人才、产品)、支撑资源(营销渠道、经营方案)和外围资源(创业环境、政策、文化、信息)。

1. 获取支撑资源

制定企业经营方案是获取支撑资源的重要途径,不要认为企业目标、经营策略这些问题仅仅是大企业才要考虑的,踏上经营之路的创业者,一定要先明确方向,然后开始行动。如果创业者没有一个明确的经营目标和经营策略,就会失去企业的发展方向。这些内容都属于企业经营方案的组成部分。

一般来说,企业的经营方案主要由企业理想、企业目标、经营策略、经营原则组成,如图 5－1 所示。

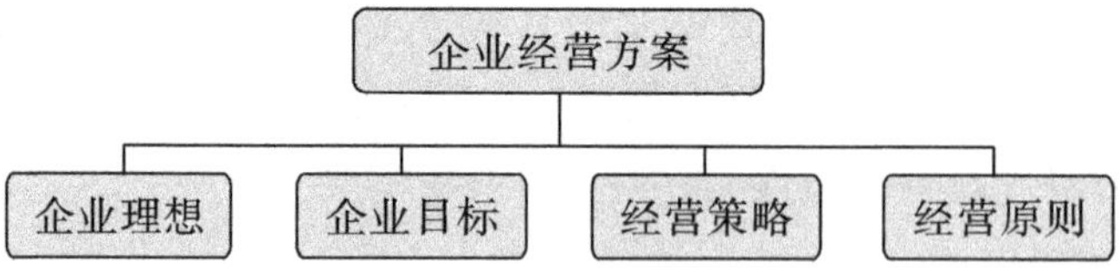

图 5－1　企业经营方案

(1)企业理想。一般来说,我们经常看到一些企业,在大门醒目处有一句话来说明企业的理想。比如:

海尔——真诚到永远。

德国软件公司——我们永远执着。

戴尔——为顾客着想。

这些语句让人一进大门就感受到一种温暖。由此可见,企业理想首先争取的是人心,而不是理性。当顾客看到这样的话,不由得就会从内心生发一种好感,这就是企业理想的力量。

营销之父科特勒说:除了让顾客满意之外,你还必须取悦他们。任何企业的生存,需要顾客购买他们的产品来实现利润。顾客满意就会再来购买,而取悦顾客就是为了创造新的顾客。

(2)企业目标。建立企业目标,既是对企业的挑战,也是对创业者个人的挑战。因为在刚开始创业时,创业者几乎就是一个全能者,经常是身兼数职,这时是没有时间再去思考详尽的目标的。把大目标分解成三年或五年都觉得太远的话,不妨分成年度、季度、月、日的计划,甚至是小时目标计划来完成。如果创业者可以实现每天进步一点点,谁还会对未来可以取得成功有怀疑?

只有目标明确才会经营成功,如果像没头苍蝇一样盲目乱撞,最后耗尽了体力,也找不到出路。世界上从来没有对工作过程的奖赏,所有的奖赏都是给予结果的。所有创业者都需要一颗平和的心去理性思考。

(3)经营策略。经营策略通俗来说,就是创业者达到目的的方案和途径。我们如果把企业经营比喻成一段旅途的话,经营策略就是你的日常安排,只要你按照这个日程去做,就可以达到你的目标。

美国市场竞争策略大师米歇尔·罗伯特的三大策略设想体系:做市场的候补者、做经营特色者、做价格领先者。

(4)经营原则。企业的经营宗旨通常也叫企业的经营原则,也就是创业者日常的行为规范。

无论如何,创业者通过制定企业经营原则来对自己的行为进行约束和规范,一定是对成功有助力的。有的企业从建立第一天开始就确立“不制售假货”的原则,时刻提醒自己,以消费者利益为重。

2. 成功企业的经营要素

成功企业经营所需具备的要素有很多,最重要的是要具有核心竞争力,要具备企业的核心竞争力,企业应该具备以下七种要素,如图5-2所示。

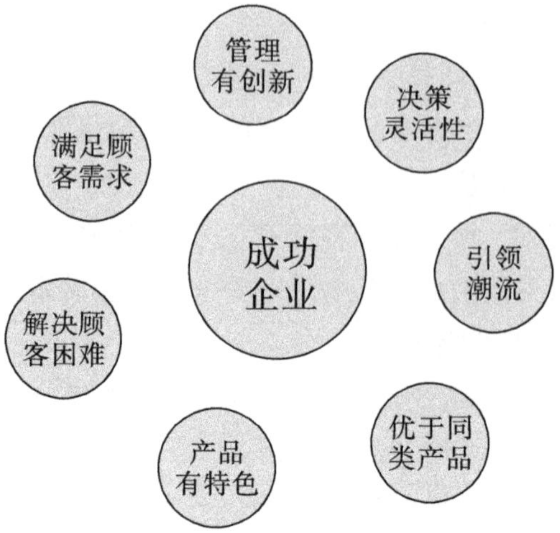

图 5－2　成功企业的经营要素

（1）满足顾客需求。成功的老板把顾客的需求、愿望和梦想作为他们的商业机会去研究，并且致力于满足他们。因此，不断研究顾客的新需求，然后去想如何满足顾客的这些需求，就是他们研究新产品的标准。

（2）解决顾客困难。成功的企业经营的产品一般都以解决顾客的困难为出发点，而不是从企业现有的开发能力出发去考虑问题。如汉庭酒店的老板，就是从顾客的抱怨——"哪里有又便宜又干净的酒店"获得灵感，而从昂贵的商务酒店中独树一帜，开创了学生和白领喜欢的如家快捷酒店。

（3）产品有特色。成功的产品设想十分注重开发产品的功能，力求有特色，甚至改变人们的生活消费习惯，在市场中脱颖而出。如九阳豆浆机的磨豆、煮熟一体化的简洁自制方式，不仅改变了传统豆浆的制作工艺，而且还赢得了市场。

（4）优于同类产品。成功的产品设计经常注意吸收同类产品的优点，同时又高于同类产品。如彩色电视机替代黑白电视机，液晶显示器替代 CRT 显示器。

（5）引领潮流。成功占有市场的产品通常都是赶超潮流，或者领先于时代的。如微波炉的产生，替代了电饭煲、电炒锅，成为新的潮流。

（6）决策灵活性。很多创业成功的人在回忆他们的创业历程时，都认为企业经营的重要特点是灵活性和创造性。例如，你在一个地方没有实现经营计划，而在当今的环境下，你无法改变，在这里的经营才能无法发挥，创业指导专家就建议你另外寻找一个经营场地。

(7)管理有创新。企业管理有其自身的规律和方法，不仅企业和产品处在不同的生命周期时，管理方法应该有所不同，即使是同类企业里，管理“不走寻常路”，往往是企业胜出的法宝。

(二)大学生创业资源的整合

资源整合就是要优化资源配置，理智筛选、取舍、管理，从而获得部分乃至整体的资源优化。资源是整个创业活动的主线，大学生创业成功与否的关键就是能否有效地整合资源。在创业中，大学生要根据不同的创业过程和环节运用不同的整合方法进行资源整合。

1. 寻找式资源整合

大学生创业存在许多共性问题，比如管理经验不足、市场狭窄、创业资源匮乏等。大学生创业之初所需资源主要依靠自身的努力来获取，但是仅仅依靠从自己身边获取的创业资源很难维持企业的发展，要想使企业继续发展那就不得不从外界寻找创业资源。

寻找式资源整合主要是结合自身创业团队的资源情况，分析资源储备存在的不足，提出整合外界资源的方案，进行积极的寻找和整合所能利用的创业资源。这就要求创业者具备较强的预见力和洞察力，预见力可以让创业者准确地把握自己所在行业的发展热点和竞争焦点；洞察力是一种从不同类型的信息中获得知识的能力。只有拥有较强的预见力和洞察力，才能在诸多的资源中获得对自己创业有所帮助的资源。

2. 累积式资源整合

创业中期企业得到了一定的发展，也积累了一些企业赖以生存和发展的创业资源。这段时期是企业的发展关键期，创业资源需要不断累积，这就需要创业者掌握累积式的资源整合方法。为了使已获得的创业资源发挥其最大的效能，创业者必须在初创企业的发展过程中进一步了解创业资源的特征，以便更好地整合利用。也就是说为了有效利用已获得的创业资源，对其进行分析归类。只有对已有的资源进行准确的分析定位，才能在此基础上进行进一步的整合利用，才能发挥资源的最大效能，不断提高企业的核心竞争力。

3. 开拓式资源整合

企业取得初步发展之后，创业者要想使企业继续快速发展，那就必须采用开拓式创业资源整合。开拓式创业资源整合强调创新能力，当今社会的竞争与其说是人才的竞争，不如说是人的创造力的竞争。创新是一个企业发展的动力和灵魂，没有创新的企业是很难成长和发展的。开拓式资源整合要求我们要不断地把创新思维注入其中，用创新的视角去寻找具有创新点的创业资源，特别是继续寻找企业的新的增长点，在新的增长点上充分开拓和整合利用资源。这一点对创业基础较为薄弱的大学生创业者来说尤为重要。

第二节　创业融资

一、创业融资分析

企业最初创建需要获得设立一个企业必需的初始资本，随后开展的经营活动需要运营资本，因而资本是企业创建和生存发展的一个必要条件，从最初建立到生存发展的整个过程都需要融资。创业融资主要指创业企业在生存和发展过程中的融资行为。

蒂蒙斯认为创业融资主要研究的是初创企业融资的各种关键问题。晏文胜和陈述进一步从时间的角度认为创业融资主要研究企业发展过程中的“种子期”“创立期”和“扩张期”的融资行为。苗淑娟和李雪玲认为创业融资是指创业企业如何适时、适量地获得设立、运营一个企业所需的资金。本书认为，创业融资是创业企业在初创、运营过程中，适时、有效地获取所需资金。

创业融资是创业管理的关键内容，在企业成长的不同阶段具有不同的侧重点和要求。融资前需要权衡以下几个因素：

（一）创业者的自由和独立的价值最珍贵

创业意味着自己做自己的主人，不需要按照别人的命令行事，这就是创业带给你的独立和自由。作为自负盈亏的独立经营者，你所做的每一个决定唯一要考虑的，仅仅是顾客和市场的需求，而不是别人的眼色。

（二）得到基金会削弱你的自主权

这种可贵的自由的感觉，你愿意为了获得银行贷款或基金而放弃吗？世界上没有免费的午餐，一旦你获得了某些基金贷款，你的经营决策就受制于人：基金会用占用你企业股份的方式给你投资；银行会要求你按期给他们财务报表，还会有业务人员经常来你的企业“视察”。

（三）金融资本会干扰你的独立决策

当你得到贷款后，尽管银行贷款人员对经营知之甚少，但是出于规避风险的目的，会善意地阻止你去冒险，这样的规劝会使你的经营热情受到无情的打击。

（四）企业没有资金就像人没有血液

当你确定了项目，又拟订好了创业计划之后，就可以确定你的创业项目在启动时所需要的资金具体数额了。就好像制造好了一台机器，还需要有润滑剂之后，才可以启动，这个资金就好比机器的润滑剂。企业没有资金，就像人没有血液一样，是不能生存的。

（五）银行也是企业，不是慈善机构

企业向银行贷款，一般都被要求出具某种担保。因为银行和企业一样，是营利性机构，不是慈善机构。因此，在企业不能按期归还贷款时，企业用于担保的资产会被变卖抵债，这就是银行为了不至于出现坏账的一种自保手段。从银行的角度来说，储户将钱存入银行，银行必须要保证储户在取款时不会遇到提不到款的麻烦，银行里贷出去的款收不回来是无法向储户交代的。银行的运作就是基于这样的理念。

二、创业融资渠道

据有关调查显示，在大学生创业中，资金不足成为阻碍大学生创业的第一因素。选择合适的融资渠道和方法，是创业成功的重要保证。

（一）商业性融资渠道

1．银行贷款

银行贷款是大学生创业融资的一个重要渠道。当前银行贷款主要分为抵押贷款、质押贷款和担保贷款。只要创业的大学生能够提供符合要求的担保物、质押物或担保人，即可以向银行申请贷款。目前有一些银行开展了小额贷款业务，甚至可以免抵押，比如中国邮政储蓄银行小额贷款业务，无须任何抵押

或质押，手续简便，满足农户和小企业主对小额短期流动资金的需求。只需要借款人组成联保小组或找到担保人，携带身份证，如是商户还需要携带营业执照，一同到开办小额贷款的网点提出申请并接受调查，审批通过，签订完合同后，最快三天就可以拿到贷款。

2. 天使基金

天使基金是自由投资者或非正式风险投资机构，对处于构思状态的原创项目或小型初创企业进行一次性的前期投资。天使投资是一种非组织化的创业投资形式，其资金来源大多是民间资本，并非专业的风险投资商。天使投资的融资条件较低，即使是一个创业构思，只要有发展潜力，就能获得资金，非常符合大学生创业的特点。

3. 风险投资

风险投资是一种融资和投资相结合的全新投资方式，是指创业者通过出售自己的一部分股权给风险投资者获得一笔资金，用于发展企业、开拓市场。当企业发展到一定规模时，风险投资者出卖自己拥有的企业股权获取收益，再进行下一轮投资。大学生可以选择有前景的项目，制订出有吸引力和说服力的计划书，投递给风险投资机构，说服其对项目进行风险投资。

4. 合伙融资

合伙融资是寻找到能够提供资金的合伙人，双方按照约定的出资方式进行出资，享有相应的权利，承担相应的法律责任和义务。合伙融资通过寻找合伙人，共同从事某一项目。其中一方具有资金的优势，另一方具有其他优势，双方共同合作，优势互补。

5. 民间借贷

民间借贷主要是从小额贷款公司融资获得资金，小额贷款公司贷款手续相对简便，贷款的额度较小，贷款利率相对较高。

（二）政府推动的创业融资渠道

1. 财政专项资金政策

目前全国性支持创业的财政专项资金主要有科技型中小企业创业基金、中小企业发展专项资金。科技型中小企业创业基金经国务院批准设立，是用于支持科技型中小企业技术创新的政府专项基金。无偿资助数额一般不超过100万元，个别重大项目最高不超过200万元，而且要求企业要有等额以上的自有匹配资金。中小企业发展专项资金对符合一定条件的企业项目给予200万元以内的无偿资助,或不超过150万元的财政贴息。

2. 小额担保贷款政策

2003年5月,国务院办公厅发出通知,要求有条件的地区要在现有渠道中为大学生创业提供小额贷款和担保,具体措施由地方政府规定。2009年中国人民银行发出通知,要求各地商业银行、城市商业银行、股份制银行和有条件的城市信用社要为高校毕业生提供小额贷款,贷款额度一般在两万元左右,贷款期限最长为两年,到期确定需延长的,可申请延期一次并要求为创业学生提供开户和结算的便利,简化其他手续和程序,担保最高限额为担保基金的5倍,期限与贷款期限相同,贷款利息按照中国人民银行公布的贷款利率来确定。

3. 创业基金政策

目前我国尚没有全国性的大学生创业基金,但部分地方政府根据自身的情况设立了大学生创业基金。如2005年3月,上海市人民政府正式启动了上海市大学生科技创业基金,该基金用于资助上海高校毕业生以其科研成果或者专利发明创办科技企业,鼓励大学生依托科技自主创新和创业,推动科技成果的产业化,培育技术创新型人才,拓宽大学生的就业渠道。该基金是政府资助型的天使基金,也是培育高科技企业的种子基金。2008年9月浙江省设立科技创新基金,鼓励在校大学生创业,浙江省大学生科技创新基金资助的科技项目包括三类:大学生科技创新项目、大学生创新创业孵化项目和大学生科技创新推广项目。

4. 教育部推动的大学生创新创业训练计划

国家大学生创新创业训练计划是教育部第一次在国家层面实施的直接面向本科生立项的创新训练项目,旨在带动广大学生在本科阶段进行科学研究与发明创造的训练,从而提高大学生的创新意识和实践能力。这一计划2006年在部分高校试点,目前已在全国120所国家重点建设大学及地方大学开展。五年来,国家直接资助学生项目累计达18 234项,参与大学生达53 360人。其中,创业实践单个项目资助力度可达10万元。

三、创业融资策略

(一)做好资金需求测算

初创企业确切知道需要多少资金很重要,一方面,融资需要成本;另一方面,在与潜在的贷款者或者投资者商谈时,对自己企业所需资金量的不确定,会给对方留下准备不够充分的印象,会影响投资决策的制定。因此,合理规划资金需求和融资节奏、节约资金使用,不仅可以降低融资成本和融资风险,提高融资能力,保障企业成长需要,更是提高企业竞争力的有效手段。

(二)创新创业项目,吸引投资

创新不足是当前大学生创业者面临的普遍问题。很多大学生在创业时秉承传统的创业原则——从成熟行业做起,诸如娱乐、餐饮、网络服务等行业,而创新基金或风险投资青睐的是科技型、高新技术型企业。当前资本市场上缺乏的并不是钱,而是值得投资的项目。所以大学生创业者要想从资本市场获得必要的创业资金,就必须要重视项目创新,包括产品、管理、服务等各方面的创新。创新的机会来源于意想不到的事件、现实与可能的不和谐、流程需要、产业结构或市场结构的变化、人口统计的变化、认知和意义的变化、新知识等方面。

(三)积极利用政策平台

近年来,国家大力倡导创新创业,各级政府出台了一系列相应的创业扶持政策,特别是针对大学生创业扶持政策。如《2012 年国家鼓励普通高校毕业生自主创业政策公告》从放宽市场准入条件、享受资金扶持政策、实行税收减免优惠、提供培训指导服务等方面对大学生创业给予了创业扶持的指导意见,各地政府也相继出台了相关政策,采取了相关行动措施。比如各省、各地区均专门成立大学生创业扶持基金,以及大学生创业大赛项目平台,除了提供奖金、大学生创业服务外,还为大学生提供创业信息、就业创业培训,企业的注册、财务、税务、管理、运营等问题,均可以得到不同程度的支持。

(四)结合创业实际发展阶段,选择合适的融资方式

不同发展阶段的创业企业具有不同的融资需求特征。在种子期和启动创立期,企业没有任何盈利记录,资金来源有限,风险巨大,风险承担能力有限,创业者自己或亲朋好友的资金资助、政府资助是种子期重点考虑的融资手段。在

企业的成长期，企业销售迅速增长，企业希望扩大生产线，实现规模效益，便需要大量外部资金的注入，可以考虑吸引风险投资等股权融资方式，也可选择银行贷款等债务融资方式，视企业的具体情况而定。在企业的扩展期，企业迅速扩张，拥有一定的业绩，风险显著降低，进入稳步发展的轨道，融资需求规模进一步扩大，部分企业开始进入创业板市场，在公众市场上筹集进一步发展所需的资金。

（五）组建创业团队

风险投资市场有一句被大家普遍秉承的格言：宁可向拥有一流管理团队的二流项目投资，也不向拥有二流管理团队的一流项目投资。一个有凝聚力的团队能在创业中有效地控制创业项目朝良性的方向发展，在创业技能上取长补短，在心理上相互支持，同时拥有好的财务预算是一个优秀的创业团队去共同努力的结果。

（六）整合创业资源

吸引资金拥有者尤其是风险投资家的最好办法是使得企业对外体现独特的优势。为此创业者要对已拥有的基本资源进行整合和塑造。在大多数创业企业中，初始资金的投入都不够，而且成长得越快的企业，这种资金缺口会越大。于是，在企业发展过程中，协调生产、销售，整合各方资源，形成有价值的、独特的资源库，构建起企业的核心竞争力，使其在同类企业中出类拔萃，持续地吸引资金拥有者向企业投入，以满足企业快速成长的需要。

四、如何获得创业投资

创业投资的获得除了取决于创业企业的素质外，还需要一定的融资技巧。也就是说，获取创业资本支持的过程就是展示创业企业投资价值和发展创业企业家融资技巧的过程。

（一）文件准备

首先在和创业投资人洽谈融资事宜之前，应该准备四份主要文件，提前提交《创业计划书》，并争取得到创业投资人外延网络的推荐，这通常是使本企业的《创业计划书》得到认真考虑的重要一步。在大多数情况下，能够承担这种推荐任务的可以是律师、会计师或者其他网络成员，因为创业投资人最容易相信这些人的业务判断能力。

这四份文件是:《投资建议书》,对创业企业的管理现状、利润情况、战略地位等做出的概要描述;《创业计划书》,对创业企业的业务发展战略、市场推广计划、财务状况和竞争地位等做出的详细描述;《尽职调查报告》,对创业企业的背景情况和财务稳健程度、管理队伍和行业做出深入细致调研后形成的书面文件;《营销材料》,这是任何直接或间接与创业企业产品或服务销售有关的文件材料。

(二)心理准备

在和创业投资者正式讨论投资计划之前,创业企业家还需做好四个方面的准备。

1. 准备应对一大堆问题,以考查创业项目潜在的收益和风险

一般来说,创业投资者所提出的大多数问题都应该在一份详尽而又精心准备的创业计划书中能找到答案。值得提醒的是,一些创业企业家通常会认为自己对所从事的业务非常清楚并认为自己的经历很好,这样的错误务必要纠正,否则会让你非常失望。创业企业家可以请一名专业顾问来模拟这种提问过程,虽然请这样一名顾问的费用不低,但和有可能吸引到投资相比,付出一点代价通常是值得的。

2. 准备应对创业投资者对管理的查验

首先,企业家千万不要认为这种查验是对管理层或个人的侮辱。比如,虽然所取得的成就让你自豪,创业投资基金的经理还可能会问你:你既没有进过商学院,你又不是律师或者会计师,也没有毕业文凭,你凭什么认为你可以将这些业务开展得合乎常理。对这样的提问,大多数人可能会非常气愤并作出过激的反应,而作为创业企业家,在面对创业投资人时,这样的提问确实可能会碰到,因为这就是创业投资人对创业企业家的管理进行查验的一部分,因此,需要提前做好心理准备。

3. 准备放弃部分业务

在某些情况下,创业投资者可能会要求创业企业家放弃一部分原有业务以使其投资目标得以实现。放弃部分业务对那些业务分散的创业企业来说既很现实又很必要,因为在投入资本有限的情况下,企业只有集中资源才能在竞争

中立于不败之地。

4. 准备作出妥协

从一开始,创业企业家就应该明白,自己的目标和创业投资者的目标不可能完全一样。因此,在正式谈判前,创业企业家要解决的第一个也是最重要的一个问题就是:为了满足创业投资者的要求,创业企业家自身能做出多大的妥协?一般来说,由于创业资本不愁找不到项目来投资,寄望于创业投资者来做出妥协让步是不大现实的。

(三)掌握必要的应对技巧

引资谈判通常由若干次谈判组成,在大部分谈判中,创业投资者和创业企业家就先前递交的《创业计划书》进行探讨、询证和分析。要尽可能让创业投资者认识、了解本企业的产品或服务;要始终把注意力放在《创业计划书》上。事前了解所谓"六要"和"六不要"两类行为准则,有利于创业企业家顺利进行引资谈判。

(1)"六要"准则:要对本企业和本企业的产品或服务持肯定态度并充满热情;要明了自己的交易底限,必要时,甚至可以放弃会谈;要记住和创业投资者建立一种长期合作关系;要对尚能接受的交易进行协商和讨价还价;要提前做一些了解如何应对创业投资者的功课;要了解创业投资者以前投资过的项目及其投资组合的构成。

(2)"六不要"准则:不要逃避创业投资者的提问;不要回答创业投资者的问题时模棱两可;不要对创业投资者隐瞒重要问题;不要希望或要求创业投资者立刻就是否投资做出决定;在交易定价问题上不要过于僵化;不要带律师参加会议。

(四)创业投资者的典型提问

创业投资者的典型提问包括产品、竞争、市场、销售、生产、人员、财务等方面。在约见创业投资基金经理之前,创业企业家最好提前就问题清单做好应答准备,做到了然于心。创业投资者的典型提问包括以下几个方面:

1. 产品

产品如何满足顾客的需求,是否满足这种需求的敏感性和细微特征?顾客对产品是否已经有了品牌认知度?产品是否具有重复使用的价值?这是一种高质量产品还是低质量产品？产品的顾客是否是产品的最终消费者。

2. 竞争

谁是企业主要的竞争对手？相对于自己的企业而言，他们具有哪些竞争优势？而自己的企业相对于这些竞争对手又具备哪些优势？面对竞争对手，企业在价格、服务、销售渠道、促销手段和产品质量保证等方面如何应对？企业产品是否存在替代产品？你认为竞争对手对自身企业的兴起会有如何反应？

3. 市场

如果你打算争取到一定的市场份额，你会如何去做？在企业的营销计划中关键的要点是什么？该营销计划主要遵循的是一种零售营销战略还是一种产品市场营销战略？在企业的营销计划中，广告重要性如何？当产品或服务步入成熟期时，企业的营销战略会如何变动？直销对企业产品的推广重要吗？

4. 销售

产品或服务的客户群有多大？在全部客户中哪些人是最典型的顾客？从产品最初与顾客接触到形成实际销售，这中间的时滞有多长？

5. 生产

产品的生产能力有多大？当规模发展到何种程度时会出现生产瓶颈？产品质量控制的重要性如何？目前积压的订单有多少？产品是流水线生产还是按照顾客定制生产？产品生产过程中对员工的健康和安全是否会造成什么影响？主要包括哪些？

6. 供应

企业目前共有多少供应商？这些供应商和企业的合作关系有多长时间？目前还可以找到哪些供应商？还有哪些零部件或原材料是短缺的？

7. 人员

企业目前共有多少员工？预计在不久的将来对劳动力的需求将是多少？这些劳动力的主要供给来源是什么？企业员工的构成如何？从事管理的员工有多少？从事后勤的员工有多少？在生产或服务一线的员工又有多少？培训员工的成本又有多高？

8. 财务

企业主要的生产设备的新旧程度怎么样？这些设备每年的维修费用是多

少？五年之后企业对资本的需求将会怎么样？企业的竞争对手在设备方面是否有优势？企业的设备、房屋等建筑物是租赁的还是企业现有的？企业现在的研究能力如何？每年的研究开发支出是多少？研究开发在多大程度上影响着企业未来的销售？

第三节 创业资源的管理

一、行业概要的管理

（一）行业概要

行业概要包括行业格局、技术创新、前景机会、发展趋势等信息。创业者在创业前，必须获得足够的该行业或领域的相关信息，才可以“知己知彼”地设计进入策略。要获得想要进入的行业概况，市场调研就是最好的方法和途径。传统的市场调研方法有问卷法、访谈法、实验法等。

市场调研，是指为了提高产品的销售决策质量、解决存在于产品销售中的问题或寻找机会等而系统地、客观地识别、收集、分析和传播营销信息的工作。目前的发展趋势是网上市场调研，这种高效的调查手段也被许多调查咨询公司广泛使用，其优点是提高调研效率、节约调查费用、调查数据处理比较方便、不受地理区域限制等。

（二）市场调研

市场调研是运用科学的方法，有目的、有机会地收集、整理、分析有关供求、资源的各种情报、信息和资料。它是把握供求现状和发展趋势，为制定营销策略和企业决策提供正确依据的信息管理活动，是市场调查与市场研究的统称，是个人或集体根据特定的决策问题而系统地设计、搜集、记录、整理、分析及研究市场各类信息资料、报告调研结果的工作过程。市场调研是市场预测和经营决策过程中必不可少的组成部分。

（三）调研流程

调研流程大致如下：调研计划撰写—调研问卷设计—调研问卷实施—调研问卷收集、整理—数据分析—调查报告撰写。

二、信息资源的管理

常见的信息资源包括项目交易的数据、供求信息资源、研究报告资源、财经数据资源、科研数据资源、学术论文资源、品牌口碑资源及公司名录资源等。

(一)信息资源的获得渠道

信息资源的获得有两种渠道,一种是在市场调研中亲自获得第一手资料,还有一种就是在网络、行业协会、企业年报等公开资料中获得信息资料。这些资料中的一大部分可以从网络中获得,对二手资料的研究不仅可以节约获取一手资料的成本,同时,只有分析研究行业信息才有助于创业者了解自己要进入的行业正处在生命周期的阶段,为产品定位、定价、推广寻求依据。

(二)信息不对称

信息不对称是新创企业经营的第二大风险。创业者在创业过程中时刻要警惕信息不对称带来的经营风险。因此,要眼光盯在客户和市场上,抓住转瞬即逝的商机,掌握顾客需求的变化。通常要考虑以下几个问题:

1. 你的顾客需要什么?
2. 谁跟你在做着同一领域或行业的产品?
3. 谁的产品和服务跟你拥有同一个目标群体?
4. 你的产品或服务是否是可持续发展的?

可以说,只要企业存在一天,所处的外在环境就在无时无刻地发生变化,这些变化可以通过信息资源来体现。因此,要做到企业取得长远发展,就要在变化中学会应变,根据外在信息不断调整企业的经营策略。

三、人力资源的管理

创业资源中的人力资源是指创业者具有的素质、文化知识和劳动技能水平。用于创业所需的人才、团队是创业的必要的先决条件。创业中的人力资源管理内容很多,包括人员的选调和配置、薪酬计划、股东权益、股权分配、期权收益等,但是对一个创业者来说,在创业之初,最重要的一是要找到可以胜任你工作要求的人;二是要找到值得你信任的人,最好是二者兼而有之的人才。

在国外的人力资源管理中,素质测评是必不可少的,理性成分偏重。在中国,从诸葛亮识人七法到孔子的识人之术,基本都是感性成分偏重。

人才测评师综合利用心理学、社会学、统计学、测量学、管理学、行为学和计算机科学等一系列先进的科学方法，对测试者的个性特征、知识能力、发展潜力和身体素质等基本素质实施测量和评价。马克思在现代科学刚开始的时候就指出："一种科学只有成功地运用数学的时候，才能达到真正完善的地步。"但是人本身的素质和能力，也是处在变化之中的。因此，单凭人才测评的数据，也不能完全得出正确的评价结论。

四、资金资源的管理

创业需要的启动资金，创业转型或发展所需要的再次融资等，都是创业者应该获取的资金资源。

创业资金资源的管理，最重要的是创业之初的财务管理，因为有调查显示，68%的初创企业，是因为财务管理不善，导致现金流断裂而失败的。

初创企业在成长过程中，大都有"资金饥渴症"，即经营者追求筹集尽可能多的资金，而往往忽视融资的风险。融资不仅有代价，而且还蕴含着风险。应尽可能控制融资规模，尽量不要造成资金闲置和企业负债过高。

其中，创业者最容易犯的错误就是不注意融资成本问题。不同的融资渠道，其融资成本不同；资金资源管理不善，很可能成为企业负担，而且会抵消企业辛苦挣来的利润。

（一）明确资金时间价值的观念

资金时间价值这个观念，用一句通俗的话来说，就是今天的一元钱跟明天的一元钱的价值是不相等的。为什么？因为这一元钱在24小时内会产生利润或者利息。资金的时间价值的表现形式就是利息和利润。

（二）明确资金时间价值的意义

资金时间价值或者说货币时间价值是一个经济学概念，是计划成本的变体。在社会平均利润率一定的情况下，资金时间价值与计息数成正比，计息期数越多，资金时间价值越大，也就是说资金周转的快慢以及每次资金循环时间的长短，都决定了资金时间价值的大小。掌握资金时间价值理论，有助于创业企业家科学合理地使用资金，企业任何资产只有参与资金运动才可能作为资金实现其时间价值，而闲置的资产无论是流动资产还是固定资产都不可能创造时间价值，而且随着时间的推移，还会丧失其原有的价值。

（三）重复提高资金的使用效率

明确这个观念就可以督促创业者节约使用资金，充分提高资金的使用效果，充分实现资金时间价值，使资金在有限的时间和空间范围内获取最大价值。因此，在进行项目可行性分析以及在证券投资方案评价中，资金时间价值就是最重要的依据。

（四）懂得机会成本的概念

机会成本是指为了得到某种东西而要放弃的另一样东西。简单地讲，可以理解为把一定资源投入某一用途后所放弃的在其他用途中所能获得的利益。更加简单地讲，就是指为了从事某件事情而放弃其他事情的价值。

（五）建立投资风险的意识

投资风险是指创业者冒着风险进行投资而获得的超过资金时间价值以外的额外收益，所有的企业发展无不面临着投资的风险性。一个成功的企业必定是一个善于避开不必要投资风险的企业。

由于投资收益率 = 无风险投资收益率 + 风险投资收益率，创业者的每一个决策都应该慎之又慎，因为很多时候，你所做的决策就是“开弓没有回头箭”了。用机会成本的概念来思考问题，无疑会增加你决策的正确性。

（六）理解沉没成本的概念

沉没成本是指已经失去的收益或者付出的代价，不论你采取什么方式方法，均不能挽回的损失。沉没成本与机会成本的不同之处在于他属于非相关成本，有时是间接的，有时是直接的。由于沉没成本好多时候是事后发生的，因此，在决策时无法考虑在内，如果在决策时把沉没成本考虑在内的话，恐怕会造成商机错失或者决策失误。

（七）注意现金流

现金流一般是用来衡量企业收入的一个指标。对一个企业的财务来说，一个阶段的现金流（也称为账面盈余或者资产增值）是居于中心位置的指标。现金流是企业经营所得与同期经营支出的一个差额。

（1）企业经营所得。企业经营所得主要是指销售收入，企业支出包括购买原材料的费用以及支付劳务工资、税收、利息的费用。

（2）企业内部融资能力。企业内部融资能力是指企业不依靠外部贷款获得资金，而是经过自身经营活动获得资金，并用于企业运作。现金流可以用于生产投资、偿还债务或者分红。

思考题：

1. 创业资源有哪些类型？
2. 大学生应该怎样开发自己的创业资源？
3. 创业资源应该怎样管理？

设立企业篇

第六章　创业计划

猴子的悲剧

一只猴子在树林里四处寻找食物,它从一个岩石的间隙中看到岩石那边有一棵结满果子的果树。如果对于猴子来说,岩石那边的果实是它渴求的利润,猴子会怎么做呢?它选择的是意志坚定地一直使劲钻,身体都被岩石磨破了好多处。因为劳累和饥饿,猴子瘦了。就这样,在第三天时,它竟然很轻松地钻了过去,并美美地吃上了果子。等树上的果子全部吃完后,猴子准备继续寻找食物,这时它才发现,因为太饱了,它又钻不出来了。这只可怜的猴子因为没有事先进行总体的规划,结局一定是很悲惨的。

企业在刚创立时,与传统企业最大的不同就在于前者往往是在没有任何记录的情况下来筹集资源。由于没有值得炫耀的历史记录,因而创业者向潜在的投资者争取投资时,唯一能做的事就是描述未来,展示商业机会及其实现这一机会的前景和行动的方针,而创业计划书正是创业者描述未来的重要蓝本。对迫切需要融资的创业者来讲,只能通过创业计划向创业投资者描绘未来企业的蓝图;而创业投资者面对大量潜在可行的创意,也只能通过对创业计划的可能性进行评估才能作出自己的选择。因此,创业计划是创业企业和创业投资者发生利益关系的第一载体,不论你创的事业有多大,"谨慎从事、周密计划"这八个字是今天创业者办事的基本原则。本章首先介绍创业计划的概念、作用和特点,然后介绍创业计划书的编写方法。

第一节　创业计划概述

众所周知,凡事预则立,不预则废。事先做好总体规划,才能保证事业成功。创业计划是对所有创业活动事项进行总体的安排,是创业者创业的蓝图,是创业融资的关键文件,是向潜在的投资者提交的全面介绍企业运作计划和未来发展前景及融资要求的书面文件。一份完整的创业计划书能充分体现创业者的创意或企业的价值,它应该清楚地说明创业者或企业能够足够多地销售产品或提供服务,获得令人满意的利润,从而有效地吸引投资者对创业项目的投资。其重点在于对创业初期的全面考虑,甚至包括对创业筹备期、开办期的详细计划。创业计划虽然不能保证成功,却可以有效地指导创业活动,减少和避免无效的错误行为,提高创业成功的概率。

一、什么是创业计划

创业计划又称为“商业计划”,是构建一个企业的基本思想以及对与企业创建相关的各项事项进行总体安排的文件,它通过对企业内部和外部因素的调研,对企业的人员、制度、管理以及企业的产品、服务、营销、市场、财务等各个方面进行可行性分析。对于创业者来讲,创业计划有四个基本的目标:①分析和确定创业机遇和内容;②说明创业者计划利用这一机遇发展新的产品或服务所要采取的方法;③分析和确定企业成功的关键因素;④确定实现创业所需要的资源以及取得这些资源的方法。当创业者选定了创业目标与确定了创业动机,在资金、资源和市场等各方面的条件都已准备妥当或已经累积了相当实力之后,就必须提出一份完整的创业计划,创业计划是整个创业过程的灵魂,创业计划中主要详细记载了一切创业的内容,包括创业的种类、资金规划、阶段目标、财务预估、营销策略、风险评估、内部管理规划等,在创业的过程中,这些都是不可或缺的元素。在创业之前做一个翔实的创业计划,不仅可以作为自己创业的行动指南，还可以作为吸引风险资本的“敲门砖”。事实上，创业计划常常被认为是创业者吸引风险投资的一份报告性文件，下面主要以吸引风险投资为目的探讨如何制订创业计划。

二、创业计划的作用

（一）创业计划是创业者创建企业的蓝图

创业计划是创业者将要创建企业的具体计划，是创业者实现创业理想的具体实施方案。创业计划——有时也叫行动计划或行动图——回答这样的问题：现在在哪里？将去哪？如何达到那里？如果创业者最初脑海里没有看到预期的最终成果，创业的理想最终不可能实现。创业计划为创业者的创业行动提供了一幅清晰的图画，是一份全方位的规划，它从企业内部的人员、制度、管理以及企业的产品、营销、市场等各个方面对即将展开的商业项目进行全面的可行性分析。对初创企业来说，创业计划的作用尤为重要，一个创意或构思中的产品，往往很模糊，通过制订创业计划，把正反理由都写出来，再逐条推敲，这样就会对这一项目有更为清晰的认识。

（二）创业计划为企业运作提供指导

创业计划帮助创业者分析创建企业的内部和外部资源，预测创建企业内部竞争优势和外部竞争威胁，以及后续经营过程中可能会遇到的问题及经营效果。创业计划为今后创业实践进行战略设计，对潜在投资者、供应商，甚至顾客进行系统的梳理和全面评估。当创业计划被确定成为一套比较完整的计划时，就能为初创企业的运营管理提供工作指南和行动纲领，这对保证企业初期正常运作具有重要的现实指导作用。

（三）创业计划是获得创业投资的“敲门砖”

创业计划是创业者对企业发展制定的比较详细的经营目标和方向。对投资者和合伙人来说，它是判断是否进行投资、是否值得承担投资风险的书面评估资料。一个好的项目需要融资时，仅仅靠创业者口头许诺和述说是不可能赢得潜在投资者的信任的,也不可能激发他们对创业项目的兴趣。对于正在寻求资金的创业者来说,创业计划就是企业的价值公告,是连接创业者和潜在投资者之间的桥梁,是叩响投资者大门的"敲门砖"。创业计划的好坏,往往决定了投资交易的成败。

(四)创业计划是创业者沟通理想与现实的桥梁

对初创企业来讲,创业计划说明创业的基本思想、确定最终要达到的目标、描述现在的起点、概述如何达到目标、分析影响成败的因素,而且在写创业计划的过程中,会对产品、市场、财务、管理团队等进行进一步的调研和分析,能及早发现问题,进行事前控制,去掉一些不可行的项目,进一步完善可行的项目,提高创业成功率。

三、成功创业计划的特点

为了从潜在投资者那里获得资金,创业计划必须是"正确"的创业计划,也就是说,它必须说投资者想听的话,并打动他们。所以创业者必须知道什么是对投资者最重要的、什么对投资者是不重要的以及如何用一种能吸引投资者的方法表述创业计划。有效的创业计划必须简洁、完整、条理清晰,语言通畅易懂,意思表述准确,不要超过 50 页,最好在 30 页左右。创业计划太长,则会被认为太啰嗦,表达不清楚,太短则不容易取得创业投资家的信任。创业计划要以市场为导向,因为创业投资者是以市场而不是以产品为导向,他们知道大多数发明专利并不能为发明者赚来一分钱。

企业的本质在于为满足消费者需求提供新产品和服务的同时获取利润,所以创业计划要努力呈现创业企业的竞争优势与投资利益、经营能力。以下列出了成功的创业计划的特点:①结构安排适当、完整,前后一致,风格统一;②长度适中,不长也不短,不夸张也不要太平淡;③明确写出创建者和创建企业在未来 3 ~5 年要达到的目标;④从数量和质量上解释使用该企业产品或服务的用户能够得到的利益;⑤提供产品或服务营销能力的有力证据;⑥有效的市场营销方法；⑦合理详细地说明制造产品或提供服务的过程与相关的成本，预测产品所能达到的发展水平；⑧描述管理团队的核心成员，证明他们的经验和能力；⑨暗示企业产品发展和管理团队的成熟可能使企业获得较高的信用等级；⑩令人信服的财务计划，显示投资者怎样在未来3～5年内从企业获得回报。

以下是潜在投资者反感的创业计划的特点：①只关注自己的产品或服务，而不熟悉或没有意识到市场需求问题；②财务计划违反通行的行业准则；③不现实的增长计划；④不愿意承担风险。

第二节 创业计划的主要内容

创业计划要让潜在的投资者相信他的投资能够赚到钱。因此，创业计划的重点是说明市场机会，描述抓住机会的战略，展示你的特点和竞争力，说明为达到目标而需要具备的软件或硬件条件，投资者将能获得的回报，对外展示创业企业将如何取得成功。

创业计划其实没有一成不变的格式，但所包含的内容通常较为一致。最常见的创业计划的内容框架如表6－1：

表6－1 创业计划的内容框架

构 成	内 容	作 用
封面	创业计划书名称、组织名称、核心人员、撰写时间、计划书适用时间段等	计划书名片
前言	创业的背景、目的、方法、意义等的说明	背景与过程
目录	创业计划书提纲	结构框架
摘要	创业计划书主要内容概述	计划书精髓

续表:

构成		内容	作用
正文	商机及产品介绍	事业描述、机会可行性论证、顾客需求、市场规模、产品(包括服务)定义、产品功能、技术含量、产品创新、顾客价值、竞争优势	展示商机和把握商机的载体
	环境分析	宏观环境、微观环境 行业与市场环境、企业内部环境、竞争环境	适应创业环境
	综合分析	关键成功要素和 SWOT 综合分析	环境分析的结论
	企业战略	企业使命、发展战略、竞争战略、核心竞争力	企业发展整体方略
	营销策划 营销组合	STP 战略、品牌策划、营销重点、产品策略、价格策略、渠道策略、促销策略	营销的整体部署 营销的具体策略
	生产运作	产品研发、原料供应、生产技术和流程、生产条件要求及其现状	生产水平和能力
	经营管理	业务流程、组织结构、人力资源管理、创业团队展示	企业内部运行方式
	财务管理	经营业绩预测、财务报表及其分析、融资(额度、对象、方式、回报、退出)、投资(资金使用、监管)	公司资金资源运作方式
	风险管理	风险预测、风险分析、风险防范	预测和防范风险
	发展成长	下一步计划、三年、五年、十年……	全程监控

创业计划可分为:计划摘要、公司介绍、战略规划、创业组织、产品服务、市场预测、营销计划、生产计划、财务规划、风险与退出十个步骤,主要内容如下:

一、计划摘要

创业计划是敲门砖,计划摘要则是点燃投资者投资意向的火种,计划摘要列在创业计划的最前面,它是创业计划的精华,以便潜在投资者能在最短的时间内评审计划并做出判断。如果没有好的摘要,你的创业计划就不可能卖给投资者。创业计划的摘要是全部计划的基本框架,它的基本功能是用来吸引投资者的注意力,所以摘要不要过长,不要超过 2 页的篇幅,它必须能让潜在投资者有兴趣并渴望得到更多的信息。

计划摘要一般包括以下内容:公司介绍、主要产品和业务范围、市场概貌、营销策略、销售计划、生产管理计划、管理者及其组织、财务计划、资金需求状况等。

在计划摘要中,必须要回答下列问题:①企业所处的行业,企业经营的性质和范围;②企业主要产品;③企业的市场在哪里,谁是企业的顾客,他们有哪些需求;④企业的合伙人、投资人是谁;⑤企业的竞争对手是谁,竞争对手对企业的发展有何影响。

计划摘要要尽量简明、生动。特别要详细说明自身企业的不同之处以及企业获取成功的市场因素。

二、公司介绍

介绍公司的主营产业、产品或服务、公司的竞争优势以及成立地点时间、所处阶段等情况。在介绍企业时,首先要说明创建新企业的思路及企业的目标和发展战略。其次,要交代企业现状、过去的背景和企业的经营范围。在这部分还要对企业以往的情况做客观的评述,不要回避失误。

在公司介绍中,必须要回答下列问题:①企业成立时间、形式与创业者。②企业股东结构,包括股东背景资料、股权结构。③企业发展史。企业经营范围等。

三、战略规划

创业初期,百事待兴。企业究竟应该往哪里发展?怎样发展?这时为企业选择一个合适的发展战略对于它的生存和发展是极为必要的。但它的制订不是盲目的,而是要根据企业自身的条件和市场发展的趋势来制订。对初创企业来说,首要的目标是生存。如何以合适的价格将适合的产品送到目标客户手中是此时企业战略要考虑的中心议题。此刻企业有限的资源都要围绕这个目标来配置,配置的效率和效果决定企业未来的“生存质量”。所以企业必须结合自身的特点,制定出切实可行的市场经营战略。企业在保证有效解决企业“安身立命”的基础上,要着眼于未来,为企业的发展有意识地储备战略资源。发展战略是一把双刃剑,好的发展战略将会带领企业走上成功之路,而不切实际、不合适的发展战略则会导致企业的失败。因此，初创企业在设计自己的发展战略时，必须保持谨慎，要防止速度过快、起点过高、规模过大，否则容易脱离实际，导致创业失败。在创业计划书中要阐明企业在未来的发展过程中，应对各种变化所要达到的目标。当目标确定了以后，要介绍使用什么手段、什么措施、什么方法来达到这个目标。

四、创业组织

潜在投资者寻求管理优良的企业，在他们所考虑的因素中，管理团队的素质是第一位的，它甚至比产品或服务更重要。企业管理的好坏，直接决定了企业经营风险的大小。而高素质的管理人员和良好的组织结构是管理好企业的重要保证。因此，风险投资家会特别注重对管理队伍的评估。

企业的管理人员应该是互补型的，而且要具有团队精神。一个企业必须要具备负责产品设计与开发、市场营销、生产作业管理、企业理财等方面的专门人才。在创业计划书中，必须要对主要管理人员加以阐明，介绍他们所具有的能力，他们在本企业中的职务和责任，他们过去的详细经历及背景。此外，在这部分创业计划书中，还应对公司结构做简要介绍，包括：公司的组织机构图；各部门的功能与责任；各部门的负责人及主要成员；公司的报酬体系；公司的股东名单，包括认股权、比例和特权；公司的董事会成员及各位董事的背景资料。

下面总结了在准备这份计划时需要创业者回答的一些关键问题。这些信息能够使潜在的投资者清楚地了解谁在控制该组织，以及组织内其他成员如何通过相互作用来执行各自的管理职能。①组织的所有制形式是什么？②如果是合伙制企业，谁是合伙者以及合伙协议的条款是什么？③如果是股份制公司，谁是主要的股票持有者以及他们拥有多少股票？④发行什么类型的股票，以及发行多少有表决权和非表决权？⑤谁是董事会成员？⑥谁有支票签字权和控制权？⑦谁是管理小组的成员，他或她的背景怎样？⑧管理小组的每个成员的角色和责任是什么；⑨管理小组每个成员的薪水、红利，或其他形式的工资怎样？

五、产品服务

在进行投资项目评估时，投资人最关心的问题之一，就是风险企业的产品、技术或服务能否以及在多大程度上解决现实生活中的问题，或者，风险企业的产品（服务）能否帮助顾客节约开支，增加收入。因此，产品介绍是创业计划书中必不可少的一项内容。通常，产品介绍应包括以下内容：产品的概念、性能及特性；主要产品介绍；产品的市场竞争力；产品的研究和开发过程；发展新产品的计划和成本分析；产品的市场前景预测；产品的品牌和专利。

在产品（服务）介绍部分，企业家要对产品（服务）作出详细的说明，说明要准确，也要通俗易懂，使不是专业人员的投资者也能明白。一般的，产品介绍都要附上产品原型、照片或其他介绍。产品介绍必须要回答以下问题：①顾客希望企业的产品能解决什么问题，顾客能从企业的产品中获得什么好处？②企业的产品与竞争对手的产品相比有哪些优缺点，顾客为什么会选择本企业的产品？③企业为自己的产品采取了何种保护措施，企业拥有哪些专利、许可证，或与已申请专利的厂家达成了哪些协议？④为什么企业的产品定价可以使企业产生足够的利润，为什么用户会大批量地购买企业的产品？⑤企业采用何种方式去改进产品的质量、性能，企业对发展新产品有哪些计划，等等。

产品（服务）介绍的内容比较具体，因而写起来相对容易。虽然夸赞自己的产品是推销所必需的，但应该注意，企业所做的每一项承诺都是“一笔债”，都要努力去兑现。要牢记，企业家和投资家所建立的是一种长期合作的伙伴关系。空口许诺，只能得意于一时。如果企业不能兑现承诺，不能偿还债务，企业的信誉必然要受到极大的损害，这是真正的企业家所不屑为之的。

六、市场预测

当企业要开发一种新产品或向新的市场扩展时，首先就要进行市场预测。如果预测的结果并不乐观，或者预测的可信度让人怀疑，那么投资者就要承担更大的风险，这对多数风险投资家来说都是不可接受的。市场预测首先要对需求进行预测：市场是否存在对这种产品的需求？需求程度是否可以给企业带来所期望的利益？新的市场规模有多大？需求发展的未来趋向及其状态如何？影响需求都有哪些因素？等。其次，市场预测还要包括对市场竞争的情况——企业所面对的竞争格局进行分析：市场中主要的竞争者有哪些？是否存在有利于本企业产品的市场空当？本企业预计的市场占有率是多少？本企业进入市场会引起竞争者怎样的反应,这些反应对企业会有什么影响?等等。

在创业计划书中,市场预测应包括以下内容:市场现状综述;竞争厂商概览;目标顾客和目标市场;本企业产品的市场地位;市场区隔和特征,等等。风险企业对市场的预测应建立在严密、科学的市场调查基础上。风险企业所面对的市场,本来就有更加变幻不定、难以捉摸的特点。因此,风险企业应尽量扩大收集信息的范围,重视对环境的预测和采用科学的预测手段和方法。创业者应牢记的是,市场预测不是凭空想象出来的,对市场错误的认识是企业经营失败的最主要原因之一。

七、营销计划

市场营销计划是创业经营计划中的一个重要组成部分,它主要描述产品或服务将如何被分销、定价以及促销。为了估计风险企业的盈利能力,需要对其产品或服务进行预测。

潜在的投资者通常认为营销计划是新的风险企业成功的关键。因此,创业者应该尽一切努力把该计划准备得尽可能全面而具体,以便投资者弄清风险企业的目标是什么,以及为了有效地实现这个目标将实施什么战略。营销计划应该每年制订(在密切监控下可按周或月作必要的改变),并要把它当做制定短期决策的行路图。

1. 影响营销策略的主要因素

营销是企业经营中最富挑战性的环节,影响营销策略的主要因素有:①消费者的特点;②产品的特性;③企业自身的状况;④市场环境方面的因素。

2. 营销策略

最终影响营销策略的则是营销成本和营销效益因素。在创业计划书中,营销策略应包括以下内容:①市场机构和营销渠道的选择;②营销队伍和管理;③促销计划和广告策略;④价格决策。

对初创企业来说,由于产品和企业的知名度低,很难进入其他企业已经稳定的销售渠道中去。因此,企业不得不暂时采取高成本低效益的营销战略,如上门推销,大打商品广告,向批发商和零售商让利,或交给任何愿意经销的企业销售。对发展企业来说,它一方面可以利用原来的销售渠道,另一方面也可以开发新的销售渠道以适应企业的发展。

八、生产计划

创业计划书中的生产计划应包括以下内容：产品制造和技术设备现状、新产品投产计划、技术提升和设备更新的要求、质量控制和质量改进计划。

在寻求资金的过程中，为了增大企业在投资前的评估价值，创业者应尽量使生产计划更加详细、可靠。生产制造计划应回答以下问题：企业生产制造所需的厂房、设备情况如何；怎样保证新产品在进入规模生产时的稳定性和可靠性；设备的引进和安装情况，谁是供应商；生产线的设计与产品组装是怎样的；供货者的前置期和资源的需求量；生产周期标准的制定以及生产作业计划的编制；物料需求计划及其保证措施；质量控制的方法是怎样的；相关的其他问题。

针对生产计划的这一部分，必须要回答下列问题：

①你将负责全部还是部分制造工序？②如果某些制造工序被分包，谁将成为分包者（给出分包者的姓名和地址）？③为什么选择这些分包者？④分包制造的成本怎样（包括几份书面合同）？⑤生产过程的布局怎样（如果可能，应列出步骤）？⑥产品的制造需要什么设备？⑦产品的制造需要什么原材料？⑧原材料的供应商是谁，相应的成本怎样？⑨产品制造的成本是多少？⑩该风险企业将来的资本设备需求怎样？⑪货物将从谁那里购买？⑫存贮控制系统如何运营？⑬存货需求怎样，存货如何被促销。（最后三点主要针对零售或服务性企业）

九、财务规划

财务规划需要花费较多的精力来做具体分析，其中就包括现金流量表、损益表以及资产负债表的制备。流动资金是企业的生命线，因此，企业在初创或扩张时，对流动资金需要有预先周详的计划和进行过程中的严格控制；损益表反映的是企业的盈利状况，它是企业在一段时间运作后的经营结果；资产负债表则反映在某一时刻的企业状况，投资者可以用资产负债表中的数据得到的比率指标来衡量企业的经营状况以及可能的投资回报率。

1. 财务规划主要内容

财务规划一般要包括以下内容:①创业计划书的条件假设;②预计的资产负债表;③预计的损益表;④现金收支分析;⑤资金的来源和使用。

可以这样说,一份创业计划书概括地提出了在筹资过程中创业者需做的事情,而财务规划则是对创业计划书的支持和说明。因此,一份好的财务规划对评估风险企业所需的资金数量,提高风险企业取得资金的可能性是十分关键的。如果财务规划准备得不好,会给投资者以企业管理人员缺乏经验的印象,降低风险企业的评估价值,同时也会增加企业的经营风险。那么如何制订好财务规划呢?这首先要取决于风险企业的远景规划——是为一个新市场创造一个新产品,还是进入一个财务信息较多的已有市场。着眼于一项新技术或创新产品的创业企业不可能参考现有市场的数据、价格和营销方式。因此,需要自己预测所进入市场的成长速度和可能获得的纯利,并把构思设想、管理队伍和财务模型推销给投资者。而准备进入一个已有市场的风险企业则可以很容易地说明整个市场的规模和改进方式。风险企业可以在获得目标市场的信息的基础上,对企业第一年的销售规模进行规划。

2. 财务规划需要完成的问题

企业的财务规划应保证和创业计划书的假设相一致。事实上,财务规划和企业的生产计划、人力资源计划、营销计划等都是密不可分的。要完成财务规划,必须要明确下列问题:①产品在每一个期间的发出量有多大?②什么时候开始产品线扩张?③每件产品的生产费用是多少?④每件产品的定价是多少?⑤使用什么分销渠道,所预期的成本和利润是多少?⑥需要雇佣哪几种类型的人?⑦雇佣何时开始,工资预算是多少?等等。

十、风险与退出

在某一特定的行业和竞争环境下,每个新创办的企业都将面临一些潜在危险。创业计划应当对风险因素及其对策进行描述,包括市场风险、技术风险、经营风险、财务风险、人力资源风险及其他不可预见的风险,并对所提出的各种风险逐项进行风险应对分析。新的风险企业主要的风险可能来自于竞争者的反应,来自于自身在市场营销、生产或管理方面的弱势,来自于技术的进步带来的其产品的过时。即使这些因素对新的风险企业不构成威胁,创业经营计划中应讨论为什么不存在这种风险。

创业者也有必要提供备选战略以应对上述风险因素的发生。这些应急计划和备选战略向潜在的投资者表明,创业者对经营中存在的风险是十分重视的,而且对这些可能发生的风险是有充分准备的。

企业面临风险,创业者要充分考虑投资者资本退出的机制和渠道:如将企业所有权或部分股权进行转让,或与别的公司洽谈被并购,或寻求新加盟商,或进行破产清算等。

以上对创业计划的全部内容进行了介绍,创业者可以在此基础上根据企业或项目的具体情况进行增添或删改。

第三节 创业计划的编制

创业计划是对未来创建企业的计划,所以在撰写前必须通过市场调查获得必要的信息,然后根据所获得的信息进行预估,根据一般的创业计划格式撰写出完整的创业计划。

一、编制创业计划的原则和程序

(一)创业计划的编制原则

要编写出成功的创业计划书,就应该在编写过程中牢记并遵循以下几个原则。

1. 始终把顾客价值和投资回报放在第一位

这是编写创业计划书的基本原则。创业计划的一个显著特点是对外宣传性,而顾客价值以及企业的投资回报是企业未来发展的基础和重要衡量指标。因此,创业计划的编写应该始终围绕顾客价值及企业未来的投资回报这两个中心来进行。

2. 以潜在投资者最关心的问题作为出发点

创业计划应从潜在投资者出发,用简明、清晰的表达方式,使潜在投资者能够在尽可能短的时间内领会计划书的内容,并且创业计划的内容应该从投资者最关心的问题入手。

3. 创业计划书要有针对性

不同的创业计划书有不同的目的，有不同的针对性。如风险投资者对创业计划书中的市场增长有兴趣；银行所关心的首要问题是贷款能否得到迅速偿还；大客户所注重的是寻找一个长期固定的供货渠道，关注企业的生产能力、产品质量及售后服务等。针对不同的对象，创业计划应有不同的侧重。对于创业者来讲，完全可以准备两种到三种或更多版本的创业计划书。

（二）创业计划的编制程序

整个创业计划的写作是一个循序渐进的过程，可以分成五个阶段完成。

（1）创业计划构想细化，初步提出计划的构想。

（2）市场调查。和行业内的企业和专业人士进行接触，了解整个行业的市场状况，如产品价格、销售渠道、客户分布以及市场发展变化的趋势等因素。可以进行一些问卷调查，在必要时也可以求助于市场调查公司。

（3）竞争者调查。确定你的潜在竞争对手并分析本行业的竞争趋势。分销渠道如何？形成战略伙伴的可能性有多大？谁是潜在盟友？准备一份 1～2 页的竞争者调查小结。

（4）财务分析。包括对企业的价值评估，必须保证所有的可能性都考虑到。财务分析量化创业企业的收入目标和战略，要求详细而精确地考虑实现创业所需的资金。

（5）创业计划的撰写与修改。根据所收集到的信息制定企业未来的发展战略，把相关的信息按照上面的结构进行调整，完成整个创业计划的写作。在计划完成以后仍然可以进一步论证计划的可行性，并根据信息的积累和市场的变化不断完善整个计划。

二、编制创业计划的关键

那些既不能给投资者以充分的信息也不能使投资者激动起来的创业计划书，其最终结果只能是被扔进垃圾箱。为了确保创业计划书能“击中目标”，创业者应做到以下几点：

（一）关注产品

创业计划书应提供所有与企业的产品或服务有关的细节，包括企业所实施的所有调查。这些问题包括：产品正处于什么样的发展阶段？它的独特性怎样？企业分销产品的方法是什么？谁会使用企业的产品，为什么？产品的生产成本是多少，售价是多少？企业发展新的现代化产品的计划是什么？把投资者拉到企业的产品或服务中来，这样投资者就会和创业者一样对产品有兴趣。在创业计划书中，创业者应尽量用简单的词语来描述每件事，因为自己要生产的产品对创业者来说是非常明确的，但其他人却不一定能够真正地理解。编制创业计划书的目的不仅是要投资者相信企业的产品会在世界上产生革命性的影响，同时也要使他们相信企业有实现它的能力。创业计划书对产品的阐述，要让投资者感到："噢，这种产品是多么美妙、多么令人鼓舞啊！"

（二）敢于竞争

在创业计划书中，创业者应细致分析竞争对手的情况。竞争对手都是谁？他们的产品是如何运作的？竞争对手的产品与本企业的产品相比，有哪些相同点和不同点？竞争对手所采用的营销策略是什么？要明确每个竞争者的销售额、毛利润、收入以及市场份额，然后再讨论本企业相对于每个竞争者所具有的竞争优势，要向投资者展示，顾客偏爱本企业的原因：本企业的产品质量好、送货迅速、定位适中、价格合适等。创业计划书要使潜在投资者相信，本企业不仅是行业中的有力竞争者，而且将来还会是确定行业标准的领先者。在创业计划书中，创业者还应阐明竞争者给本企业带来的风险以及本企业所采取的对策。

（三）了解市场

创业计划书要给投资者提供企业对目标市场的深入分析和理解，要细致分析经济、地理、职业、心理等因素对消费者选择购买本企业产品这一行为的影响，以及各个因素所起的作用。创业计划书还应包括一个主要的营销计划，计划书中应列出本企业打算开展促销以及公共关系活动的地区，明确每一项活动的预算和收益。创业计划书中还应简述一下企业的销售战略：企业是使用外面的销售代表还是使用内部职员？企业是使用转卖商、分销商还是特许商？企业将提供何种类型的销售培训？此外，创业计划书还应特别关注一下销售中的细节问题。

(四)规范运营

企业的行动计划应该是无懈可击的。创业计划书中应该明确下列问题:企业如何把产品推向市场?如何设计生产线,如何组装产品?企业生产需要哪些原料?企业拥有哪些生产资源,还需要什么生产资源?生产和设备的成本是多少?企业是买设备还是租设备?分析与产品组装、储存以及发送有关的固定成本和变动成本的情况。

(五)展示团队

把一种思想转化为一个成功的创业企业,其关键的因素就是要有一支强有力的创业团队。这支队伍的成员必须有较高的专业技术知识、管理才能和多年工作经验,管理者的职能就是计划、组织、控制和指导公司实现目标。在创业计划书中,首先应描述一下整个管理队伍及其职责,然而再分别介绍每位管理人员的特殊才能、特点和造诣,细致描述每个管理者将对公司所做的贡献。创业计划书中还应明确管理目标以及组织机构图。

(六)突出摘要

创业计划书中的计划摘要十分重要。它必须能让投资者有兴趣并渴望得到更多的信息。计划摘要将是创业者所写的最后一部分内容,但却是投资者首先要看的内容,它将从计划中摘录出与筹集资金最相关的细节:包括对企业内部的基本情况、企业的能力以及局限性、企业的竞争对手、营销和财务战略、企业的管理队伍等情况的简明而生动的概括。如果企业是一本书,它就像是这本书的封面,做得好就可以把投资者吸引住。它会使风险投资家有这样的印象:“这个企业将会成为行业中的巨人,我已等不及要去读计划的其余部分了。”

三、编制创业计划应当避免的误区

一个成功的创业计划应该具有结构清晰、风格一致、通俗易懂、无含糊用语、外观精美等特点。另外在写作的过程中还要避免一些误区。

(一)以自我为中心

很多人在写作创业计划的过程中往往是从自身的角度出发,泛泛而谈自己要做什么，偏偏对自己的产品和服务有没有市场、产品的销售渠道如何缺乏必要的分析。要知道顾客才是上帝，只有以客户为中心的产品和服务才会获得人们的认可，企业的价值也才会得到实现。此外，还有的创业计划对于创业企业或项目本身谈得很多（这无疑是正确的），但对于创业企业所处的行业则惜墨如金，这也是不可取的。因为对于创业企业来说，行业是其生存发展的重要外部环境，创业企业所处的行业发展如何，对于创业企业发展的影响虽然不是决定性的，但却是绝对不可忽视的。行业的发展前景如何，行业处于生命周期的哪一阶段，都是风险投资者十分关注的问题。风险投资者对创业企业所处行业的选择，犹如招聘人才的大公司选择大学，他们都愿意到名牌大学招聘人才。如果创业计划不分析行业环境和市场，往往给投资者留下创业者对行业的了解有限的印象，使投资者的信心大打折扣。

（二）过于乐观

对于市场过于乐观，是创业者容易犯的另一个毛病。创业的冲动和热忱，对创业未来美好蓝图的憧憬，往往使创业者忘乎所以，只看到项目好的一面，而忽视了项目潜在的风险。同时，为了吸引风险投资，他们往往故意把项目往好的方面写，唯恐把项目“不好”（风险）的方面写出来而失去投资者。有些创业者会拿出一些与产业标准相去甚远的数据来预测公司未来的市场份额，得出过分乐观的结果，这也是不可取的。任何精明的投资者都明白，没有风险的项目是不存在的，项目的收益与风险是成正比的，不提示风险并不等于不存在风险。在投资者的眼中，如果你没有考虑风险，要么你不是一个成熟理性的创业者，没有意识到风险；要么是你不诚实，故意隐瞒风险。无论是哪种情况，投资者都将会避而远之。现代会计准则中有一条十分重要的原则叫谨慎原则，这条原则在创业计划中同样适用。无论是产品销售预测，还是企业现金流量预测、盈利预测都宜采用谨慎原则。

（三）不分析竞争对手的情况

在现代市场经济中，完全垄断性的市场是很少见的，竞争性市场是普遍存在的。因此，创业计划的撰写者应当直面竞争，敢于竞争！很多创业计划恰恰忽视了这一点，其表现之一是：在创业计划中对于竞争对手轻描淡写，有的创业计划大谈特谈企业产品或服务的独特性和优势,大谈市场的潜力有多大,而对于竞争对手则轻描淡写,有的只简单罗列竞争对手的名单,有的甚至根本就没有竞争这部分内容。

(四)缺乏可行的盈利模式

盈利模式是企业通过投入经济要素后获取现金流的方式和获取其他经济利益手段的混合,其核心是获得现金流入的组合途径。从商业角度看,盈利模式决定商业价值。很多创业计划对企业未来运行收入来源的描述非常模糊,靠讲故事的办法获得投资者认可的机会不大,稳健的投资者最关心的是企业未来的盈利前景。一个优秀的企业只有拥有较为成功的盈利模式,才能为企业创造稳定和源源不断的利润。

(五)财务预测太粗

尽管对未来财务状况的预测主观性很强,但是进行充分的预测告诉投资者可能的盈利时间仍然是十分必要的。在很多创业计划中,只告诉投资者未来12个月中资金的使用,这显然是不够的。这给人的印象是企业的前景难以预料,现金总是处在流出阶段。

四、创业计划的检查

在创业计划写完之后,创业者最好多对计划检查几遍,看一下该计划是否能准确回答投资者的疑问,争取投资者对本企业的信心。通常,可以从以下几个方面对计划加以检查:

(1)创业计划是否显示出创业者具有管理企业的经验。如果创业者缺乏能力去管理企业,那么一定要明确地说明,已经雇了一位经营大师来管理企业。

(2)创业计划是否显示有能力偿还借款。要保证给潜在的投资者提供一份完整的财务比率分析数据。

(3)创业计划是否显示出你已进行过完整的市场分析。要让投资者坚信你在计划中阐明的产品需求量是确实的。

(4)创业计划是否容易被投资者所领会。创业计划书应该备有索引和目录,以便投资者可以较容易地查阅各个章节。此外,还应保证目录中的信息是有逻辑的和现实的。

(5)创业计划中是否有计划摘要并放在了最前面,计划摘要相当于企业创业计划书的封面,投资者首先会看它。为了吸引投资者的兴趣,计划摘要应写得引人入胜。

(6)创业计划是否在文法上全部正确。如果不能保证,那么最好请人检查一下。拼写错误和排印错误能使创业者的机会丧失。

(7)创业计划能否打消投资者对产品(服务)的疑虑。如果需要,你可以准备一件产品模型。

思考题:

1. 什么是创业计划?创业计划的作用是什么?
2. 编制创业计划的关键是什么?
3. 创业计划的内容有哪些?
4. 编制创业计划时,容易陷入的误区有哪些?

第七章　企业的命名与选址

美国可口可乐公司的饮料名称被译为“蝌蝌啃蜡”，但了解到中国人从心理上对“蝌蝌啃蜡”有所抵触，于是改为“可口可乐”，这一改动使得产品名称既朗朗上口，为中国人所接受，又跟饮料产品的内容相契合。

第一节　企业命名的原则与方法

企业名称是成功塑造企业形象的一个重要因素。一个好的企业名称应当具有竞争性、权威性、代表性，能充分表现企业精神，取得消费者的认同，从而为企业创造美好的形象，并积极影响企业活动的效果和员工的精神面貌。

一、企业名称的基本构成

根据《企业名称登记管理规定》，企业名称应当由行政区划名称、字号、行业或者经营特点、组织形式四项基本要素构成。

（一）行政区划名称

企业名称中的行政区划名称，是指县以上行政区划的名称，不包括乡、镇和其他地域名称。在不会造成误认的情况下，企业名称冠以行政区划名称时可以省略“省”“市”“县”等字。

各类“经济技术开发区”“保税区”“新技术开发区”“工业园区”等名称不能作为行政区划名称使用。但是，在企业名称已冠有县以上行政区划名称的前提下，可以在行政区划名称后缀以经有关部门批准的“经济技术开发区”等名称。

除符合特殊规定可不冠以行政区划名称外，企业名称都应当冠以所在地行政区划名称，即行政区划名称应置于企业名称前，如行政区划名称在整个名称的中间，则不视为行政区划名称，此类名称也应按照不冠以行政区划名称的企业名称进行登记管理，须经国家工商行政管理局核准。符合下列条件的企业，经国家工商行政管理局核准，其名称可不冠以行政区划名称：

(1)全国性公司；

(2)国务院或国务院授权的机关批准的大型进出口企业；

(3)国务院或国务院授权的机关批准的大型企业集团；

(4)历史悠久、字号驰名的企业；

(5)外商投资企业；

(6)国家工商行政管理局规定的其他企业。

(二)字号

字号是一个企业区别于其他企业的重要标志。字号应由两个以上的汉字组成。

企业有正当理由可以使用本地或异地地名作字号，但不得使用县以上行政区划名称作字号。外商投资企业的中文名称中不得使用外文字母、汉语拼音，国内企业也不得以外文字母、字词作字号。企业字号一般不得使用行业字词。

(三)行业或者经营特点

企业应根据自己的经营范围或经营方式确定名称中的行业或者经营特点字词。该字词应具体反映企业生产、经营、服务的范围、方式或特点，不能单独使用“发展”“开发”等字词；使用“实业”字样的，应有下属三个以上的生产、科技型企业。企业确定名称中的行业或经营特点字词，可以依照国家行业分类标准划分的类别使用一个具体的行业名称，也可以使用概括性字词。

企业经营业务跨国民经济行业分类大类的，可以选择一个大类名称或使用概括性字词在名称中表述企业所从事的行业，也可以在名称中不反映企业所从事的行业。

外国投资者在中国创办注册资本 1 000 万美元以上的独资经营企业，其名称中可以不标明行业或经营特点。

(四)组织形式

企业应当根据自己的组织结构或责任形式，在企业名称中标明组织形式。

目前我国企业使用的组织形式大体有两类:公司类的“有限责任公司”和“股份有限公司”;一般企业类的“中心”“厂”“店”“馆”“所”“社”等。

具备法人条件的企业,如需在其名称中的组织形式前使用“总”字,必须下设三个以上与该企业名称中组织形式相同的直属分支机构。依照《公司法》设立的有限责任公司、股份有限公司,无论是否设有分公司,均不得使用“总”字。

二、企业命名的规范要求

(一)企业法人必须使用独立的企业名称

企业法人必须使用独立的企业名称,不得在企业名称中包含有另一个法人名称,包括不得含另一个企业法人名称。

《企业名称登记管理规定》明确规定,企业名称不得含有国际组织名称;国家(地区)名称;政党、宗教名称;国家机关、党政机关、军队机关、事业单位、社会团体名称;军队番号或代号。

企业法人是依法设立,以盈利为目的,以自己的名义从事生产经营活动,独立享有民事权利和独立承担民事责任的经济组织。独立承担民事责任是企业法人最本质的特征。而企业法人的名称权是企业法人人身权的重要组成部分,是企业法人享有其他民事权利、承担民事责任的前提和基础。如果企业法人的名称包含其他企业法人或其他法人组织的名称,则容易引起社会公众对企业法人行为责任的误认,引发经济纠纷或在经济纠纷中混淆权利、义务主体,使问题复杂化。特别是企业名称冠以党政机关名称的问题,由于我国的经济体制经历了一个由计划经济向社会主义市场经济转变的过程,在计划经济体制下企业由政府设立,企业的方方面面亦被标注了浓重的行政色彩,很多企业的名称也冠以了各种行政机关的名称。随着改革的深入,政企分开成为经济体制改革的重要内容。党中央、国务院多次强调党政分开、政企分开的要求,特别是 1993 年 10 月,明确提出了党的机关、人大机关、审判机关、检察机关和政府机关中公安等十一个部门不得兴办经济实体,其他部门组建经济实体必须同时在职能、财务、人员、名称四个方面与机关彻底脱钩。因此,企业名称不得冠以各级党政机关的名称。

1997 年《出版管理条例》发布实施。根据《出版管理条例》的规定,出版社应当依法领取企业法人营业执照。目前,各大学设立的出版社,其名称一般为

“某某大学出版社”，这也是世界各国的做法。由于我国的大学属事业单位法人，“某某大学出版社”的企业法人名称就包含了事业单位法人名称。考虑到大学出版社的特殊情况，《企业名称登记管理实施办法》第六条规定为“企业法人名称中不得含有其他法人的名称，国家工商行政管理局另有规定的除外。”该条款中“国家工商行政管理局另有规定的除外”，主要就是针对像大学出版社这类特殊企业名称而设置的。对“某某大学出版社”这样的企业名称，国家工商行政管理局认为应按国际通行做法准予使用。

（二）企业名称中不得含有另一个企业名称

企业名称中不得含有另一个企业名称是指企业名称不得含有另一个具有法人资格的企业名称，也不得含有另一个不具有法人资格的企业名称，如合伙企业、个人独资企业。1997 年第八届全国人大常务委员会通过，公布了《中华人民共和国合伙企业法》，1999 年第九届全国人大常务委员会审议通过，公布了《中华人民共和国个人独资企业法》。这两部法律的颁布实施，使我国又增加了新的企业类型。对合伙企业或个人独资企业能否作为其他类型企业的投资人，法律没有作出禁止性的规定。合伙企业或个人独资企业虽然不具有企业法人资格，但作为一个独立的经济组织，他可以以自己的名誉从事经营活动，可以依法享有法律、行政法规规定的其他权利，并且由投资人承担无限责任。合伙企业或个人独资企业投资设立其他企业，不包括企业分支机构，新设立的企业名称中不得含有合伙企业或个人独资企业的名称。合伙企业或个人独资企业设立的分支机构应当冠以其所从属企业的名称。

根据企业名称规范要求，企业名称申请人应遵守该规定，申请的企业名称中不得使用他人的企业名称，例如“广州四通集团公司”，该名称中含有“四通集团公司”企业名称。由于目前登记机关未曾实现联网查询，不可能要求地方工商行政管理局知道由国家工商行政管理局核准的不冠以行政区划的企业名称。如果核准登记了上述类型的企业名称，不发生名称争议，则相安无事。如果发生名称争议，根据注册在先的原则，对企业名称中含有其他企业名称的，应予以纠正。

（三）企业名称应当使用符合国家规范的文字

企业名称应当使用符合国家规范的汉字，民族自治地区的企业名称可以同时使用本地区通用的民族文字。企业名称不得含有外国文字、汉语拼音字母、阿拉伯数字。

规范汉字是指经过整理简化的字和未经整理简化过的传承字。现行规范标准是:

(1)简化字以1986年10月经国务院批准重新发表的《简化字总表》为准;

(2)异体字中的选用字以1955年12月文化部和中国文字改革委员会联合发布的《第一批异体字整理表》为准(恢复使用的28个字请参看《简化字总表》和《现代汉语通用字表》);

(3)字形以1988年3月国家语言文字工作委员会和新闻出版总署(2013年新闻出版总署与广电总局合并为国家新闻出版广播电影电视总局)联合发布的《现代汉语通用字表》为准;

(4)县以上地名生僻字以1955年至1964年国务院分九次公布的为准;

(5)部分计量单位名称用字以1977年7月中国文字改革委员会和国家标准计量局联合发出的《关于部分计量单位名称统一用字的通知》为准。

使用符合国家规范的汉字,是指按上述现行规范标准使用汉字,不得使用已被取代的繁体字和未被批准采用的简化字,以及标准以外的字。

一个政府使用何种文字作为官方文字体现着一个国家的主权。各级工商行政管理部门依法对企业实行登记注册和对企业名称实行登记管理的行为是国家主权的具体体现。因此,企业名称应当使用汉字,不得含有外国文字的要求并非过分。

外国企业进入中国市场应该使用中国老百姓看得懂的文字。许多外国企业十分重视将其外文名称翻译成一个中国人喜欢的名字,一个有汉语意义的名字,如可口可乐公司、奔驰汽车公司。有的外国公司为统一中文译名专门做广告,如飞利浦公司对中国市场上混乱的“菲利普”“飞力浦”等洋名更正为“飞利浦”。

外文名称是中文名称的译文,属企业根据自己对外经营活动的需要翻译使用的问题,在使用英语地区翻译成英语,在使用日语地区翻译成日语等,只要译文符合国际通用翻译原则,与中文名称一致即可。

企业名称中有下列情况的,不视为使用数字:一是地名中含有数字的,如“四川”等;二是固定词中含有数字的,如“八达”等;三是使用序数词的,如“第一”等。

（四）企业名称应符合国家和社会利益

企业名称中不得含有有损国家利益或社会公共利益、违背社会公共道德、不符合民族和宗教习俗的内容。

企业是社会经济生活的细胞，维护国家整体的利益和社会公共利益，遵守社会的公共道德，不仅是每个公民的义务，也是每一个企业应尽的义务。

企业名称也是一种社会文化，它充斥着街头巷尾和各种社会传播媒介，折射出企业投资人的文化层次和志趣倾向，从一个侧面反映了社会文化的健康度。因此，企业在确定名称时应符合整个社会精神文明的要求，企业登记主管机关亦应反对使用殖民奴化色彩和腐朽封建意识浓厚以及格调低下的企业名称。

由于我国是一个多民族国家，各个民族有着不同的生活习惯和宗教信仰，尊重各民族的生活习惯和宗教信仰、维护民族团结和宗教信仰自由是我国的一贯政策。因此，企业名称不得含有不符合民族和宗教习俗的内容，特别是在少数民族地区设立的企业，申请和核准企业名称时应注意当地各民族的生活习俗和宗教习俗，回避当地民族和宗教的禁忌。

（五）企业名称应体现商业原则

企业名称不得含有违反公平竞争原则、可能对公众造成误认、可能损害他人利益的内容。

企业依法享有名称权，但是企业在申请、使用企业名称时，同样不得侵害其他企业的名称权。特别是企业通过企业名称实施不正当竞争行为应当予以禁止，如企业名称造成公众的误认并对他人的营业场所、商品或工商业活动造成混乱，或企业名称含有在经营活动中具有损害他人的营业场所、商品或工商业活动的商誉性质的虚伪说法，或企业名称中含有在使用时会使公众对商品的性质、制造方法、特点、用途和数量易于产生误解的表示和说法，等等。无论上述情况出现在申请名称登记注册时，还是出现在企业名称登记注册后、企业名称的使用过程中，企业均有义务予以调整。

（六）企业名称不得含有法律或行政法规禁止的内容

企业名称不仅仅应符合《企业名称登记管理规定》的有关规定，同时也应符合其他国家法律或行政法规的规定。

如经济组织法对企业的组织形式做出特殊的规定，例如《中华人民共和国公司法》明文规定，"依照本法设立的公司名称必须使用'有限责任公司'或'股份有限公司'字词"。因此，自1994年7月1日以后，凡设立公司必须称"有限责任公司"或"股份有限公司"，而不能单独称"公司"。目前，我国仍有许多企业单独称"公司"，都是在公司法实施前设立的，在当时的情况下，对公司这一经济组织无特别的单项法规来约束，这些公司都有一个三至五年内根据国家的统一安排逐步依照公司法进行规范的过程。届时，它们的名称也将随公司的规范过程规范为"有限责任公司"或"股份有限公司"，或改为其他组织形式的名称。

又如一些单项行业性法规往往对行业有禁止、限制或需经严格审批的明确规定，如国务院曾明确指示不得开办讨债公司，公司名称亦不得申请使用"讨债"字词；国务院明文规定我国禁止开办金融期货，期货经纪公司不得从事国际期货经纪业务，因而企业名称不得申请使用"金融期货""国际期货"等词。

（七）企业名称项下应体现企业的债权、债务

企业名称是企业权利和义务的载体，企业的债权、债务均应体现在企业名称项下。

由于企业变更名称后在一定的时间内，不可能让社会公众或企业的客户周知；企业办理注销登记或被吊销营业执照后在一定时间内其债权和债务不可能全部清结，在此期间如一个新的企业使用与上述企业完全相同的名称，虽不构成重名，但却易引起公众和上述企业特定客户的误认。因此，企业申请登记注册的企业名称不得与其他企业变更名称未满一年的原名称相同，或者与注销登记或被吊销营业执照未满三年的企业的名称相同。

三、企业命名的方法与艺术

（一）企业命名的方法

中国企业的名称多随时代变化而变化。新中国成立前，大多是用一些具有社会意义或政治色彩的词汇，有的则以吉祥词来充当企业名称。诸如和平、人民、大众、群众、十月、恒大。有的则用不带任何色彩的数字来作为企业名称：第一、第二等。从现在看来，企业常见的命名方法大致有以下几种：

1. 以地名、人名命名

在我国，以地名为名称的企业可谓比比皆是。比如，上海某某厂、黑龙江某

某厂、重庆某某店。以地名为名称的企业，有的是突出其厂的所在地，以区别于其他省的同类企业，或区别于市(县)级同类企业。有的则为了突出其地域特色。比如重庆火锅店中的"重庆"不一定是表示所在地，它若设在外地，大多是指该地域的火锅特色了。

还有以人名为企业名称的。比如李宁、乔丹、王守义，等等。

而近几年出现了以外国人名、地名作为企业名称的，比如马可波罗、毕加索、卡萨布兰卡等，则成为企业名称的另一道风景线。

2. 以具有感情色彩的褒义词命名

中国人用词很注意感情色彩，期望通过取个吉祥的名称来预示美好前途是中国人的普通心理。比如：荣事达、康佳、庆丰等。

3. 以外文命名

随着改革开放的不断深入，以外文作为企业名称也逐渐增多。比如雅戈尔、澳柯玛、海尔等。

4. 以动植物命名

这类命名主要选择了中国人喜爱的动物及植物，引起人们美好的联想。比如熊猫、红蜻蜓、红豆、牡丹等。

5. 以文艺作品命名

凡是在市场上影响比较大的文艺作品，很快就会有以这类作品名称命名的企业。比如，衫(三)国演义、石头记等。

当然，还有很多命名的方式，在此就不一一列举了。但无论哪种方式，都有共同目的，也就是为了让企业在人们心目中深深扎根。

(二)企业命名的艺术

1. 命名应注意符合消费者心理

消费者的心理是多种多样的，人们常说众口难调，其实正是说明人们的心理不同。那么，要使得众口易调，就要注意寻找出满足消费者心理的契合点。企业名称的命名也是如此，一方面要易读易记，引人注意，富于联想；另一方面还要满足消费者的心理。

首先，要符合信赖心理。这类企业的名称往往使人们心中荡起感情的涟漪，自然产生一种信任感。比如：放心肉专卖店、友好商场、回家餐厅、信义玻璃厂。

其次，要符合爱慕心理。让美好的名称在消费者心中泛起一种爱意。如：白猫（宠物）、牡丹（国花）、熊猫（国宝）。

再次，要符合联想心理。好的名称会使消费者产生美好的回忆或联想。比如，由“娃哈哈”这一名称自然联想到小时候的歌曲，从而引起人们对人生黄金时段——童年的美好回忆。

最后，要符合美感心理。好的名称会给人以美的享受，比如：美加净、佳洁士。“长虹”更是以雨过天晴后能产生的一种瑰丽壮观的景色，与人们的审美心理相吻合。

2. 命名应注意突出民族文化特色

在全球范围内，不同地域的人们在长期的社会生活及交往中，形成了不同的风俗习惯及心理，中国经过上下五千年的历史，更是有着自己的本土文化特色。因此，要想让人们了解并记住企业名称，最好命名时要注意突出本民族文化特色。

从一些发达国家开拓中国市场的过程来看，他们都非常注意了解中国的文化，并以中国人接受的方式来打入中国市场。中国市场是不可低估的大市场，各家企业要想在这一大市场上占据一席之地，绝不能忽视企业命名要符合本土文化这一原则。

（1）命名要注重词的感情色彩。中国人在用词上尤为注重感情色彩，词的感情色彩包括褒义、中性及贬义三类。在言语交际及书面语中，中国人常常以不同的感情色彩的词来表达自己的爱与恨。所以，在企业命名时也要符合中国文化的这一特点。在现代社会中国人更喜欢褒义词，尤其是带吉祥色彩的褒义词，所以企业命名应多用褒义词。诸如康威、金利来、奥康、奇瑞、荣事达、康佳等，正是中国人这一文化心态的体现。

但有些企业取名时却不大注意这方面的因素。比如有这样一个企业，以“姜太公钓鱼”作为企业名称。这一名称，乍一看给人一种新奇感，也许会使人们产生了解它的欲望，尤其对一些钓鱼爱好者。但与此同时，我们也不能不看到它的另一面，易让我们想起这个妇孺皆知的歇后语的下一句“愿者上钩”。至于“上钩”，《现代汉语词典》（修订本）中解释道：“鱼吃了鱼饵被钩住。比喻人被引诱上当。”可见这个词当属贬义，像这样的词用在商业行业中极易发生歧义，引起人们不舒服的联想。因此，类似这样的名称尽管新奇，但最好别用。

(2)命名要注重符合中国的道德伦理观念。在传统文化的长期熏陶下,中华民族形成了本民族较为固定的道德伦理观念。谁违反了它,就会受到人们的唾弃。因此,在企业名称命名时要注重符合中国的道德伦理观念。曾有一企业取名为“情人服装城”。“情人”在我国不仅指“相爱中的男女的一方”,而且在时下可能更多的还是指婚外情。而婚外情正隐含着不合中国道德规范的意义,属于被贬斥的行为。这样的文化氛围,却用这种名称为企业命名,显然会在相当一部分消费者心中产生排斥的心理感受,同时还会让一些人感到这个企业的品位不太高,从而影响到该企业的形象。当然还有可能会对该企业产生一种抵触情绪,直接影响到该企业的经济效益。

(3)命名要注意讲究谐音。汉语的同音词比较多,在文学创作中,中国人颇为注重利用谐音来达到用别的手法所无法达到的效果。如:唐代刘禹锡《竹枝词》中的“东边日出西边雨,道是无晴却有晴”(其中“晴”谐“情”)。可见讲究谐音,是中国人所特有的心态。企业取名时就不应该忽略这一因素。

(4)命名要注重高品位的文化内涵。中国漫长的历史,形成了博大精深的文化,自古至今,中国人都崇尚高品位文化,以此来衡量知识的高下。企业名称作为企业的外在形象和标记,是一种经济现象,也是一种文化现象。企业命名所隐含的文化内涵的深浅,体现出企业文化的品位的高低。不少企业为了展示高品位文化首先在命名上大下功夫,或以古代传说和名人来命名,或撷取名诗名句中的词来做企业名称,如东坡酒楼,杏花村汾酒,红豆集团等。

3. 命名应注重国际化

现代市场经济的发展,要求企业在发展中不仅要突出民族特色,而且也需要与国际化接轨。尤其是21世纪国际经济多元化格局的形成,使各国经济的发展面临日益激烈的竞争,而国际市场一体化趋势的出现,使全球性流通逐渐加剧。要使一个企业在这种流通中站稳脚跟,就要求我们了解其他国家的政治制度、经济环境、文化传统以及习俗等。企业在命名上也要时时记住这一点,注意本企业的名称在任何一个国家都不会发生歧义。

日本索尼公司为取一个好名字,先在拉丁文中发现“SONUS”。这个词的发音与日文中的“生意”一词发音接近,他们觉得可以采用。另外,当时“SONNY”或“SONUS BOY”也很流行,其意思是可爱的小家伙,同时又富有乐观、开朗的含义。最后他们选择了“SONNY”。但发现“SONNY”这个词如果用罗马字拼出，正好与日文中的“损”字相同，而且“损”字是生意人中的大忌。于是他们将“SONNY”中的“N”去掉，成为“SONY”。这样一来，这个名称既谐“SONUS”音，又集“SONNY BOY”之意，又有“乐观”的含义。索尼公司能成为世界上生产半导体收录机、录像机、彩电等家电的跨国公司之一，除了许多其他的重要原因之外，与公司当时取名的恰到好处是分不开的。

4. 命名应注重企业的个性化

在强调“个性化、多样化、差异化”消费时代的今天，信息有效传播在于个性、特色、差别性。由此可知，企业不仅要在风格、管理、经营等方面形成自己的特色，而且名称也应体现出自己鲜明的个性。只有个性化，才有区分度；只有区分度，才易于社会公众在庞杂的背景信息中将它牢牢记住。也就是说识别在于差别，雷同则意味着丧失个性。诸如太阳神、小天鹅、安踏、金嗓子、剑南春等都以自己独具个性的名称，把自己与其他企业鲜明地区别开来，给广大社会公众留下深刻的印象，使之过目难忘。这正印证了心理学中的一个定律：越是有特色的东西，便越是容易记忆。

5. 命名应与产品名称一致

企业名称作为一种载体，它应该是承载着企业形象的全部内涵，它是社会公众心目中对企业认知的代表之一，产品是企业形象很重要的一部分。企业名称与产品名称一致，便更加强了公众对企业的认知。同时，在当今情报传达要求精简的条件下，简单易记的名称备受青睐，快捷效益要求信息内涵及表示形式简单易辨，企业名称与产品名称合而为一，正是与之相吻合的最佳方式。

第二节　企业选址的准备

企业选址也称设施选址，是指如何运用科学的方法决定设施的地理位置，使之与企业的整体经营运作系统有机结合，以便有效、经济地达到企业的经营目的。

一、企业选址的重要性

企业选址是企业生存发展的核心因素。不论从企业诞生、发展的因素来看，还是从企业萧条、倒闭的因素看，场址多是一个决定性因素。事实上企业选址涉及的内容甚是复杂。就目前而言，大到国家的选择，小到一间房屋的选择，都是各有其需要考察的因素的。一般来讲，选择国家，主要从自然环境、政治环境、经济发达程度等；而在一国内选择地域，也有类似情形，比如要详察地区政策形势、地理资源优势、经济发展程度及发展结构等。

（一）地址是制定经营战略及目标的重要依据

经营战略及目标的确定，首先要考虑所在区域的社会环境、地理环境、人口、交通状况及市政规划等因素。依据这些因素明确目标市场，按目标顾客的构成及需求特点，确定经营战略及目标，制定包括广告宣传、服务措施在内的各项销售策略。

事实表明，经营方向、产品构成和服务水平基本相同的企业，会因为选址的不同，而使经济效益出现明显的差异。不理会企业周围的市场环境及竞争状况，任意或仅凭直观经验来选择企业场址，是难以经受考验并获得成功的。

（二）地址选择是对市场定位的选择

地址在某种程度上决定了客流量的多少、顾客购买力的大小、顾客的消费结构、企业对潜在顾客的吸引程度以及竞争力的强弱等。选址适当，便占有了“地利”的优势，能吸引大量顾客，生意自然就会兴旺。

（三）地址选择是一项长期性投资

不论是租赁的，还是购买的，一旦被确定下来，就需要大量的资金投入。当外部环境发生变化时，企业的地址不能像人、财、物等其他经营要素一样可以做相应的调整，它具有长期性、固定性的特点。因此，对企业地址的选择要做深入的商圈调查和周密的考虑，妥善规划。

（四）地址选择反映了服务理念

地址选择要以便利顾客为首要原则。从节省顾客的时间、交通费用的角度出发，最大限度地满足顾客的需要。否则就会失去顾客的信赖和支持，也就失去了存在的基础。

二、企业选址需注重的因素

大学生在创业阶段所建立的企业多为一些小微企业，其选址时应该注意的因素可划分为：市场因素、商圈因素、物业因素、所区因素、个人因素、价格因素。

市场因素，可以从顾客和竞争对手两个角度来考虑。从顾客角度看，要考虑经营地是否接通顾客，周围的顾客是否有足够的购买力。对于零售业和服务业，店铺的客流量和客流的购买力决定着企业的业务量。从竞争对手角度看，经营地点的选择有两种不同的思路：一是选择同行聚集林立的地方，同行成群有利于人气聚合与上升，比如当下的服饰一条街、建材市场、家电市场、小商品市场等；另一种思路则是别人淘金我卖水，别人都蜂拥到某地去淘金，成功者固然腰缠万贯，失败者也要维持生存。如果到他们中间去卖水，肯定稳赚不赔。

商圈因素，就是指要对特定商圈进行特定分析。如车站附近是往来旅客集中的地区，适合发展餐饮、食品、生活用品；商业区是居民购物、聊天、休闲的理想场所，除了适宜开设大型综合商场外，特色鲜明的专卖店也很有市场；影剧院、公园名胜附近，适合经营餐饮、食品、娱乐、生活用品等；在居民区，凡能给家庭生活提供独特服务的生意，都能获得较好发展；在市郊地段，不妨考虑向驾车者提供生活、休息、娱乐和维修车辆等服务。

物业因素同样也不能忽略，在置地建房或租用店铺前，创业者应首先了解地段或房屋的规划与自己的经营项目是否相符；该物业是否有合法权证；还应考虑该物业的历史、空置待租的原因、坐落地段的声誉与形象等，是不是环境污染区、有没有治安问题等都是创业者选择时需要考虑关注的。

所区因素指的是经营业务最好能得到当地所区和政府的支持，至少不能与当地的政策背道而驰。

个人因素，有时会被一些创业者过多地关注，一些人常常选择在自己的住所附近经营，然而这种做法可能会令创业者丧失更好的机会或因经营受到局限，购买力无法突破。

创业者在购买商铺或租赁商铺时，要充分考虑价格因素，包括资金、业务性质、创业成功或失败后的安排、物业市场的供求情况、利率趋势等，以免做错误决定，对企业的业务经营造成不良影响。

选址工作切忌盲听、盲信、盲从，缺少调查和评估难以找到符合条件的经营场所。因此，选址不能一味求快，创业者应该多对意向的地段进行多方面的考量，做好商圈调查，权衡各个因素的优劣，从长远角度考虑，为自己企业日后的经营打下良好的基础。

三、商圈调查

商圈调查，可以预估企业坐落地点可能交易范围内的消费人群、流动人口量等人口资料，并通过消费水准预估营业额等消费资料。

（一）商圈调查的重要性

商圈调查，是一个非常重要的问题，不同类型的商圈、不同层次的商圈，适合于不同的业态和不同的经营方式。商圈调查是一项需要科学态度和科学方法的工作。

（1）对商圈的分析与调查，可以帮助经营者明确哪些是企业的基本顾客群，哪些是潜在顾客群，力求在保持基本顾客群的同时，着力吸引潜在顾客群。

（2）商圈调查可以帮助企业了解预定门市坐落地点所在商圈的优缺点，从而决定是否为最适合企业的商圈。在企业选址时，应在明确商圈范围、了解商圈内消费分布状况及市场、非市场因素的有关资料的基础上，进行经营效益的评估，衡量企业地址的使用价值，按照设计的基本原则，选出适宜的地点，使商圈、企业地址、经营条件协调融合，创造经营优势。

（3）全面的商圈调查，可以使经营者了解企业位置的优劣及顾客的需求与偏好，作为调整商品组合的依据；可以让经营者依照调查资料订立明确的业绩目标。通过商圈分析，制定市场开拓战略，不断延伸触角，扩大商圈范围，提高市场占有率。

（二）商圈调查的方法

1. 划定商圈范围

一般来说，商圈以半径500米或1 000米为范围，分为主商圈与副商圈。但是，遇有马路阻隔(40米以上)，铁路、平交道阻隔，高架桥、地下道、安全道、大水沟等阻隔，就会将商圈限制在某一个范围里。因为消费者在不方便过马路的前提下不愿意冒生命危险到不方便的企业去的。

2. 关注商圈特性

创办企业策略应完全站在消费者导向的角度，去满足及创造消费者需求。要知道商圈企业特色及分布情况、住宅特色、集会场所、竞争力的分析、人流量及交通状况、消费特征与人口特征、预估收支、利润分析等。

3. 绘制商圈简图

简图需标示出商圈东、南、西、北大方向的位置，在这一区域内的竞争企业及互补企业，人流汇集地段和大型集会场所。道路巷弄必须明示出来。此外，人流走向、公交站牌等也不可忽略。

4. 选好抽样点

在商圈内，设置几处抽样点作为当地商圈实地了解及评估。抽样的主要目的是了解人流走向、人口、住户推算、交通状况等。

（三）案例：麦当劳的商圈调查

麦当劳市场目标的确定需要通过商圈调查。在考虑餐厅的设址前必须事先估计当地的市场潜能。

1. 确定商圈范围

麦当劳把在制定经营策略时确定商圈方法称作绘制商圈地图，商圈地图的画法首先是确定商圈范围。

一般说来，商圈范围是以这个餐厅为中心，以 1 ~2 公里为半径，画一个圆，作为它的商圈。如果这个餐厅设有汽车走廊，则可以把半径延伸到四公里，然后把整个商圈分割为主商圈和副商圈。

商圈的范围一般不要越过公路、铁路、立交桥、地下道、大水沟，因为顾客不愿意越过这些阻隔到不方便的地方购物。

商圈确定以后，麦当劳的市场分析专家便开始分析商圈的特征，以制定公司的地区分布战略，即规划在哪些地方开设多少餐厅为最适宜，从而达到通过消费导向去创造和满足消费者需求的目标。

因此，商圈特征的调查必须详细统计和分析商圈内的人口特征、住宅特点、集会场所、交通和人流状况、消费倾向、同类商店的分布，对商圈的优缺点进行评估，并预计设店后的收入和支出，对可能净利进行分析。

在商圈地图上，他们最少要注上下列数据：

餐厅所在社区的总人口、家庭数；餐厅所在社区的学校数、事业单位数；构成交通流量的场所（包括百货商店、大型集会场所、娱乐场所、公共汽车站和其他交通工具的集中点等）；餐厅前的人流量（应区分平日和假日）、人潮走向；

有无大型公寓或新村；商圈内的竞争店和互补店的店面数、座位数和营业时间等；街道的名称。

2. 进行抽样统计

在分析商圈的特征时，还必须在商圈内设置几个抽样点，进行抽样统计。抽样统计的目的是取得基准数据，以确定顾客的准确数字。

抽样统计可将一周分为三段：周一至周五为一段；周六为一段；周日和节假日为一段，从每天的早晨7时开始至午夜12时，以每两个小时为单位，计算通过的人流数、汽车和自行车数。人流数还要进一步分类为男、女、青少年、上班和下班的人群等，然后换算为每15分钟的数据。

3. 实地调查

除了进行抽样统计外，还要对顾客进行实地调查，或称作商情调查。实地调查可以分为两种。一种以车站为中心，另一种以商业区为中心。

同时还要提出一个问题：是否还有其他的人流中心。答案当然应当从获得的商情资料中去挖掘。以车站为中心的调查方法可以是到车站前记录车牌号码，或者乘公共汽车去了解交通路线，或从车站购票处取得购买月票者的地址。

以商业区为中心的调查需要调查当地商会的活动计划和活动状况，调查抛弃在路边的购物纸袋和商业印刷品，看看人们常去哪些商店或超级市场，从而准确地掌握当地的购物行动圈。

通过访问购物者，调查他们的地址，向他们发放问卷，了解他们的生日。

然后把调查得来的所有资料一一载入最初画了圈的地图。这些调查得来的数据以不同颜色标明，最后就可以在地图上确定选址的商圈。

“应该说，正因为麦当劳的选址坚持通过对市场的全面资讯和对位置的评估标准的执行，才能够使开设的餐厅，无论是现在还是在将来，都能健康稳定地成长和发展。”麦当劳香港总部这样说。

第三节 企业选址的方法与原则

通常来说，企业根据商品特征、交通条件、店铺产权、治安环境、人流量、距离等因素选址，但不同类型的企业，其选址的方法与原则也不尽相同。

一、高科技、电子、网站类企业

(一)物业所属区位

如果此类公司在市政府所规划的经济开发区或高科技园区注册的话,会得到相应的税金方面的减免政策(三减三免),这点也是此类公司选址的重要因素之一。但也有一部分大中型公司在所在省、市或直辖市的商业圈或中央商务区设立能够体现公司良好形象的办公场所(总部或驻京办)。

(二)交通利达性

绝大多数 IT 公司的员工人数较多,且加班的情况较为严重,所以,此类公司对所要承租物业的交通及地理位置要求较为严格(即:办公地址距员工住址较近或较为方便)。

(三)硬件设施

(1)强电:一般市场上的物业皆要双路供电,且电源系统需达到 220V ~ 380V 的条件。电力供应容量应不低 50VA/平方米。

(2) 弱电:办公区域内应保证 8 ~ 20 平方米内有一个信息点,信息点包括:语音点、数据点、光纤出口。且应有在 20 ~ 50 年内可拓展升级的可能。

(3)网络支持:大厦内应有至少两家以上的网络运营商可供选择,还应具备专线上网、无线上网(支持迅驰)。大厦还应设有手机信号覆盖系统,即无屏障系统。

(4)人性化:是否有空中花园或绿化率的高低。由于此类公司的员工的工作较为单调,大厦如配有空中花园最佳,或大厦的绿化率应符合国家标准。

(5)电梯:部数的多少(每 3 300 ~ 4 500 平方米/部),载重量的大小,轿箱的高矮,梯速的快慢,电梯的自动控制或人工控制系统应良好。

(6)车位:地上、地下车位的总数量多少(45 ~ 65 个/万平方米),停车泊位的方便程度(人工控制或电脑控制)。

(7)建筑风格及结构:

风格:大多数 IT 公司较为青睐风格现代、新潮的物业,多为高档玻璃幕墙材质的外立面。

结构:大多数 IT 公司的员工人数非常多,办公密度大,且多希望开放式办公。故要求大厦应是框架结构、框架剪力墙结构。在楼板承重方面:应在150～200公斤/平方米,其中转换机房的承重要求就更高了。在抗震方面:应至少可抗震7～8级。在净层高方面:应在2.6～3米之间,如在个别楼层设有超高层(LOFT)最佳。

(8)中央空调及烟感、喷淋:

中央空调:分2管制、4管制、VAV系统,后两者更受青睐,但随之而来的是租金的不菲。新风量也是一个较为重要的参数,一般国际标准为35立方米/人/小时,但目前已有50立方米/人/小时这一数字。而且市场上也有了分层供应新风系统,还有了冬季供湿系统。

烟感、喷淋:二者布置的密集度也会直接决定客户入住后的二次装修的费用高低。

(9)交房现状:

初装(简装):吊石膏(铝扣)、白墙(壁纸)、水泥地抹平(网络地板)。

毛坯:裸房状态则可以满足公司自行装修来体现自身形象的要求。

(10)户型、面积及价位:

户型:由于国内外建筑技术的不断提高和改进,基本上国内从90年代初至今的大厦及写字楼皆为框架、框架剪力墙及综合结构,也就是说户型的开间基本上可以保证至少在100平方米左右,且相邻间大多可以互相连通。这样的条件是此类公司的基本要求。基本上可以解释为:开间的伸缩范围大。

面积:根据各公司的情况,它们对面积的需求完全取决于其业务拓展方向。

价位:此类行业小型公司要求的价位应在1～3元/天/平方米(含物管费),相应的面积也在30～500平方米;此类行业中型公司要求的价位应在2～4元/天/平方米(含物管费),相应的面积也在500～5 000平方米;此类行业大型公司要求的价位应在4元/天/平方米(含物管费)以上,相应的面积则很大,通常半栋、整栋或多栋园区等。

(11)关于内资外资公司的租买问题:通常情况下,不管是内资还是外资公司,凡是要购买写字楼或大厦,说明其公司的业务将在本地进行长远发展。在本地租用写字楼或大厦的公司,则说明其公司在本地的业务还在尝试性发展。

(12)物业管理公司:通常分国内(专职专业的和开发商自设的)、国际型物业管理公司。其中国际型物业管理公司作大厦的物业管理顾问较受欢迎。

(13)在全球,高科技跨国企业选址都会考虑五大因素:靠近大学、科研机构,有充足的科研人才;良好的基础设施,交通便利、通讯发达;环境开阔,有良好的人文环境,便于信息沟通和国际交往;法律咨询、物业、策划等服务性机构比较完善;制度环境、管理的国际化程度比较高。

二、教育类公司、机构

(一)物业所属区位

此类公司一般根据所教授专业及科目的受众群分布来选址,没有其他较为特殊的要求。

(二)交通利达性

绝大多数此类公司的学员人数较多,所以,此类公司对所要承租物业的交通及地理位置要求较为严格。公交线路的多少,是否紧邻环路,开车是否方便等。

(三)硬件设施

(1)建筑风格及结构:

这类公司机构基本分 A、B 两类:

A. 内资外资公司关于企管、策划、语言、MBA 等方面培训(高端客户为其学员)。

风格:大多数此类公司较为青睐风格现代、新潮的物业,多为高档玻璃幕墙材质的外立面。

结构:大多数此类公司的学员人数不一定很多(因学费高),但多希望 3 ~ 5 人一班(有独立且封闭的小房间)。故要求大厦应是框架结构、框架剪力墙结构。在楼板承重方面:应在 150 ~ 200 公斤/平方米。在抗震方面:应至少可抗震 7 ~ 8 级。在净层高方面:应在 2.6 ~ 3 米。

B. 内资机构关于成人教育、语言等(中低端客户及学生为其学员)

风格:大多数此类机构主要考虑运营成本(因其所收学费不高,利润较低,所以不会选择高档大厦或写字楼),故多数选择风格陈旧、楼龄较长的物业,多为普通砖石外立面。

结构：大多数此类机构的学员人数非常多，就学密度非常大（这样会提高利润），且多希望开放式办学。故要求大厦应是框架结构、框架剪力墙结构，一般砖混也可。至于楼板承重方面和抗震方面没有特殊要求，不是危房即可。对层高无特殊要求。

（2）价位和面积：一般 A 类公司的租金预算较高，约 3.5 元/天/平方米（含物管费）以上，租赁面积应在 300 平方米至数千平方米；一般 B 类机构的租金预算较低，约为 1～2.5 元/天/平方米（含物管费），租赁面积应在 500 平方米至数千平方米。

（3）车位：数量无特殊要求，或要求不是很高。

（4）关于内资外资公司、机构的租买问题：通常情况下，不管是内资还是外资公司，凡是要购买写字楼或大厦，说明其公司的业务将在本地进行长远发展。在本地租用写字楼或大厦的公司，则说明其公司在本地的业务还在尝试性发展。

三、旅游、贸易、汽车、运输行业

（一）旅游行业

这类行业主要指旅行社，大多数此类公司希望所租赁的物业能有易见性（商铺）。这样可以达到招揽客户的目的。因为公司实力的不一，所以租金预算、承租面积大不相同。

（二）贸易行业

这类行业无特别行业特点，因为公司实力的不一，所以租金预算、承租面积大不相同。一般外资公司会在乙级以上写字楼或大厦驻扎，这样可以体现公司形象。

（三）汽车行业

这类行业大致可以分为：汽车制造业和汽车销售业。前者由于政府限定，必须在郊区置业（买地或租地自建厂区）。后者由于统属销售行业，必须在交通方便、高消费商业圈置业（大多以租赁形式为主）。下面是汽车销售行业对物业的要求：

（1）区位：环路、主路、主要街道及各高消费商业圈。

(2)户型、建筑风格及结构:

风格:大多数此类公司较为青睐风格现代、新潮的物业,多为高档玻璃幕墙材质的外立面(易于展示)。须临街商铺或汽车交易市场。

结构:大多数此类公司青睐大开间结构。故要求物业应是框架结构、框架剪力墙结构,且对柱距的要求也极为严格(至少大于等于10米)。在楼板承重方面:应在150~200公斤/平方米。在抗震方面:应至少可抗震7~8级。在净层高方面:应在3米左右,如在个别楼层设有超高层(LOFT)最受欢迎。

(3)价位和面积:通常这类公司的租金预算较高,至少要在7元/天/平方米(含物管费)以上。承租面积至少应在300平方米至数千平方米。

(4)关于内资外资公司、机构的租买问题:通常情况下,不管是内资还是外资公司,凡是要购买商铺,说明其公司的业务将在本地进行长远发展。在本地租用商铺的公司,则说明其公司在本地的业务还在尝试性发展。汽车行业前者居多。

(四)运输行业

这类行业主要指物流行业,大多这类行业比较希望在临近机场的郊区驻扎(这也是行业特性)。这类行业内外资公司皆有,租金预算较低,1~2元/天/平方米(含物管费),但承租面积比较大,达到数千平方米。且对物业的硬件要求也较高。

大多数此类公司青睐大开间结构。故要求物业应是框架结构、框架剪力墙结构,且对柱距的要求也极为严格(至少大于等于10米)。超高层的厂房最受欢迎。

四、律师、会计师、咨询、评估行业

据调查显示,目前律师事务所、会计师事务所、咨询公司、评估公司,这类具有行业特性的企业在选择办公场所方面有着独特的需求。主要体现于对物业所在城区,以及办公场所所在的位置、房间状况、交通情况等多方面的特殊要求。以下是这类公司选择办公场所需求的特点明细。

城区分布:据不完全统计显示,目前所在北京市的律师事务所、会计师事务所、咨询公司、评估公司,选择的办公城区大多分布于北京市两大商业聚集区——朝阳区和海淀区。由于部分公司需要离政府有关部门及稳定客户群近的缘故,则分别分布于中心城区,例如:东城、西城,少量公司企业分布在其他区域。

(一)律师事务所、会计师事务所选择办公场所的原则

(1)对物业的要求:此类公司在选择办公场所时对所选物业的外观、房间格局、房型有着不同的要求。律师事务所和会计师事务所由于拜访量较大的缘故,在选择物业的同时比较注重物业的整体形象(例如:外观新颖、大堂气派),选择办公间时则比较注重房间内的隔间数量和房间的方正程度(因为此类型公司要求单独办公性和保密性较强,需要单独房间的数量相对较多,公共办公区大小要求则不是很严格)。而咨询类公司和评估类公司对房间内的需求则刚好相反,此类型公司需要较大的公共办公区(以便更好地互动、沟通),对独立办公隔间的数量要求不那么严格。

(2)装修风格:律师事务所、会计师事务所、咨询公司、评估公司在装修风格上都具有相同之处。以上类型公司在装修风格上主要突出稳重、大方的特点(墙面一般为白色、黄色、深蓝色,正规的白灰色吊顶和深色地毯)。

(3)电话需求:此类公司由于业务联系及业务开展方面主要以电话拜访、电话沟通的形式进行,对电话数量的需求会比一般性质的公司大。

(4)车位需求:此类型公司有着办公人数多、人均收入高、私有车辆多的特性,所以对物业的车位数量方面也有着相应的要求(一般租赁 1 000 平方米左右办公间的公司,所需的车位数量大约在 20 个左右)。

(5)交通方面:由于此类公司员工经常外出、拜访人群,所以在选择物业时会相当注重物业所在的位置和周边交通情况。一般选择的位置都会在所选城区的商业核心区或重要交通枢纽地段。

(二)咨询、评估公司选择办公场所原则

此类型公司在选择办公场所时需求的条件与律师事务所、会计师事务所所要求的大同小异,地段一般也分布在所选城区的商业核心或重要交通枢纽地段。选择物业时,国内公司一般以中档(乙级)物业为主,少量公司租用高档(甲级)物业。外资公司则多以办事处的形式,租用成熟商业区的高档(甲级)物业。

在写字间的装修上,咨询、评估公司则与律师事务所等行业的风格不大一

样。由于咨询、评估公司的特性就是电话沟通、网络业务,由此得知这类公司在电话数量、网络布线方面有着较大的需求。由于公共办公人数较多的缘故,对房间的开间程度也有着很大的要求。咨询、评估公司所装修的房间一般呈大开间、隔间较少、装修风格传统正规。

五、金融类企业

(一)保险公司

一般分为中资保险公司、中外合资保险公司、外资保险公司和保险经纪类公司。

在北京中资保险公司的总部有一部分已经投资建楼,如平安保险、人寿保险、泰康人寿等,分部的设立一般会选择在交通便利的乙级楼中,面积从1 000 ~ 3 000 平方米,最终成交价在 3 元/天/平方米左右。

以北京为例,中外合资和外资保险公司一般都分布在东二、三环的甲级写字楼中,其中东方广场最多(中英人寿、中意人寿、中美大都会人寿、瑞士再保险公司等),国贸、燕莎中心、亮马大厦、京汇、盛福大厦等甲级写字楼内均有分布。因保险经纪公司的规模大小不一,从“南银”这类甲级物业到商住公寓都有这类公司的分布,面积大多在 400 平方米以下。

(二)证券公司

这类公司在北京分布面较广,所选物业类型也是复杂多样,多在乙级写字楼、底商、独楼中分布,租房预算在 3 元/天/平方米左右,面积从几百平方米至数千平方米不等(选址一定要有广告位)。

(三)银行

分外资银行、中资银行,中资银行在北京总部都已自建或购置了大厦,主要是对营业点的设置有需求,基本需求底商 600 平方米以上,位置必须临街,一般分布在新社区的底商和新建写字楼的底商,要有广告位。

近年中外资银行纷纷进入北京设立办事处,几乎全部入住的是顶级大厦,其中国贸最多。

(四)金融类企业选址原则

(1)区位:金融类公司在北京各区域均有分布。其中以金融街分布最为集中(主要保险公司总部、各大银行总部均集中在此),CBD 也较为集中(主要以外资银行和外资保险公司为主)。寿险公司、证券公司的分部主要在各成熟商圈、成熟生活区中的次甲级或乙级写字楼中。银行则分布在这类区位的底商。

(2)交通:金融类公司对交通要求最多的是寿险公司,最好是地铁沿线或公交线路要多,以方便众多员工的上下班。其余的如银行、证券等公司因为主要对某一区域服务,对交通要求相对较少。

(3)户型:金融类公司都要求大开间。具体来讲,寿险公司要求把房间分割成 100 平方米左右的大房间,以方便划分销售小组。银行营业厅要求 600 平方米以上的大开间。

思考题:

1. 企业命名有何法律要求?
2. 企业选址的依据是什么?
3. 金融类企业选址的原则有哪些?

第八章　企业的设立流程

小李大学毕业后，准备开一家环境影响评价公司，从事环境影响评价工作，并拟以“中国某某环境影响评价公司”的名称注册公司，结果被告知不能注册，为什么呢？

第一节　企业与公司

一、企业

企业一般是指以盈利为目的，运用各种生产要素（土地、劳动力、资本、技术和企业家才能等），向市场提供商品或服务，实行自主经营、自负盈亏、独立核算的具有法人资格的社会经济组织。现代经济学理论认为，企业本质上是“一种资源配置的机制”，其能够实现整个社会经济资源的优化配置，降低整个社会的“交易成本”，是市场经济活动的主要参与者。在社会主义经济体制下，各种企业并存共同构成社会主义市场经济的微观基础。企业存在三类基本组织形式：独资企业、合伙企业和公司，公司制企业是现代企业中最主要最典型的组织形式。

二、公司

公司是指一般依法设立的，全部资本由股东出资，以盈利为目的的企业法人，包括有限责任公司和股份有限公司。公司是企业法人，享有独立的法人财产权。公司以其全部财产对公司的债务承担责任，有限责任公司的股东以其认缴的出资额为限,股份有限公司的股东以其认购的股份为限对公司负债承担责任。公司的典型特点是企业的所有权与经营权分离。公司股东推举一些人作为董事组成董事会以代表股东利益,董事会成员可以是股东也可以不是。董事会对股东大会负责,决定公司重大事项,日常经营授权经理进行管理。

根据我国公司法的规定,我国的“公司是指依照本法在中国境内设立的有限责任公司和股份有限公司”。

(1)有限责任公司,简称有限公司,股东以其出资额为限对公司承担责任,公司以其全部资产对公司的债务承担责任。

(2)股份有限公司,简称股份公司,其全部资本分为等额股份,股东以其所持股份为限对公司承担责任,公司以其全部资产对公司的债务承担责任。

无论有限公司还是股份公司,他们最大的特点就是股东对公司承担的责任是有限的,并以其出资额为限。也就是说,当公司资产不足以偿还其所欠债务时,股东无需承担连带清偿责任,即不需股东替公司还债。

相对于有限公司而言,无限责任公司是指股东对公司及其债务承担无限连带责任。也就是说,如果公司不能偿还债务时,由股东承担清偿责任。在我国,是不允许设立无限责任公司的,但却允许设立承担无限责任的企业,如个人独资企业、合伙企业。这些企业不是独立法人,所以不能成为公司,并且由企业业主直接承担无限的企业责任。

另外,还有一种公司,叫做两合公司,其一部分股东对公司承担有限责任,而另一部分股东则对公司承担无限责任。因此,两合公司同时具备有限公司和无限公司的特点。同样的,在我国,是不允许设立两合公司的。

三、企业与公司的区别

企业的含义要比公司广,公司是企业的一种形式。根据所有制形式不同,企业可以分为个人独资企业、合伙企业和公司三种形式。

下面我们再看看个人独资企业、合伙企业和公司等概念,这都是从法律意义上的辨析。

个人独资企业:是指依照《中华人民共和国个人独资企业法》在中国境内设立,由一个自然人投资,财产为投资人个人所有,投资人以其个人财产对企业债务承担无限责任的经营实体。我们通常所说的个体户就属于这类企业。

合伙企业:是指自然人、法人和其他组织依照《中华人民共和国合伙企业法》在中国境内设立的普通合伙企业和有限合伙企业。普通合伙企业由普通合伙人组成,合伙人对合伙企业债务承担无限连带责任。有限合伙企业由普通合伙人和有限合伙人组成,普通合伙人对合伙企业债务承担无限连带责任,有限合伙人以其认缴的出资额为限对合伙企业债务承担责任。一些专利代理所就是以合伙企业形式组建的。

公司:公司是企业法人,有独立的法人财产,享有法人财产权。公司以其全部财产对公司的债务承担责任。有限责任公司的股东以其认缴的出资额为限对公司承担责任;股份有限公司的股东以其认购的股份为限对公司承担责任。一般而言,稍大一些的企业都是以公司的形式存在的。

这里要解释一下企业法人的概念,按照《中华人民共和国民法通则》的规定,法人是具有民事权利能力和民事行为能力,依法独立享有民事权利和承担民事义务的组织。具有法人资格的企业称之为企业法人,企业法人资格的认定是由工商行政机关登记认定的。并不是所有的企业都是法人,上面所说的个人独资企业和合伙企业就不是法人,因为它们没有独立的财产,不能独立承担法律上的权利和义务。需要强调的是,企业法人和企业法定代表人是不同的。企业法人强调的是法人,是一个社会组织,而法定代表人是自然人。比如,有人说某某企业的法人是张三,这种说法是不对的,它是法定代表人,而不是企业法人。

公司与独资企业:

独资是由单独一人出资设立,由一人拥有和控制,并由一人承担无限责任的企业。独资企业与公司的财产关系不同,独资企业的财产由独资企业主所有,企业本身不享有所有权,而公司有自己独立的财产,它形成于股东的出资。在股东出资之后,股东便不再享有对该出资的所有权,而由公司享有对该出资的所有权。

独资企业由独资企业主承担无限责任,即企业主应当以其个人的全部财产而不是仅以其投资与该企业的财产对债务负责,而公司对其债务以其拥有的资产独立承担责任,其股东只承担出资额范围内的有限责任。

公司与合伙企业:

合伙是指两人以上按合伙协议,各自出资,共同经营组成的营利性组织。

合伙包括个人合伙与合伙企业两种。合伙的财产归全体合伙人共有,而公司的财产却并不是由股东共有的,而是由公司作为一个独立的主体对财产享有所有权。在责任的承担上,合伙人对合伙债务承担连带无限责任,即当企业财产不足以清偿合伙债务时,合伙人须以各自所有的财产对其应分担的债务负责。而公司的股东对公司的债务承担的是有限责任。

企业与公司的区别主要体现在七个方面:

(1)成立的基础不同。公司以章程为基础而成立,而企业是以合伙协议为基础而成立的,当然,合伙协议的约定不能对抗善意第三人。

(2)当事人之间的关系不同。公司,特别是股份有限公司,股东之间是典型的资合关系,虽然有限责任公司具有一点人合性,但由于有限责任制度的存在,资合的色彩更重。企业的合伙人之间就是靠人合关系成立的,具体说就是靠人与人之间的信任基础来成立的,所以合伙人之间依附性关系比较强,信用度也要求得比较高。

(3)主体地位不同。公司是法人企业,它能够以自己的财产对外独立承担民事责任;企业不具有法人资格,所以它不能对外以企业的财产独立承担民事责任,企业的财产不够偿还债务时,还要靠合伙人的个人财产来偿还。

(4)承担责任的方式不同。公司的股东都是承担有限责任,而合伙人承担的是无限连带清偿责任。

(5)规模大小不同。企业一般规模都比较小,因为它靠人的信用基础来成立,其规模不可能太大。而公司特别是股份有限公司,规模会很大,股东人数也众多。当然,也会有些合伙企业的规模会比较大,但一般的合伙企业的规模都小于公司。

(6)出资方式不同。企业的合伙人可以用劳务出资,而公司的股东却不行。

(7)企业的赋税不同。对公司征收企业所得税。个人独资企业不是对立法律主体,因而不对其征税,而是对企业投资人征收个人所得税。合伙企业和个人独资企业类似,只对企业合伙人征收个人所得税,不对企业本身征收企业所得税。

创业者可以根据自己的实际情况,包括投资额度、赋税和风险责任等选择合适的企业形式。例如初期资金较少,可以注册成个人企业,当资金充裕时可以重新注册成公司。如果想少交税,则采用个人企业形式较好。如果不想承担企业倒闭带来的风险,注册成公司较好。

第二节　成立企业的流程

企业的组织形式、名称、选址以及人、财、物配置等各项准备工作完成后，就可以开始进行企业登记注册工作，企业被国家机关核准注册后，就可以开业运营了。

一、企业法人登记管理制度

（一）法人

法人，是相对自然人而言。法人是具有民事权利能力和民事行为能力，依法独立享有民事权利和承担民事义务的组织，是社会组织在法律上的人格化，而不是实实在在的生命体，其依法产生、消亡，有别于以生命为存在特征的自然人。同时，法人这一概念是世界各国规范经济秩序的一项重要法律制度。

1. 法人的分类

我国《民法通则》将法人分为企业法人、机关法人、社会团体法人、事业单位法人。

（1）企业法人。企业法人是指以盈利为目的，具有民事权利能力和民事行为能力，依法独立享有民事权利和独立承担民事义务的经济组织体。依组织形态的不同，企业法人可进一步分为公司和非公司企业法人。

（2）机关法人。机关法人是指依法行使职权，从事国家管理活动的各类国家机关，包括国家各级权力机关、行政机关、司法机关、军事机关等。国家机关只在进行民事活动时才成为法人，才是民事的主体，只能以平等民事主体，而不能以法定管理职能主体参与民事法律关系。机关法人不能从事商品生产经营等营利性活动。机关法人不以登记方式成立，而依法以决议、命令、决定等方式成立。

（3）社会团体法人。我国的社会团体法人是由中国公民自愿组成，为实现会员共同意愿，按照其章程开展活动的具备法人条件的非营利性社会组织。国家机关以外的组织可以作为单位会员加入社会团体。社会团体包括：人民群众团体、社会公益团体、行业协会、学术研究团体、宗教团体、各种俱乐部等。

（4）事业单位法人。事业单位法人是指国家为了社会公益目的，由国家机关举办或者其他组织利用国有资产举办的，从事教育、科技、文化、卫生等活动的社会服务组织。

2．法人必须具备的条件

根据《民法通则》的规定，法人必须具备以下四项条件：

(1)依法成立；

(2)有必要的财产或者经费；

(3)有自己的名称、组织机构和场所；

(4)能够独立承担民事责任。

3．法人成立方式

法人必须是经国家认可的社会组织。在中国，法人主要有两种成立方式：一是根据法律法规或行政审批而成立。二是经过核准登记而成立。如工商企业、公司等须经工商行政管理部门核准登记注册后成为企业法人。

(二)企业法人登记管理制度

为了确认企业法人资格，保障企业合法权益，取缔非法经营，维护社会经济秩序，我国实行企业法人登记管理制度。

1．企业法人的成立

主管机关是国家工商行政管理局和地方各级工商行政管理局。企业办理企业法人登记，由该企业的组建负责人申请。

企业经工商局依法登记注册，领取《企业法人营业执照》，方能取得企业法人资格。企业取得法人资格后，可以从事经营活动，其合法权益受国家法律保护。依法需要办理企业法人登记的，未经企业法人登记主管机关核准登记注册，不得从事经营活动。

2．申请企业法人登记的单位应具备的条件

申请企业法人登记的单位应当具备下列条件：

(1)具备企业名称、组织机构和章程；

(2)固定的经营场所和必要的设施；

(3)符合国家规定并具有与其生产经营和服务规模相适应的资金数额和从业人员；

(4)能够独立承担民事责任；

(5)符合国家法律法规和政策规定的经营范围。

其中企业章程,是指企业依法制定的,规定企业名称、住所、经营范围、经营管理制度、企业组织与活动的基本规则、公司权利和义务关系等重大事项的基本法律文件。企业章程是企业的“宪章”,具备法定性、真实性、自治性和公开性等基本特征。企业章程作为企业组织与行为的基本准则,对企业的成立及运营具有十分重要的意义,它既是企业成立的基础,也是企业赖以生存的灵魂。

3. 企业法人登记注册的事项

非公司类企业法人登记注册的事项包括:企业名称、住所和经营场所、法定代表人姓名、经济性质、经营范围、经营方式、注册资金、从业人数、经营期限、分支机构。

公司类企业法人登记注册事项包括:企业名称、住所、法定代表人姓名、注册资本、实收资本、公司类型、经营范围、营业期限以及有限责任公司股东或者股份有限责任公司发起人的姓名或者名称,以及认缴和实缴的出资额、出资时间、出资方式。

其中:

(1)企业住所和经营场所。企业住所是指企业法人的主要管理机构的处所。经营场所是指企业法人主要业务活动、经营活动的处所。企业住所和经营场所的法律意义是不同的,但实际工作中,企业住所和经营场所往往是同一地点。

(2)法定代表人。法定代表人指依法律或企业章程规定代表法人行使职权的负责人,是法人的法定代表人。法定代表人是代表法人进行民事活动的自然人,且该自然人只有代表法人从事民事活动和民事诉讼活动才具有这种身份。我国法律实行单一法定代表人制,一般法人的正职负责人为其唯一法定代表人。如,公司的法定代表人为董事长或执行董事或经理(《公司法》规定),而证券交易所的法定代表人为总经理(《证券法》规定)。法定代表人与企业法人在内部关系上也往往是劳动合同关系,故法定代表人属于雇员范畴。但在对外关系上,法定代表人对外以法人名义进行民事活动时,其与法人之间并非代理关系,而是代表关系,且其代表法人行使职权来自法律的明确授权,故不另需法人的授权委托书。法定代表人对外的职务行为即为法人行为,其后果由法人承担。

(3)经营范围。经营范围是指国家允许企业法人生产和经营的产品及服务项目。按照国家有关规定，企业经营范围可以一业为主，兼营他业。经营范围反映了企业法人业务活动的内容和生产经营方向，体现了企业法人民事权利和能力，企业同时承担不得超越经营范围经营的义务，企业法人应当在核准登记注册的经营范围内从事经营活动，一旦超越，不仅不受法律保护，而且要受到处罚。

(4)注册资金。注册资金是企业法人自有财产和数额体现或者国家授予企业法人经营管理的财产。注册资金是企业全部财产的货币表现，是企业从事生产经营活动的物质基础。企业法人办理开业登记，申请注册的资金数额与实有资金不一致的，按照国家专项规定办理。

(5)注册资本和实收资本。这是针对公司类企业来讲的。注册资本是法律上规定在开业登记时的强制性要求，《公司法》对各类公司注册资本的最低限额有明确规定。实收资本是指投资人按照企业章程或合同、协议的约定，实际投入到企业中的各种资产的价值。我国现行制度要求企业的实收资本与其注册资本相一致。我国《企业法人登记管理条例》规定，除国家另有规定外，企业的注册资金应当与实有资金相一致。企业实有资本比原注册资金数额增减超过20%时，应持资金使用证明或者验资证明，向原登记主管机关申请变更登记。

二、企业登记注册基本流程

企业登记注册工作涉及的政府部门有工商、质监、税务、人保等部门，还涉及银行、会计事务所、资产评估等机构。企业登记注册包括以下几个基本流程。

(一)核准企业名称

我国实行企业名称预先核准制度。企业名称预先核准制度是指企业申请设立登记前，须将企业拟定的企业名称预先提请当地工商局核准。

企业申请登记注册首先要到工商局去领取一张《企业名称预先核准申请表》，填写企业名称，由工商局工作人员在工商局内部网上检索是否有重名，如果没有重名，经核准后就可以使用这个名称，5 个工作日内就会核发一张《企业名称预先核准通知书》。

企业名称预先核准期间，尚未取得独立法人资格，不能享有与企业法人相关联的各种权利和义务，包括名称权。预先核准的名称有保留期，在此期间不得以此为名从事经营活动，不得转让。

企业名称的预先核准登记流程及需提交的相关材料见图8-1。

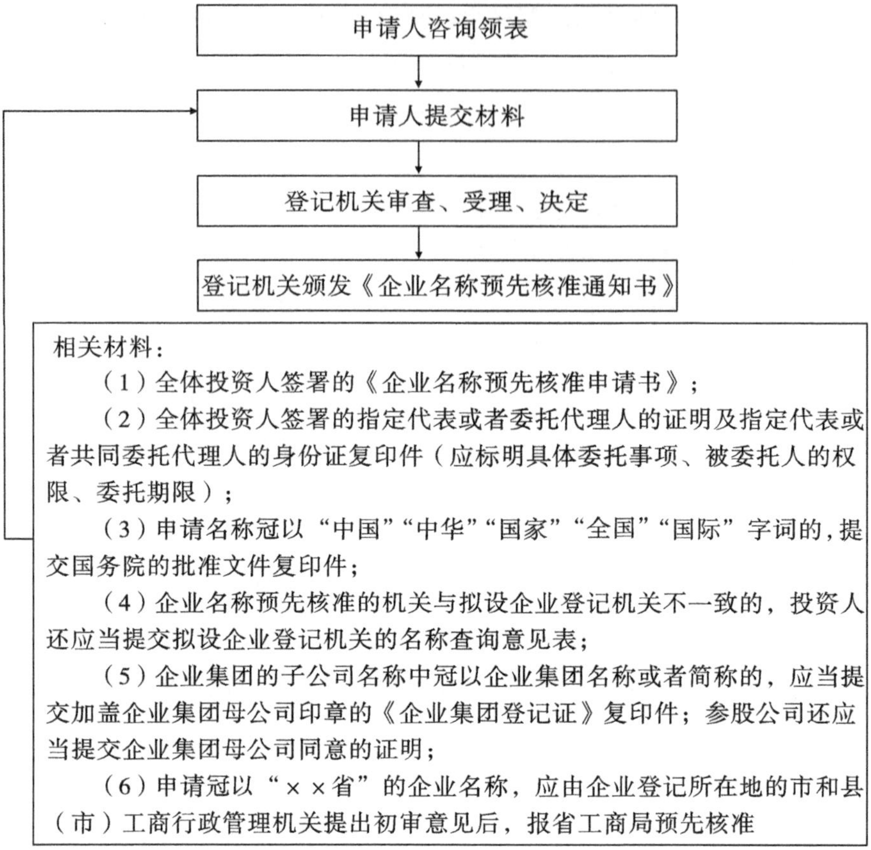

图8-1　企业名称预先核准流程图

（二）撰写《公司章程》

《公司章程》需准备多份，工商局、银行、会计事务所等各需1份。

（三）验资

一是到会计事务所领取银行询证函。二是在银行开立企业验资账户。持企业章程、企业名称预先核准通知书、法定代表人和股东的私章、身份证、银行询证函，到银行开立公司验资账户，并将所有股东入股的资金划入验资账户。银行会给每个股东发股东缴款单，并在银行询证函上加盖银行公章。企业验资账户的资金只是货币出资这一部分，如果有实物、房产等作为出资的，需要到法定评估机构评估其价值后再以其实际价值出资。三是办理验资报告。持银行出具的股东缴款单、银行询证函以及《公司章程》、《企业名称预先核准通知书》、租房合同、房产证复印件，到会计师事务所办理验资报告，会计师事务所出具验资报告。

（四）企业登记注册

公司类企业、非公司类企业设立核准登记流程及需提交的相关材料分别见图8－2、图8－3。

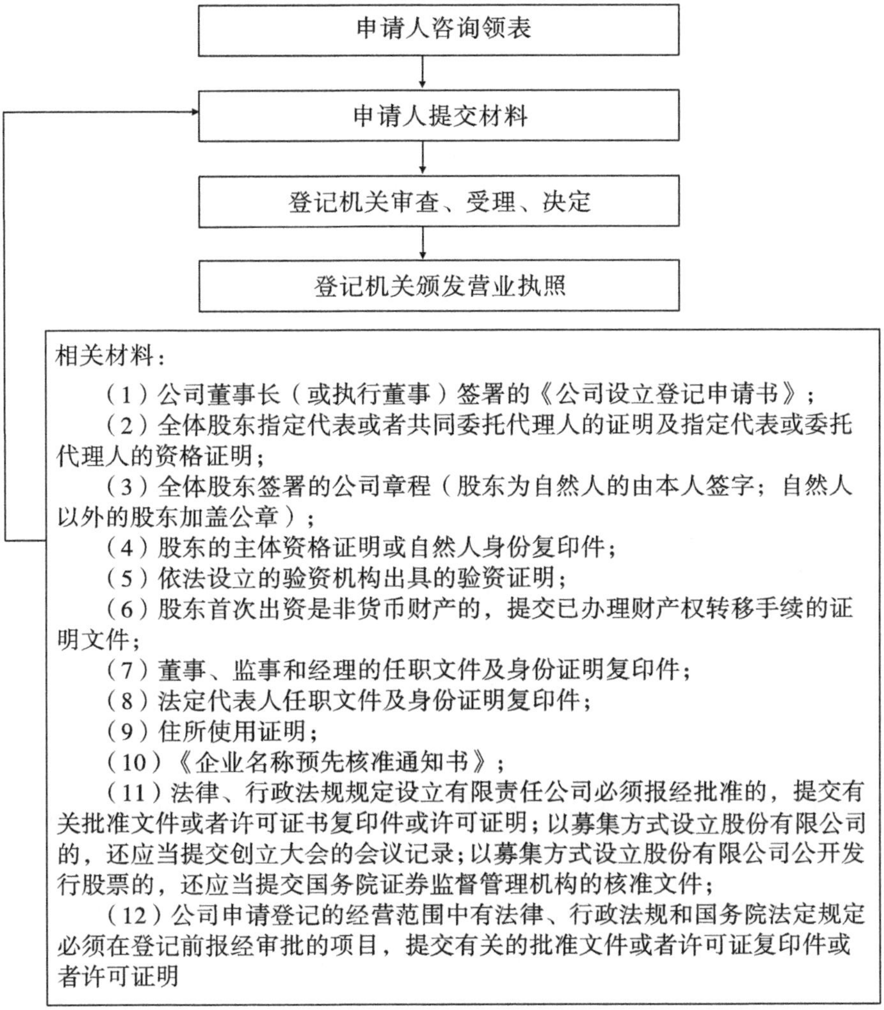

图8－2 企业(公司类)设立核准流程图

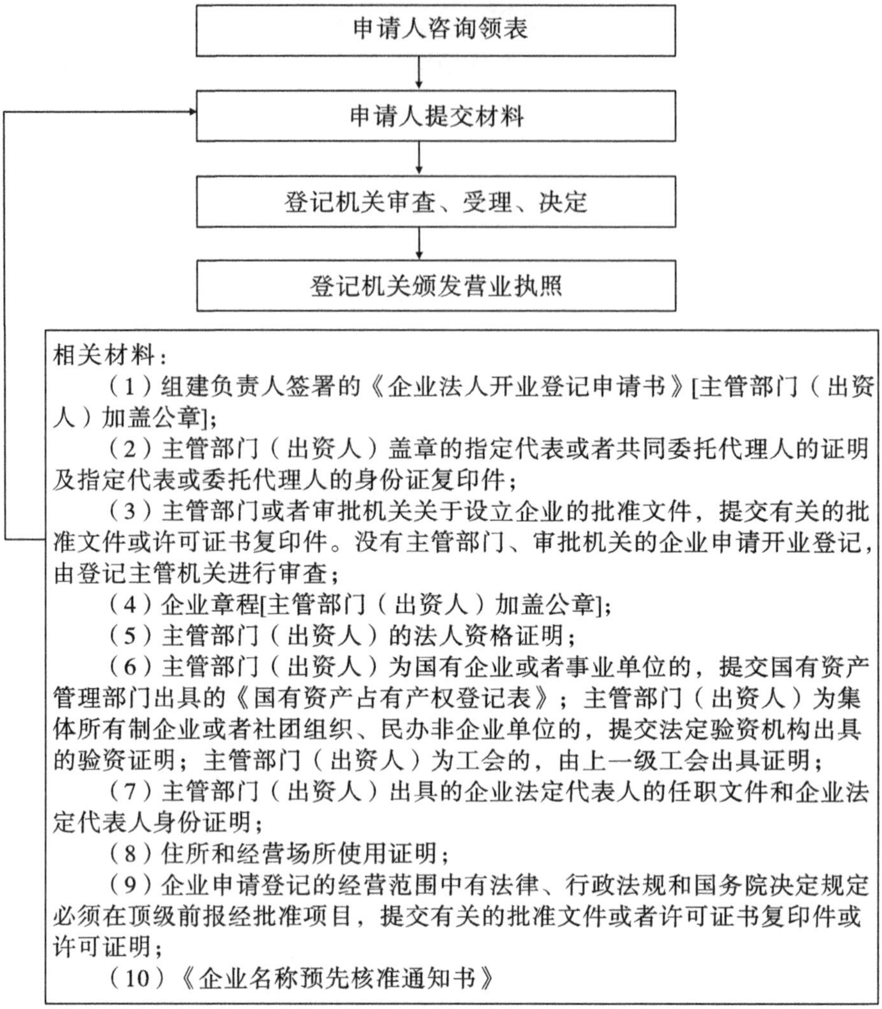

图8－3　企业（非公司类）设立核准流程图

一般5个工作日可领取营业执照。企业经营范围涉及前置审批的需要先办理相关许可证。

营业执照是工商行政管理机关发给工商企业、个体经营者等的准许从事某项生产经营活动的凭证。其格式由国家工商行政管理局统一规定。营业执照的内容主要包括：企业名称、地址、负责人姓名、筹建或开业日期、经营性质、生产经营范围、生产经营方式等。没有营业执照的工商企业或个体经营者一律不许开业，不得刻制公章、签订合同、注册商标、刊登广告，银行不予开立账户。根据创办企业不同的法律组织形态,企业的营业执照分别为《个体工商户营业执照》《个体独资企业营业执照》《合伙企业营业执照》《企业法人营业执照》等。

(五)刻公章

凭营业执照,到公安局指定的地方刻企业印章、财务公章等公章。

(六)办理企业组织机构代码证

中华人民共和国组织机构代码证是由国家质量技术监督部门给每个机关、企事业单位和社会团体(包括法人和法人分支机构)颁发的一个在全国范围内唯一的、始终不变的法定代码标识,是组织机构的"身份证"。

凭营业执照到技术监督局办理组织机构代码证,后续办理银行基本账户开户手续、税务登记证时都需要出示组织机构代码证。

(七)办理税务登记

根据《税务征收管理法》规定,企业、企业在外地设立的分支机构和从事生产、经营的场所,个体工商户和从事生产、经营的事业单位自领取营业执照之日起30日内,持有关证件向税务机关申报办理税务登记。

企业领取营业执照后,在30日内到当地税务局办理税务登记,领取税务登记证。申请办理税务登记证时,要提交会计人员的从业资格和身份证。

(八)开设企业银行基本账户

银行账户是各单位为办理结算和申请贷款在银行开立的户头,也是单位委托银行办理信贷和转账结算以及现金收付业务的工具,它具有监督和反映国民经济各部门、各单位活动的作用。根据《银行账户管理办法》,银行账户分为基本存款账户、一般存款账户、临时存款账户和专用存款账户四类。基本存款账户是存款人办理日常转账结算和现金收付的账户;一般存款账户是存款人在基本存款账户以外的银行借款转存,与基本存款账户的存款人不在同一地点的附属非独立核算单位开立的账户,存款人可以通过本账户办理转账结算和现金缴存,但不能办理现金支取;临时存款账户是存款人因临时经营活动需要开立的账户,存款人可以通过本账户办理转账结算和根据国家现金管理的规定办理现金支付;专用存款账户是存款人因特定用途需要开立的账户。各类账户均有不同的设置和开户条件。一般情况下企业办理基本存款账户即可。

持营业执照、组织机构代码证、税务登记证等资料，到银行开立企业基本账户。基本账户的账号可沿用验资账户的账号。

（九）申请领购发票

发票种类有增值税专用发票、普通发票、专用发票。纳税人划分为一般纳税人和小规模纳税人。按照法律规定和企业实际情况，到税务机关办理领购发票事宜。

思考题：

1. 简述企业设立的流程。
2. 简述公司的类型。

企业经营篇

第九章　市场营销基本原理

诺基亚的营销计划

2008 年第四季度财务报表显示，诺基亚的净销售额为 127 亿欧元，比去年同期下降 19%。究其原因，全球经济下滑的影响自然不可忽略，诺基亚自身的产品设计与营销不利也是很重要的方面。

诺基亚手机在全球市场的份额曾达到 40%，即全球每 10 部手机中就有 4 部来自诺基亚。不过在全球智能手机增长最快的北美市场，诺基亚的市场份额远低于自己在全球的平均水平并有明显的下滑趋势，由两年前的 15% 下滑至 8% 的警戒线。诺基亚 CEO 康培凯说，美国、加拿大使用的手机主要是苹果的 iPhone 和 RIM 的黑莓，这两种手机分别采用触摸屏和全键盘设计，并与当地的运营商捆绑销售，诺基亚因为没有这样做而受到影响。

不仅如此，诺基亚公司在北美市场似乎不太关心消费者需求潮流和移动运营商的状况。当美国消费者青睐翻盖和滑板手机时，诺基亚却坚持自己的直板设计；当美国的运营商针对市场需求定制手机时，诺基亚却不为所动。北美市场的主流移动技术标准是 CDMA，而大多数诺基亚产品仍采用 GSM 标准，将 CDMA 市场拱手让给韩国的三星和 LG 公司。这种状况在日本表现得更加明显，诺基亚在日本的市场份额仅占 1%。

在竞争对手步步紧逼，自己阵地节节失守的情况下，诺基亚公司终于看到了问题的严重性，决定奋起反击，制订应对挑战的营销计划。

（一）分析营销机会。包括宏观环境分析、市场分析和竞争者分析等内容。

从宏观环境看，全球人口众多，绝大多数消费者需要移动通讯服务，并且具有购买手机使用移动通讯服务的经济能力，手机市场巨大。手机制造技术和互联网技术的快速发展使得手机的功能不断增加,造成手机更新换代速度加快,消费者需要不断购买新型手机以获得新的功能,更加大幅地扩大了手机需求。手机市场的巨大潜力是毋庸置疑的。

从市场环境来看,不同地区的消费者表现出不同的消费行为特点。北美、日本等国家消费者倾向于购买智能型高端手机,要求手机具有上网、可视通话等多种功能,而发展中国家的消费还是倾向于中低端手机,仅要求手机具有基本的通讯功能,价格低廉。市场的两极划分给高端和中低端手机生产企业都提供了机会,诺基亚也有机会同时出击高端和中低端市场。

从竞争环境看,全球手机市场竞争激烈,除原有的竞争者以外,许多新的竞争者已经或将进入市场,在其他领域取得成功的企业看到巨大的手机市场也纷纷禁不住诱惑,试图分取这块蛋糕的一部分,使得手机市场的竞争白热化。诺基亚和其他的手机生产企业都受到了威胁。

(二)设计营销战略。营销战略是企业根据内外部条件在发展目标、业务范围、竞争方式和资源分配等重大问题上采取的决策。诺基亚公司重新评价自己的产品组合策略,以往过多地重视 GSM 标准手机,忽视了 CDMA 标准手机;重视一般功能的手机,忽视了触摸屏、全键盘设计、内置操作系统的掌上电脑等智能手机;重视中低端手机,忽视了高端手机。这些被诺基亚忽视的手机往往具有巨大的市场潜力。在新的营销计划中,诺基亚纠正以往的偏差,开发新产品,投入足够的资源,设计和完善产品组合策略。

(三)选择目标市场。诺基亚公司以前在地理市场上着力开发中国、印度和欧洲市场,对于美洲和日本等国家市场开发力度不够;在消费者人群选择上,诺基亚公司选择的是中低收入人群,大部分营业收入来自发展中国家销售的手机,智能手机未受到重视,在高收入人群中份额较低。

在中国市场上,2007 年为了扩大市场份额,诺基亚低端机型加强与运营商的捆绑销售,但效果甚微;2008 年诺基亚公司往中高端走,又遭遇了经济危机和“山寨机”的挑战;支持多媒体的中端机型,同样的配置,诺基亚手机卖 1 000 多元,国产的手机只要 500 元。虽然诺基亚的品牌、产品线和分销体系都很强大,但市场占有率有所下降,很大原因是价格竞争。现在“山寨机”的功能越来越多,价格越来越低,吸引了一大批年轻消费者。究竟是向低端、中端还是高端走，还是同时出击？在目标市场选择上，诺基亚也曾经迷茫彷徨过。

通过宏观环境、顾客需求、竞争环境以及自身条件的分析，诺基亚公司计划全面出击，在巩固原有中低端市场的同时，将高端市场也作为自己的目标市场，投入资源攻占高端市场。

（四）制定营销组合策略。这包括产品策略、价格策略、渠道和促销策略，目前诺基亚公司营销组合策略的中心是针对目标市场需求和竞争者强项，开发比竞争者更有优势的新产品，与竞争者展开正面竞争，以夺回市场，应对挑战。

在诺基亚尚未重视的市场上，竞争者已经取得了先手。苹果公司推出了iPhone 智能手机，用户不仅能上网冲浪，还可以随心所欲地下载自己需要的软件来实现自己所需要的功能，刺激了硅谷的软件创新潮，上市一年就出售了700万部。苹果公司网络商店刚刚推出一个月，就售出了3 000万美元的应用软件。谷歌联手 HTC 推出了第一款采用安卓操作系统的手机 CI，RIM 推出了第一款黑莓全触摸屏手机 Storm，三星和 LG 分别推出了相应产品，微软也一直在向手机生产厂商推广自己的手机操作系统 Window – Mobile。

2008 年 10 月初，诺基亚发布第一款全触摸屏多媒体手机 5800，对苹果公司和其他入侵者予以正面回击！2008 年 11 月 19 日，在澳门举行的亚洲移动通信大会上，诺基亚（中国）投资公司总裁与中国移动总裁同时亮相，宣布 2009 年底推出采用诺基亚 S60 操作系统的 TD 手机；2008 年 12 月，中国电信称诺基亚已经加入 CDMA 阵营；诺基亚针对商务人士推出具有商务功能的 3G 手机，还推出了“Nokia Messaging”和“Comes With Music（因乐而生）”服务等，完善自己产品的功能，加大对竞争对手的打击力度。

在促销方面，为减少促销费用，取消了购买手机赠送手机配件、背包等活动，取而代之的是赠送相对便宜的小礼品；使用旧的促销展台，减少促销员的数量等。

宏观环境变化、竞争加剧、消费需求变化、产品升级换代等都迫使诺基亚调整营销策略，制订有效的营销计划，以确保手机霸主地位。

（五）组织、执行和控制营销努力。为了保证营销计划实施和营销目标的实现，诺基亚公司需要构建和完善营销组织。通过对以往营销计划、营销实施的分析,找到了营销组织中存在的问题,适当调整了内部的营销管理机构,规范了营销部门与其他部门的关系,建立了专门的营销机构负责新产品的开发和营销活动,提高了营销活动的效率和实施营销计划的能力。

诺基亚以往的营销活动未能取得预期效果的一个重要原因就是营销计划的执行与实施不利。诺基亚2009年5月推出经过改版的Ovi手机应用软件商店,供全球约5 000万名诺基亚手机用户访问和下载,但用户反映访问和下载困难,诺基亚公司将问题归咎于“异常高的流量”。Ovi发布之初包含约2万款免费和付费手机应用软件,但美国消费者从Ovi购买手机应用软件有一个不便之处:需要使用信用卡。苹果公司推出手机应用软件商店一年时间,下载量已经超过了10亿次,2009年7月达到15亿次,其应用软件数量最高达5.5万款左右,远高于Ovi的2万款。包括Palm、RIM、谷歌和微软在内的竞争对手都推出了自己的手机应用软件商店。相比之下,诺基亚手机应用软件商店的表现就逊色很多。诺基亚公司售价400美元的5800XpressMusic手机发布数小时后,就被曝存在信号不好等问题被迫暂停销售。诺基亚在新的营销计划执行过程中能否切实采取措施提高发现和诊断问题的能力,找到公司内部营销职能层次、营销规划层次和营销政策层次的问题,客观评价营销计划和政策的执行状况决定着营销计划能否取得预期的成功。

第一节　市场细分与市场定位

现代市场经济条件下,企业组织生产的主要参照因素就是市场需求。所谓市场,从营销的角度来讲,可以理解为具有特定需要和欲望,而且愿意并能够通过交换来满足这种需要和欲望的全部现实的和潜在的顾客。企业的生存和发展依靠的是市场,怎样分析现实市场、挖掘潜在市场、准确细分市场以及清晰企业在市场中的位置,都是企业应该掌握和研究的重点。

一、市场营销

（一）市场营销的含义

市场营销是市场经济发展的产物，随着企业营销实践的发展而发展，是指企业以满足消费者或用户的各种需要为主线，以获得满意利润为直接目的，通过创造性的商业运作，向消费者提供最优化商品与服务的经济交换过程。

根据美国营销协会1985年的定义，市场营销是（个人和组织）对思想、产品和服务的构思、定价、促销和分销的计划和执行过程。

菲利普·科特勒认为，市场营销是个人和群体通过创造，提供出售，并同他人交换产品和价值，以满足需求和欲望的一种社会和管理过程。

（二）市场营销的基本流程

市场营销既是一种理念，又是一个过程。之所以说是一种理念，是因为市场营销的目的就是为了能够比竞争对手更好地满足消费者的需求。所谓过程，是说组织满足消费者需求以及实现组织目标是通过一系列的市场营销活动的执行来实现的，具体基本流程如下：

（1）市场机会分析。市场机会分析亦称营销环境分析，即分析市场上存在哪些尚未满足或尚未完全满足的显性或隐性的需求，以便企业能根据自己的实际情况，找到内外结合的最佳点，从而组织和配备资源，有效地提供相应产品或服务，达到企业的营销目的的过程。市场机会分析分为外部分析和内部分析，外部分析主要包括：宏观经济分析；行业环境分析，其分析工具有产品生命周期模型、五力分析模型、S－C－P模型以及行业参与者模型等；竞争及竞争者市场分析；市场需求及消费者市场分析。内部分析主要是指企业能力分析，其分析工具有SWOT矩阵分析、核心能力分析以及平衡计分卡等。

（2）市场细分。市场机会对于任何企业而言都是公平的，企业在进行市场机会分析之后，明确了自己与竞争对手各自的优缺点，并努力扬长避短，以实现组织的目标。面对市场机会，不管企业自身具有怎样的优劣势，最关键的问题都是选择怎样的细分市场。所以市场细分是市场营销活动中非常重要的一部分，是企业根据消费者需求的不同把整个市场划分成不同的消费者群的过程。其客观基础是消费者需求的异质性。

(3)目标市场选择。企业在划分好细分市场之后,接下来的工作就是在细分市场中选择既定的一个或多个细分市场进入。目标市场选择是指估计每个细分市场的吸引力程度,并选择进入一个或多个细分市场。目标市场选择的标准是:有一定的规模和发展潜力;细分市场结构的吸引力;符合企业目标和能力。

(4)市场定位。选择某个目标市场对于所有的企业来说机会是平等的,对于企业来说有利可图的细分市场必然存在着竞争对手,这给企业带来的问题就是,企业应该怎样确定和塑造在所选择的目标市场中的位置。市场定位是市场营销工作者用以在目标顾客的心目中塑造产品、品牌或组织的形象或个性的营销技术。

(5)确定营销组合。明确分析好目标市场以及找准企业的定位之后,该做的就是对企业要素进行有效组合,以满足目标市场的需求,获得最大利润。营销组合理论中,比较具有代表性的是麦卡锡提出的以 4Ps 为核心的营销组合方法,即:产品(Product)、价格(Price)、渠道(Place)、促销(Promotion)和策略(Strategy)。

(6)确定营销计划。企业既要制定长期的战略规划,决定企业未来的发展方向和目标,又要有具体的市场营销计划,即落实战略计划的具体实施。确定市场营销计划,是指在分析目前行业潜力以及市场营销状况、明确企业的优劣势和机会威胁的基础上,对财务目标、市场营销目标、市场营销战略、市场营销行动方案以及预计损益表的确定和控制。

(7)营销活动管理。营销活动管理亦称市场营销活动执行与控制。市场营销活动的执行主要是解决"由谁去做""在什么时候做"以及"怎样做"的问题。市场营销活动控制,主要是保障市场营销计划的执行不会偏离企业目标,检查执行过程中是否存在偏差,找出原因所在,并采取适当措施和正确行动。但是有时候,市场营销活动控制的反馈结果会要求企业重新制定新的营销计划。

市场营销作为一个过程,首先进行的是机会分析,然后开始选择目标市场、确定市场营销策略和活动管理。其中最重要的便是选择目标市场,这决定了整个企业努力的方向。在选择目标市场时,主要进行的活动便是市场细分和市场定位。

二、市场细分

(一)市场细分的概念

市场细分是1956年由美国学者温德尔·史密斯提出的一个重要的概念。简单来说,市场细分即根据对产品比较相似的需求,将一个异质的购买者大群体划分为一个个更为同质的购买者小群体的过程。其中,每一个购买者群体可以说是一个细分市场,各个细分市场都是由需要和愿望相同的消费者组成。

(二)市场细分的重要性

市场细分是制定市场营销战略的关键环节。制定市场营销战略主要是解决如何将总体市场细分为若干个细分市场,然后需要做的就是从细分市场中选择目标市场,结合企业的内外部条件,制定适合企业需要的市场营销战略。具体来说,进行市场细分的原因包括:

(1)是分析市场机会的需要。企业在细分市场的基础上,可以更深入地了解细分市场的不同需求,并且企业需要借助市场细分来挖掘每一个细分市场的消费者的满足程度以及该市场的竞争状况,从而发现有利于企业的营销机会。通过比较不同的细分市场,有利于企业利用自身的有利条件,在市场上取得一定的优势地位,也有利于企业开拓新的市场。

(2)是规划营销方案的需要。企业需要在了解细分市场的基础上,更好地了解和掌握消费者的需要,深入了解不同的消费者对于企业不同的营销方案的反应差异,从而更好地针对不同的市场特点采用不同的营销方案,使企业制定的营销方案发挥效益最大化。开展市场细分活动,是企业制定最优营销方案的需要。

(3)是选定目标市场的需要。每一个细分市场机会对于企业来说都是公平的,但并不是每个细分市场都适合企业去进入,企业需要在市场细分的基础上,在了解自身优缺点的基础上,正确地选择目标市场,将主要市场资源用在最具有竞争实力的细分市场上,并有效地提供产品、价格、促销和销售渠道,从而在目标市场上取得最大的成功。

(4)满足潜在需求的需要。企业在市场细分的基础上,掌握目标消费者的需求特性及其变化轨迹，是企业发掘潜在需求、发展新产品和开拓新市场的必要条件，有利于企业开发属于自己的一片蓝海，满足消费者的不断变化的需求，为企业培养更多的忠诚顾客。进行市场细分，是企业更好地满足消费者需求的需要。

（三）消费者市场细分的依据

市场细分需要根据一定的细分变量来开展。消费者市场的细分变量主要包括：

（1）地理细分。即根据消费者所处的地理位置以及其他的地理变量（包括城市农村、地形气候、交通运输等）来细分消费者市场。

（2）人口细分。按照人口变量（包括年龄、性别、职业、收入、教育水平、家庭规模、家庭生命周期阶段、宗教、种族、国籍等）来细分消费者市场。

（3）心理细分。按照消费者的生活方式、个性等变量来细分消费者市场。按照生活方式细分时，可运用“AIO”模型，即活动（包括工作、业余消遣、休假、购物等），兴趣（对家庭、服装的流行样式、食品、娱乐等的兴趣），意见（消费者对社会、整治、经济、文化教育、环境保护、产品等的意见）。

（4）行为细分。按照消费者购买或使用某种产品的时机、消费者所追求的利益、使用者情况、消费者对某种产品的使用率、忠诚程度、消费者对产品的态度等行为变量来细分消费者市场。

（四）有效市场细分的基本条件

细分市场完成后，企业需要判别哪些细分市场对企业来说是有利可图的。有效的市场细分，必须使细分后的市场具备以下条件：

（1）可衡量性。细分后的市场的规模容量以及消费者的购买力应该是可以被测量的，从而作为企业制定市场营销战略的依据。

（2）可进入性。细分后的子市场对于企业来说，必须是可以通过有效的集中力量进入的，即企业的人力、物力、财力和营销组合，能够在该市场上发挥作用。

（3）可盈利性。细分后的子市场，要具备一定的市场容量以及一定的发展潜力，是企业值得进行开发的，能够为企业带来一定的利益。

（4）可操作性。对于子市场，企业需要具备设计并吸引满足目标消费者的市场营销方案的能力。一个细分市场应该是适合设计一套独立营销计划的最小单位，消费者对于企业制定的营销组合及其调整，应具备基本一致的反应。

三、目标市场选择

企业进行市场细分的目的就是使企业有效地选择并进入目标市场。当企业进行市场细分之后，企业将会面临许多不同细分市场的机会，企业需要做的就是从中选择自己的目标市场，以便集中市场营销能力，更有效地为这些目标市场服务，从而获得相应的经济回报。

（一）目标市场的概念

所谓目标市场，是指企业选择投其所好，并为之服务的具有相似需要的顾客群。目标市场选择是所有的企业都必须要做的事，因为对于一个企业而言，并不是所有的细分市场都具有相同的吸引力，并不是所有的细分市场都是企业愿意而且有能力进入的。企业进入一个理想的目标市场应该具备以下三个条件：

（1）有足够的销售量，即这个细分市场存在尚未满足的现实需求与潜在需求。理想的目标市场，应该具备足够的潜在需求量和相应的购买力，对于企业来说，是有利可图的。

（2）企业必须具备满足目标市场需求的能力。在所有的细分市场中，对于企业来说有利可图的有许多，但并不是所有的有利可图的细分市场企业都要选择进入，企业需要根据自身的人力、物力、财力和经营管理水平，根据自己的能力选择最优的目标市场。

（3）企业在选定的目标市场中拥有竞争优势。竞争优势可以表现为没有或很少竞争，有足够的实力可以击败竞争对手。

（二）目标市场营销战略

企业在决定为多少个细分市场服务，及确定其目标市场营销战略时，有三种选择：

（1）无差异营销。企业看待所有的细分市场时，考虑更多的是其共性而不是个性，认为消费者对于某种产品的需求并不存在差异，以单一的产品投向市场，运用单一的营销组合面对全体消费者，已经足以满足消费者的市场需求。

(2)差异性市场营销。是指企业同时为几个细分市场服务,并针对不同的细分市场,设计不同的产品和制定不同的营销组合。面对消费者的不同需求,以多种不同的产品,应对越来越激烈的竞争。

(3)集中性市场营销。是指企业集中全力于一个或少数几个细分市场,试图在较少的细分市场拥有较高的占有率。实行集中性市场营销,对目标市场的需求采用针对市场特点的营销手段,服务于该市场。

四、市场定位

(一)市场定位的概念

定位是由美国两位广告经理艾尔·赖斯和杰克·特劳特于1972年发表在《广告时代》上的系列文章中提出的概念。即企业针对潜在消费者的心理进行设计,创立产品、品牌或企业在目标消费者心目中的某种形象或个性特征,保留深刻的印象和独特的位置,从而取得竞争优势。也就是说,企业设计出特色产品和市场形象,并将其向市场传达,从而在目标顾客心目中确立与众不同的有价值的地位。实质是取得目标市场的竞争优势,确定产品在顾客心目中的适当位置并留下深刻印象,以便吸引更多的顾客。

(二)市场定位的步骤

(1)确立本企业的竞争优势。企业在确定自己的竞争优势时,首先要分析竞争形势,找寻对自己来说主要的竞争对手,对现实和潜在竞争者的市场进入状况及产品定位做出正确的估计和评价。其次要评估目标市场的潜力,对目标顾客的需求的满足程度进行剖析,从而满足其未满足的需求。最后是在分析竞争对手的市场定位和潜在顾客的利益需求的基础上,决定企业要做的事,并衡量企业是否有能力完成该做的。

(2)准确地选择相对竞争优势。相对的竞争优势即企业能够超过竞争者的能力,这种能力既可以是现有的,也可以是潜在的。准确地选择相对的竞争优势是建立在与竞争对手各方面实力的相比较的过程中。比较的指标包括经营管理方面、技术开发方面、采购方面、生产方面、市场营销方面、财务方面、产品方面。

(3)显示独特的竞争优势。这一步骤的主要任务是通过一系列的促销宣传活动,将企业具有的独特的竞争优势准确地传播给潜在顾客,并在顾客心目中留下深刻的印象。

(三)市场定位的方法

市场定位的方法主要有四种:

(1)初次定位。某一个企业刚进入市场,开发新产品投入市场或将原来的产品投入新市场时,需要做的就是运用所有的市场营销组合,使产品特色符合所选择的目标市场。但是,企业进入的这一市场,往往是竞争者的产品已经出现或形成了一定的市场格局。此时,企业要对竞争对手的产品所处的市场位置进行研究,从而确定自己的产品在市场上应处的位置。

(2)重新定位。是指企业变更产品特色,改变目标顾客对其原有印象,使目标顾客对其产品形象有一个重新认识的过程。当企业出现以下情况时,企业就需要进行重新定位:一是企业需要适应新的市场环境;二是企业需要调整市场营销战略;三是企业产品销路少、市场反应差时;四是当竞争对手推出与本企业的产品相类似的竞争品时,导致本企业的产品的市场占有率有所下降;五是消费者的消费偏好发生改变,由喜欢本企业开发的品牌转而喜欢其他企业的品牌。

(3)对峙定位。企业选择靠近现有竞争者或与现有竞争者重合的市场位置,在产品、价格、分销和促销等各方面都与竞争对手相似。

(4)避强定位。当某一市场上存在强有力的竞争对手,企业选择避开市场上的领导者,并在市场上寻找一片“空白点”,开发并销售目标市场上还没有的某种特色产品,开拓新的市场领域。

第二节 市场营销计划与4P理论

一、市场营销计划

市场营销计划是指企业根据自身的资源条件以及内外部的环境条件,确定一定时期内的营销目标,并且为实现这一目标安排相应的营销活动和控制措施。具体来说,就是企业根据企业的宗旨、经营方针以及策略,在分析当前市场前景和机会的基础上，确定一定时间内（通常为一年）的销售目标，以及为了实现这一目标所要执行的营销战略和战术及各项销售活动的安排，并对其进行管理、控制和调整工作。

（一）市场营销计划的内容

市场营销计划是基于对当前宏观环境，竞争环境和市场需求状况，产品、定价、分销渠道及促销因素等营销策略的分析而制定的。一份完整的市场营销计划应该包括以下内容：

（1）营销环境状况分析。提供与市场需求、顾客购买特点、行业及竞争状况、宏观环境因素等有关的数据和背景资料。

（2）公司资源状况分析。对公司当前的产品与服务特点、生产能力、研发能力、销售状况、财务状况、人员结构、组织结构等内部资源状况加以分析，为制定战略和策略计划提供依据。

（3）SWOT 分析。根据对公司的内外部环境的分析和公司的资源状况的分析，明确公司面临的机会和威胁，挖掘与竞争对手相比的优势和劣势。

（4）营销战略要旨。确定企业的营销方向和战略目标，即明确企业未来主要的经营领域、开发的产品类型，企业在销售、利润、市场占有率等方面的目标。

（5）市场营销组合策略。在企业确定的营销战略目标的基础上，明确企业要达到这一目标的主要战术，包括：产品策略、价格策略、分销渠道策略以及促销策略。

（6）行动方案和预算。详细地描述做什么、谁来做、怎么做、何时做、何地做等，估算完成市场营销目标所需的成本费用，制定营销预算。

（7）组织、执行与控制营销努力。组织企业内部资源，进行合理分工，为每一项任务安排执行人员，在营销执行中获取反馈信息，凭借反馈系统可及时采取有效的控制措施加以调整，进一步保证目标的实现。

（二）市场营销计划的作用

计划是组织、执行和控制的基础，市场营销计划可以使企业的市场营销工作有条不紊、循序渐进地进行，从而避免营销活动的混乱或盲目性。市场营销计划的作用主要表现在：

（1）协调各项促进和阻碍实现预期目标的活动。市场营销计划中，会对预期目标实现的促进或阻碍因素进行提前预知并提出相应的解决方案。这样可以使企业在进行市场营销活动时更具规划性,使各项活动按照原有的轨道运行。

(2)使管理以系统的方式对未来做出反应。通过计划对未来可能发生的事进行预知,可以以正确的方式正视未来。

(3)在各种市场营销机会之间更好地平衡企业的资源。市场营销计划确定了实现计划活动所需的资源,并且预知这些资源所需的量,从而判断企业所要承担的成本费用。企业可以根据计划中的内容,来权衡各项资源在各个市场营销活动上的投入。

(4)增加开发可能市场的机会。计划可以使企业原本规定的市场营销活动有条不紊地进行,在这样的条件下,企业的管理人员就有更多的精力放在考虑新的机遇上,也可以通过计划使得企业资源得到最大限度的利用,从而节省更多的资源来开发新的可能市场。

(5)更好地适应变化。计划可以使高层管理人员有更多的时间去观察变化的内外部环境。计划不仅可以计划活动,也可以预知环境中可能会出现的变化,从而更好地去应对变化。

(6)为控制提供依据。控制活动主要是发现偏差并解决偏差的过程,这里所说的偏差,就是指市场营销活动在执行过程中与计划的不同之处,没有计划,也无所谓偏差,更不用谈控制。

二、4P 理论

市场营销组合是一个重要的理论,1953 年,尼尔·波顿率先提出了“市场营销组合”这一术语,意思是说市场需求某种程度上会受到“营销变量”的影响,为了达到预期的目标,企业需要对这些营销变量进行组合。

迄今为止影响最大的关于市场营销组合要素的概括是由麦卡锡于 1960 年在《基础营销》一书中所提出的 4P 组合。此后,菲利普·科特勒将其扩充成大市场营销的 6P 组合和战略营销计划过程中的 10P 组合。在麦卡锡提出的 4P 组合中,将市场营销变量概括为 4 类:产品(product)、价格(price)、渠道(place)、促销(promotion)。

（一）产品

“产品”是营销组合中最重要也是最基本的要素。产品一般是指通过交换提供给市场的，能满足消费者或用户某一需要和欲望的任何有形的物品和无形的服务。有形的产品包括实体及其品质、款式、特色、品牌和包装等；无形的包括给顾客的心理满足感、信任感、各种售后支持和服务保证等。

菲利普·科特勒等学者提出产品整体概念包括五个层次：

（1）核心产品。是指能够提供给顾客的产品的最基本的功能和效用。比如消费者买空调，并不是为了获取装有某些电器零部件的物体，而是在炎热的夏季，满足凉爽舒适的需求。

（2）形式产品。即核心产品借以实现的形式，由五个特征构成，即品质、式样、特征、商标及包装。

（3）期望产品。是指消费者在购买某产品时希望得到的与产品密切相关的一整套属性和条件。比如，旅行时客人希望得到的清洁的床位等。

（4）延伸产品。是指消费者在购买形式产品和期望产品时，附带获得的利益的总和，包括产品说明书、安装、维修、送货等。

（5）潜在产品。是指现有产品包括所有附加产品在内的，可能发展成为未来最终产品的潜在状态的产品。如彩色电视可能发展为电脑终端机等。

（二）价格

“价格”代表的是顾客购买某商品时的价格，包括价目表的价格、折扣、折让、支付期限、信用条件等。价格是营销组合中最活泼的因素，与其他各因素存在相互依存、相互制约的关系。

影响某产品的价格的主要因素包括五个：

（1）市场供求。价格和市场供求之间存在着相互影响的关系。一方面，市场价格决定企业供给和消费需求。企业的生产经营活动总是追求企业利润最大化，当某产品的市场价格较高时，会刺激企业扩大生产，增加供给，反之，则减少供给。另一方面，市场供求影响价格制定。在完全竞争的情况下，市场供给若超过市场购买力的需求，就会引起卖者之间的竞争，会导致价格下降，当供不应求时，会推动价格上升。

（2）产品成本。成本是价格最重要的组成部分，是价格构成的主体。成本高低是企业能否获得利润和发展,乃至生存的重要条件。当产品成本较高时,产品的价格也会较高,反之,较低。

(3)法律和政治因素。在我国社会主义市场经济中,政府制定了一系列的政策和法规,对市场价格进行管理,并采取各种改革措施建立社会主义市场经济所需要的价格管理体制。这些政策法规和改革措施,有监督性的,有保护性的,也有限制性的。企业在确定某产品的价格时,不能违背有关法律和政策因素。

(4)货币数量因素。商品的价格受到市场货币流通量的影响。价格是商品价值的货币体现,单位货币的价值量制约着商品的价格。如果市场上的货币流通量超过市场交易的需要,就会导致物价上涨。

(5)心理因素。消费者一般会根据某种商品能为自己提供的效用大小来判定该商品的价格,他们对商品一般都有客观的评估,消费者心中的这种评估被称为是期望价格。期望价格一般不是一个固定的具体金额,而是一个价格范围,如果企业对某个产品确定的价格超过消费者对其的心理期望值,就会很难被消费者所接受。

(三)渠道

在市场经济中,企业开发的产品如果想要到达消费者手中,必须要通过由或多或少的买卖活动所形成的流通通道。“渠道”即是企业将其产品送达目标市场所进行的各种活动,包括中间商选择、渠道管理、仓储、运输以及物流配送等。

渠道的功能主要包括:

(1)调研。收集和传递有关顾客、竞争者及其他营销环境信息。

(2)促销。传播和发展与供应品相关的信息,与顾客充分沟通并吸引顾客。

(3)寻求。寻求潜在顾客,适应不同的细分市场的特点开展营销业务。

(4)编配。按照买家的要求,分类整理供应品。

(5)洽谈。达成有关产品价格和其他条件的最终协议,实现所有权或持有权的转移。

(6)物流。组织供应品的运输和储备。

(7)财务。融资、收付贷款,将信用延至消费者。

(8)风险。在执行渠道任务过程中承担有关风险。

(四)促销

促销,即企业利用人员和非人员的方法沟通信息,影响和诱导顾客购买某种产品和劳务,或者使顾客对卖方及其产品产生好感和信任度的一种活动。促销的方式包括:

(1)人员推销。是指企业派出专职或兼职人员,直接向消费者传达产品信息、向消费者推销商品的一种促销方式,是大多数企业采用的促销方式,尤其对工业品的推销更为重要。

(2)公共关系。是指企业为了改善与公众的关系,促进公众对组织的认知、理解和支持,达到树立良好组织形象、促进商品销售的目的的一系列促销活动。

(3)广告。是指通过媒体向大众传播信息的活动和方式。狭义上的广告是指生产、销售、服务等经营单位的以赢利为目的的广告。

(4)营业推广。亦称"销售促进",除了人员推销、广告、公共关系等手段以外,企业用以激发较早或较晚的市场反应而采用的各种短期性的促销方式的总称。

促销的作用包括:

(1)传播讯息。当企业开发的产品进入市场或需要进入市场,促销是企业向中间商或消费者传达有关企业和产品讯息的重要手段,这样有利于企业将分散的目标顾客群体集中起来,让其对所销售的产品有更好的理解,从而促进购买行为的产生。

(2)激发消费者需求。促销活动中,向消费者展示产品的特质、功能等,有利于唤起消费者的购买欲望,更多地利用消费者的"冲动消费",而且在展示过程中,通过展现合乎潮流的生活方式,有利于激发消费者的潜在需求。

(3)突出产品特点。市场上同类产品的增多,容易使产品的某些特质被"埋没",企业通过促销活动,宣传本企业产品的特色所在,也可以加深消费者对本企业产品的了解和印象。

(4)稳定市场地位。促销活动会促进消费者对本企业产品形成某种偏好心理,从而有利于稳定企业的销售。另一方面,促销活动的开展,可以使企业更方便地得到反馈的市场信息,有利于企业及时作出相应对策,稳定市场占有率。

三、市场营销策略

市场营销策略是企业以顾客需要为出发点,根据经验获得顾客需求量以及购买力的信息,有计划地组织各项经营活动,通过相互协调一致的产品策略、价格策略、渠道策略和促销策略,为顾客提供满意的商品和服务而实现企业目标的过程。

(一)产品策略

产品策略是整个市场营销策略的基石,包括产品组合策略、产品生命周期与新产品开发策略。本书中主要介绍前两种。

产品组合是指企业提供给市场的全部产品线和产品项目的结构。产品线是指产品组合中的某一产品大类。产品项目是指产品线中不同品种及同一品种的不同品牌。产品组合包括四个衡量变量:宽度、长度、深度和相关性。宽度是指产品组合中拥有的产品线的数目。长度是指产品组合中产品项目的数目。深度是指产品项目中每一品牌所含不同花色、规格以及质量、数目的多少。相关性是指各条产品线在最终用途、生产条件、分配渠道或其他方面相互关联程度。产品组合策略包括:

(1)扩大产品组合。包括增加产品组合宽度和加强产品组合的深度,前者是指在原产品组合中增加产品线,后者是指增加新的产品项目。

(2)缩减产品组合。经济不景气时,企业需要通过剔除那些获利甚小的产品线或产品项目,可以使企业集中力量发展获利更多的产品线和项目。

(3)产品线延伸策略。包括向下延伸,即在高档产品线中增加低档产品项目;向上延伸,即在原有的产品线内增加高档产品项目;双向延伸,即原来定位为中档产品市场的企业将产品线向上下两个方向延伸。

(4)产品线现代化策略。是指把现代的科学技术应用到生产过程中去。

(5)产品线特色化和削减策略。是指选择一个或少数产品项目进行特色化,并定期检查产品项目,研究削减问题。

任何一种产品都不可能在市场上经久不衰,都有自己的生命周期。不同的生命周期阶段,在销售量、利润等方面都存在不同的特点,企业需要根据具体情况采取不同的市场营销策略。产品的生命周期策略包括:

(1)导入期的营销策略。导入期是指产品刚进入某市场,消费者对产品并不是很了解。企业可以采取的营销策略有:快速撇脂策略,即采用高价格、高促销费用,使销售迅速扩大,以取得较高市场地位;缓慢撇脂策略,即以高价格、低促销费用的形式进入市场,以求更多的利润;快速渗透策略,即采用低价格、高促销费用的方式,迅速打开市场;缓慢渗透策略,即以低价格、低促销费用来推出新产品。

(2)成长期的营销策略。产品一旦进入成长期,消费者对其熟悉程度提高,销售量逐步扩大,成本下降,但竞争会更加激烈。这个时期企业可采取的策略包括:改善产品,提高其质量和性能,尽可能体现其与竞争品相比的差异性;努力为产品开拓新的子市场;改变广告宣传的重点,由介绍产品为重点转向以树立产品形象为重点;适当时机时,可采取降价策略来刺激消费者购买。

(3)成熟期的营销策略。成熟期的产品销售增长的速度开始下降,竞争更加激烈,利润有所下降。这个时期企业应该采取的主要策略包括:调整目标,即放弃饱和市场,寻找新兴市场;调整产品,努力适应消费者的个性化需求;调整营销组合,即通过对价格、产品、渠道和促销四个营销组合因素加以调整,刺激销售量的回升。

(4)衰退期的策略。包括放弃策略、维持策略和重新定位。

(二)价格策略

在市场营销活动执行过程中,企业需要灵活运用多变的定价策略,不断地刺激消费。主要的价格策略包括:

(1)折扣与折让定价策略。是指企业为了鼓励顾客及早付清货款、大量购销、淡季购买,从而降低基本价格的一种价格调整方式。包括现金折扣、数量折扣、功能折扣、季节折扣等。

(2)地区定价策略。即企业将产品销售到其他地区时,决定是否采取不同的价格的一种策略。包括:原产地定价,即卖主负责的是将产品送到运输工具上交货,并承担此前的风险和费用,交货后的一切风险和费用由买方承担;统一交货定价,即由卖方承担商品的出厂价、运费和运输保险费;分区定价,即产品卖给不同区域的顾客,分别制定不同的价格等。

(3)心理定价策略。包括声望定价,即企业利用消费者对名牌商品或名店声望的仰慕心理来确定商品的价格，将价格定成整数或高价；尾数定价，即利用消费者数字认知的特殊心理制定带有零头的价格，使消费者产生价格较廉的感觉；招徕定价，即企业利用消费者追求物美价廉的心理，故意将几种商品的价格定得较低，以吸引消费者的关注。

(4)差别定价策略。差别定价有四种形式：顾客差别定价，即当同一产品和劳务卖给不同的顾客时，制定不同的价格；产品形式差别定价，即企业对不同型号或形式的产品分别制定不同的价格；产品部位差别定价，企业对处在不同位置的产品或服务分别制定不同的价格；销售时间差别定价，企业对不同季节、不同时期的产品或服务制定不同的价格。

(5)新产品定价策略。新产品定价策略一般包括两种：撇脂定价，即在产品销售的最初阶段，将价格定得较高，以攫取最大的利润；渗透定价，即企业将产品价格定得较低，以吸引大量的顾客，提高市场占有率。

(三)渠道策略

渠道策略，在整个营销系统中占据重要位置，对于降低企业成本、提高企业的整体竞争力有着重要的推动作用。渠道策略的选择包括以下几种：

(1)直接渠道或间接渠道的营销策略。直接渠道，是指产品的生产者直接把商品出售给最终消费者的分销渠道。基本的模式就是：生产者—消费者。直接渠道减少了中间环节，节约了流通费用；这种渠道方式下，生产者和消费者直接接触，生产者能够及时地了解消费者的市场需求变化，有利于企业及时应对市场变化，并作出相应的对策。间接渠道，是指生产者通过流通领域的中间环节把商品销售给消费者的渠道。其基本的模式是：生产者—中间商—消费者。中间商的介入，可以为企业分担一定的经营风险，借助中间商的力量，也有利于企业扩大市场占有率，但是也会给企业带来成本增加的风险。

(2)长渠道或短渠道的营销策略。长渠道，是指生产者将产品销售给最终消费者是经过两道或两道以上的中间环节。长渠道的形式包括：中间商经过批发、零售两道环节；中间商经过代理、零售两道环节；中间商经过代理、批发、零售三道环节。短渠道，是指生产者将商品销售给最终消费者只经过一道环节的分销渠道形式。短渠道有利于加速商品流通，缩减产品的生产周期，增加产品竞争力；有利于减少商品损耗，从总体上节省流通费用；有利于开展售后服务，有利于生产者和中间商建立直接、密切的合作关系，维护生产者信誉。但是会增加直销费用，不利于生产企业大批量组织生产。

(3)宽渠道或窄渠道的营销策略。营销渠道的宽度是指渠道的每一层次中使用同种类型中间商数目的多少。宽渠道范围广，对消费者的可及程度高，有利于企业提高市场的覆盖面，提高市场占有率。但是也会易引起渠道冲突，生产商需要加强渠道控制。窄渠道，是指国际营销企业在国际市场上给予中间商一定时期内独家销售特定商品的权力，包括独家包销和独家代理两种形式。独家包销是指国际营销企业将产品的专卖权转移给国外的中间商，实现产品所有权的转移，再由中间商将产品在国际市场销售，并承担经营风险。独家代理，是指国际营销企业将产品委托国外中间商独家代理销售，产品所有权并没有发生变化。

(4)单一营销渠道或多营销渠道策略。单一营销渠道策略是指生产企业只通过一条营销渠道将产品销售出去。多营销渠道策略是指生产企业通过两条或两条以上的不同营销渠道将同一种产品销售出去。

(5)传统营销渠道或垂直营销渠道策略。传统营销渠道是指商品从生产厂家流向消费者手中的多个通路批发和销售的过程。是由生产者、批发商及零售商组成，每个成员都是一个独立的实体，追求的是自己的利润最大化。垂直营销渠道是由生产者、批发商及零售商组成的一种统一的联合体。某个渠道成员拥有其他渠道成员的产权，或者是一种特约代营关系，或者某个渠道成员拥有相当实力，其他成员愿意合作。三者中任何一个都可以成为整个渠道系统的支配者。

(四)促销策略

是指企业如何通过人员推销、广告、公共关系以及营业推广等各种促销手段，向消费者传递产品信息，引起消费者购买欲望，激发消费者购买行为，以达到扩大销售的目的的活动。不同的促销组合，会形成不同的促销策略。如果从促销活动运作的方式来区分，则所有这些促销策略都可以归结为两种基本的类型，如下：

(1)推动策略。是指通过以人员推销方式为主的促销组合，把商品推向市场的促销策略。推动策略的目的，即不断说服中间商和消费者接受企业的产品，从而使其深入到渠道中去，传递给最终消费者。推动策略适用的情况是：企业经营规模小；市场集中，分销渠道短；产品的单位价值高等。

（2）拉引策略。通过以广告方式为主的促销组合，把消费者吸引到企业特定的产品上的促销策略。其目的在于刺激消费者的消费欲望，激发其购买动机，从而增加分销渠道的压力，进而使消费需求和购买指向一层一层地传递到企业。拉引策略适用的情况包括：市场广大，产品多为便利品；产品信息急需快速传递给消费者；产品具有独特而明显的特性；产品能够引起某种特殊情感。

促销策略在20世纪90年代以来出现了新的变化，即整合营销传播。

第三节　网络营销与新媒体营销

一、网络营销

（一）网络营销的概念

网络营销是随着互联网的发展，以互联网作为平台而产生的一系列的新的营销活动。从广义上来说，可以把以互联网作为主要手段进行的为达到企业营销目标的营销活动称为网络营销。也就是说，企业开展网上经营的整个过程，即从信息发布、信息收集，一直到实现网上交易的整个阶段都体现了网络营销的元素。

对于网络营销的概念，可以从以下几个方面来理解。

（1）网络营销并不等于网上销售。网络营销是一种手段，但是网上销售正是这一手段要达到的目标之一，网络营销发展到一定阶段从而产生了网上销售。网络营销的目标是实现企业营销，这里所说的企业营销不仅包括网上销售，也包括传统的网下销售。

（2）网络营销活动的开展不仅限于网上。由于目前我国互联网普及率以及有效使用率相对较低，企业在开展网络营销时，不仅需要在网上做推广，而且非常有必要同时采取传统营销手法开展网下推广，以提高网上推广的参透率。

(3)网络营销建立在传统营销理论基础之上。在传统的营销活动中,企业通过报刊、电话、电视等手段对其产品进行宣传。网络营销正是在这种传统营销理论的基础之上,以互联网替代了传统的报刊、电视等中介媒体,使互联网贯穿企业发掘新客户、服务老客户、识别和满足客户需求的经营全过程,以达到开拓市场、增加赢利的目的。

(二)网络营销的职能

通过对网络营销实践应用的归纳总结,网络营销的基本职能表现在以下八个方面:

(1)网络品牌。网络营销的主要任务之一就是在互联网上建立并推广企业的品牌,以及让企业的网下品牌在网上得以延伸和拓展。网络营销为企业利用互联网建立品牌形象提供了较好的条件,企业可以以适合自己的方式展现品牌形象,从而在消费者心目中形成一种印象。

(2)网站推广。网络营销获得成效的基础就是获取一定的访问量,尤其是对于那些在资源等方面有劣势的小企业,利用网络营销来进行网站推广,是以较小成本获取关注的较好的方式。网站推广是网络营销最基本的职能之一,是网络营销的基础工作。

(3)信息发布。网络营销能给企业提供一个很好的信息发布平台,利用互联网企业可以高效地向目标用户、合作伙伴、公众等群体传递信息。企业不仅可以将信息发布在企业网站上,还可以利用各种网络营销工具和网络服务商的信息发布渠道向更大的范围传播信息。

(4)销售促进。网络营销的营销方法大多可以直接或者间接促进企业销售,不仅对于线上销售有着支持作用,对于促进线下销售同样很有价值。

(5)网上销售。网上销售作为企业销售渠道在网上的延伸,一个具备交易功能的企业网站本身就是一个网上交易场所,这种网上销售渠道不仅只是大型企业才有可能拥有,不同规模的企业都有可能拥有适合自己需要的在线销售渠道。

(6)顾客服务。互联网为企业提供了在线顾客服务的方式,这种方式有利于企业更好地和消费者直接沟通,更好地了解消费者的需求,可以为企业提高营销效果,节省更多的顾客服务成本。

(7)顾客关系。网络营销可以使企业与消费者发展交互性的关系,为企业提供良好的顾客服务手段,为企业建立顾客关系、提高顾客满意度和忠诚度提供了更为有效的手段。

(8)网上调研。网络营销提供的网上调研具有调研时间短、成本低的特点。网上调研不仅为制定网络营销策略提供支持,也是整个市场研究活动的辅助手段之一。

(三)网络营销发展趋势

随着互联网普及率的提高,更多的企业逐渐注意到网络营销的重要作用,也越来越重视网络营销活动的开展,使得网络营销在企业营销中的地位逐步提升。网络营销的未来发展趋势有:

(1)效果营销成为网络营销的宠儿,搜索引擎成为最大的网络媒体。效果营销即按效果计费,一般见于网络广告领域,广告主根据广告发布后的行为数量、消费额、订单数与新会员数进行费用结算。互联网技术的日益进步,使得效果营销成为可能,效果营销可以使广告主获得最大的广告效果,从而成为广告主的新宠儿。搜索引擎也因为其广告的效果较好而成为企业投放网络广告的首选。

(2)社区营销将会成为主流的营销形式。社区营销已不再仅仅停留在概念层面,市场上也出现了专业的社区营销及公关公司,并且有很好的发展前景。社区营销将成为未来营销趋势下越来越常见的营销形式。

(3)多媒体整合营销是网络营销发展的必然趋势。广告数量的繁多,销售渠道权利的转换、网民要求与产品互动及体验的呼声不断增强等因素,驱使广告主不再仅仅满足单一形式及媒体的广告投放,网络营销正在向整合营销传播方向发展。

(4)网络营销创意是其竞争的核心驱动力。根据研究发现,网民的媒体选择多样,行为轨迹复杂,为了更好地将企业信息传达给受众,企业的品牌营销必须做到多元化,除此之外,网络营销的创意也应做到醒目、容易记忆、引人入胜,因为创意是网民选择点击网络广告的首要原因,视频互动的展示形式值得借鉴。

二、新媒体营销

（一）新媒体营销的概念

新媒体是新的技术支撑体系下出现的媒体形态，如数字杂志、数字广播、数字报纸、手机短信、移动电视、网络等，相对于报刊、户外、广播、电视四大传统意义上的媒体，新媒体被形象地称为“第五媒体”。

新媒体营销是利用网络杂志、博客、TAG、SNS、RSS、WIKI、视频、微博、邮件、短信等有别于传统报纸、电视台所进行的营销方式。它是基于特定产品的概念诉求与问题分析，对消费者进行针对性心理引导的一种营销模式，从本质上来说，它是企业软性渗透的商业策略在新媒体形式上的实现，通常借助媒体表达与舆论传播使消费者认同某种概念、观点和分析思路，从而达到企业品牌宣传、产品销售的目的。

（二）新媒体营销的内容

（1）网络杂志营销。利用网络杂志为载体的一种营销方式，网络杂志是一种非常好的媒体表现形式，兼具了平面与互联网两者的特点，且融入了图像、文字、声音等相互动态结合来呈现给读者，是很享受的一种阅读方式。网络杂志作为一种网络营销方式，传播的是一种智慧与文化，在网络信息化的今天，看电子书的人越来越多。商家可以将自己的网络产品通过互联网在各大网站上发表，吸引读者的关注并购买。产品最终的目的是要实现利润、创造价值，因此，就要通过一系列的推广方式将自己的产品推销出去。

（2）博客营销。消费者通过博客网站和博客论坛接触博客作者和浏览者，利用博客作者个人的知识、兴趣和生活体验传播商品信息的营销活动。博客营销作为新的网络营销方式，所依托的依然是浏览量和人气指数。而博客营销不同的是，因为博客是用户自身主动的行为，博客群体在讨论一个话题时会吸引来其他博客的参与，信息会得到更加广泛的传播。另一方面，这种讨论又比较容易形成更加强大的影响力，使传播效果得到极大的提升。

（三）新媒体营销的优势

（1）新媒体营销能够实现消费者自主选择，并能与消费者实现有效互动。新媒体营销不同于传统营销的硬性推广，能使与消费者沟通的互动性增强，有利于取得更有效的传播效果。企业要做的就是让目标用户参与,让品牌融于消费者的互动活动当中,融于口碑当中,形成另一种传播源,不断向下扩散。

(2)新媒体营销能够有效降低营销成本。新媒体能够提供更多免费的开放平台,并且资源共享,不仅提供了低成本的平台,而且提供了低成本的传播,传播的速度也是令人惊讶的。这种成本低但是见效不错的传播模式,在当前受到金融危机影响,大部分企业预算普遍收缩的背景下,显得弥足珍贵。

(3)新媒体营销为广告创意提供了更为广阔的空间。新媒体的发展使病毒营销、社区营销、数据库营销、反向沟通、互动体验、口碑传播、精准营销、焦点渗透、事件营销等各种新的广告形式和营销方法不断出现。将更多创造性的元素融入整合营销传播当中,对于企业战略转型和整合营销传播的完善和发展都具有关键意义。

(4)新媒体营销能够更好地满足消费者的个性化需求。在新媒体营销中,不管是门户网站的按钮广告,还是搜索引擎的关键词广告,相对于传统媒体来说,都更有针对性。随着经济的发展,消费者更加重视个性化需求的满足途径及其满足程度。而新媒体营销的更好的针对性正好能够很好地契合这一需求。

(5)能够有效面对危机公关。合理有效地利用新媒体,能完善企业危机公关应对策略。公关是整合营销传播中的一个重要环节,而危机公关在某种意义上事关企业的长远利益甚至生死存亡。新媒体环境下,话语权平等,除了媒介有发布信息的权力,公众利用网络等新媒体同样可以。因此,负面信息对企业的影响将是持久而深远的。对此,新媒体可以形成完善而有效的公关模式,完善危机预警机制,积极与各类媒体展开合作,以应对突发危机。

思考题:

1. 名词解释:市场营销 市场分析 目标市场 市场定位

2. 什么是4P 理论?

第十章　创业财务规划

纳税筹划　智慧选择

联合建筑装饰公司销售建筑材料并代顾客装修。2013 年度，该公司取得装修工程收入 120 万元，购进装修材料不含税价款 70 万元，适用的增值税率 17%，营业税率 3%。该公司的经营属于兼营行为，若选择作为增值税纳税人，应纳税额为 $120 \div (1+17\%) \times 17\% - 70 \times 17\% = 5.54$ 万元；若选择作为营业税纳税人，应纳税额为 $120 \times 3\% = 3.6$ 万元。显然该公司适宜作营业税纳税人，可节约税额 $5.54 - 3.6 = 1.94$ 万元。可见，科学地纳税筹划可以有效地帮助公司降低经营成本。

第一节　创业会计管理

一、会计理论基础

（一）会计的概念

会计是以货币为主要计量单位，运用专门的方法，对企业、政府和非营利组织等单位的经济活动进行连续、系统、全面、综合的确认、计量、报告和监督，向财务会计报告使用者提供有关的会计信息，并进行必要的经济预测、分析、参与决策的一种经济管理活动。

（二）会计要素与会计科目

会计要素是为实现会计目标，以会计假设为基础，对会计对象的基本分类，包括：资产、负债、所有者权益、收入、费用、利润六要素，其中：资产、负债和所有者权益从静态方面反映企业的财务状况;收入、费用、利润从动态方面反映企业的经营成果。

会计科目是对会计要素的具体内容进行分类核算的项目。企业的资金运行需要有一个完整的会计科目体系来全面地反映,会计科目按不同的标准可以作不同的分类:如果按反映的经济内容通常可分为五大类:资产类科目、负债类科目、所有者权益类科目、成本类科目、损益类科目。如果按提供核算资料的详细程度分类,一般可划分为总分类科目、二级科目和明细分类科目三个层次。

(三)账户

账户是根据会计科目开设的,它是对会计对象具体内容所作日常归类的形式,是用来核算经济业务增减变化情况及其结果的一种工具和手段。其基本结构通常划分为左、右两方,用以记录有关会计信息资料,格式多种多样,但基本结构内容一般包括:账户的名称(即会计科目);经济业务内容(日期和摘要);增减金额;凭证字号(说明账户记录的依据)。

由于会计实行分期核算,因此,在账户中记录的金额就自然分为:期初余额、本期增加额、本期减少额和期末余额,四者的关系可用公式表示为:

期末余额 = 期初余额 + 本期增加额合计 - 本期减少额合计

(四)复式记账

复式记账是将发生的每项经济业务,同时在相互联系的两个或两个以上账户中,以相等的金额进行登记的一种记账方法。包括借贷记账法、增减记账法、收付记账法等具体方法,我国应用最广泛的是借贷记账法,其对象是会计要素的增减变动过程及其结果。

在借贷记账法下,账户的左方称为“借方”,右方称为“贷方”。至于“借方”表示增加,还是“贷方”表示增加,取决于账户的性质及结构。账户结构如图 10-1所示。

借方	贷方
账户名称	
资产的增加	资产的减少
费用的增加	费用的减少
负债的减少	负债的增加
所有者权益的减少	所有者权益的增加
收入的增加	收入的减少
利润的减少	利润的增加

图 10－1　账户结构图

例如，企业从他人处获得短期借款 10 000 元，将其存入银行。在这项业务中，一方面企业资产项下的“银行存款”增加了 10 000 元，记入该账户的借方；另一方面，负债项下的“短期借款”也增加了 10 000 元，记入该账户的贷方，借贷金额相等。总之，无论哪一种类型的经济业务，都将以相等的金额记入有关账户的借方，同时记入有关账户的贷方，即有借必有贷，借贷必相等，这样就使有关账户之间发生了对应关系。

二、会计业务流程

（一）会计循环

所谓会计循环，是指从企业发生的经济业务或会计事项起，到编制出会计报表止的一系列会计处理程序。会计循环的步骤（见图 10－2）依次为：

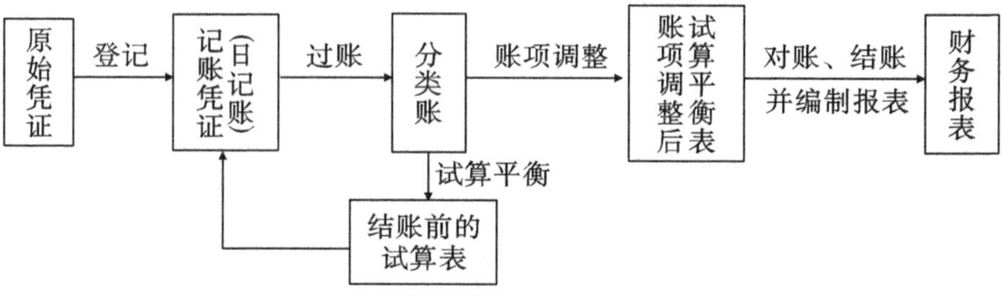

图 10－2　会计循环图

（1）填制审核原始凭证。按照会计制度的要求严格审核原始单据，办理各项收付款业务，填制与审核发票、支票、收据等原始凭证。

（2）填制记账凭证。根据审核的原始凭证，通过编制会计分录填制记账凭证（收款凭证、付款凭证、转账凭证）。例如，我们拿到一张 100 元的借条，我们根据它做记账凭证。写上日期、摘要、科目、金额，以及所附的原始凭证张数。

(3)登记账簿并试算。根据记账凭证的记录，将每笔会计分录所确定的借贷金额，分别过入分类账各有关账户，包括日记账、总分类账和明细分类账，期末进行试算平衡。

(4)调账并试算。对应调整事项，根据权责发生制和配比原则的要求，按照收入、费用的归属期，编制调整分录，进行调整后的试算。

(5)对账。每一会计期末，根据分类账户的会计信息和会计主体财产清查结果进行对账。

(6)结账。根据会计期间内全部入账经济业务，结算本期发生和期末余额。

(7)编制各类财务报表。根据分类账有关账户的发生额和期末余额，编制资产负债表、利润表、现金流量表等财务报表。

(二)会计凭证账务处理

会计凭证账务处理程序是会计核算中最基本的一种账务处理程序，包含了各种账务处理程序的基本要素，是其他各种账务处理程序发展的基础。其主要特点是根据记账凭证直接逐笔地登记总分类账。记账凭证账务处理程序如图10－3所示。

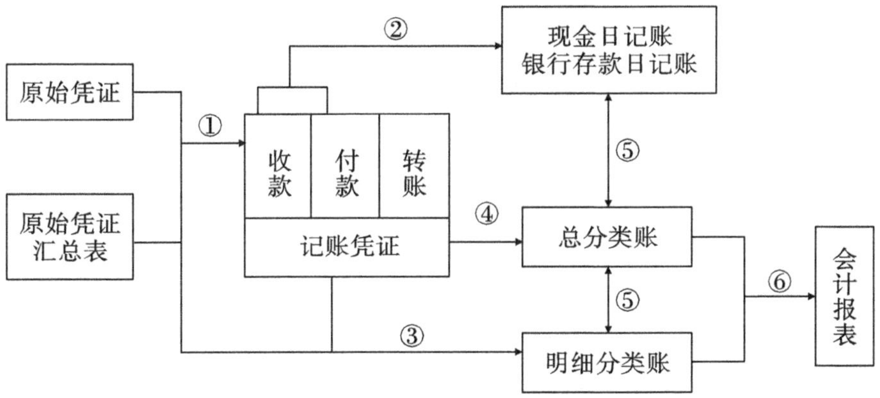

图10－3 记账凭证账务处理程序

说明：

①根据原始凭证或原始凭证汇总表填制记账凭证。

②根据收、付款凭证逐笔登记现金日记账、银行存款日记账。

③根据原始凭证或原始凭证汇总表及记账凭证逐笔登记明细分类账。

④根据记账凭证逐笔登记总分类账。

⑤月末,将现金日记账、银行存款日记账的余额和各种明细分类账余额的合计数,分别与总分类账相互核对。

⑥期末,根据总分类账与明细账相互核对。

三、账簿的设置与登记

(一)会计账簿的种类与构成要素

会计账簿是由一定格式、相互联系的若干账页组成,以会计凭证为依据,用以全面、系统、序时、分类记录各项经济业务的簿记。按其用途可以分为序时账簿、分类账簿和备查账簿;按其账页格式可分为三栏式账簿、多栏式账簿、数量金额式账簿和横线登记式账簿等。各种账簿一致的基本构成要素有:封面、扉页和账页三项。

(二)建账流程

建账就是依据企业具体行业要求和将来可能发生的会计业务情况,设置所需要的账簿,然后根据企业日常发生的业务情况和会计处理程序登记账簿。建账时应注意要依据企业管理需求和账务处理程序进行,且与企业规模相适宜。建账具体流程如下:

第一步,根据科目需要,准备各种账簿、账页以及备置账夹装订成册。

第二步,在账簿启用表上填写单位名称、账簿名称、册数、编号、启用日期、记账人员和会计主管人员姓名。人员变动时,应注明交接日期、交接人员、鉴定人员姓名,并由交接双方签名盖章,以明确责任。

第三步,建立总账及二、三级明细账,结转上年账户余额。

第四步,将活页账簿按顺序编号,编制账户目录、贴上账户标签。

(三)账簿的内容与登记

初创的小企业的会计账簿中至少应当对现金余额、应收款项、存货、机器设备等固定资产情况,应付职工薪酬、应付账款、应交税费、银行借款的情况以及企业的收入、费用和利润等情况进行记录。不同账簿的具体格式随记录内容的不同而不同,但一般包含的基本内容有:账户名称、登记账簿的日期、凭证种类和号数、摘要、金额及方向、页次。

对于会计账簿的登记，企业创立之初，规模小、业务量少，为节约资金可以由创业者自己记账，但随着企业业务量的增加，企业的记账工作需交由专门的会计人员、委托代账公司或成立专门的会计机构来做，以保证账簿记录的完整、有效。

【例10－1－1】张三大学毕业后于2013年8月创立了一家小型服装厂，企业的法律形式为个人独资公司。下面是企业在2013年9月1日—15日发生的一些经济业务，要求登记银行存款日记账。

表10－1　银行存款日记账　　单位：元

日期	经济业务摘要	借方	贷方	余额
9月1日	期初余额			10 500.00
9月2日	从银行借款20 000元			
9月3日	购买办公用品185元			
9月5日	购买原材料7 000元			
9月8日	购买辅料1 500元			
9月9日	销售商品5 500元			
9月10日	支付运费120元			
9月12日	支付电费450元			
9月15日	支付电话费200元			

【案例解析】

对于企业来说，现金日记账和银行存款日记账是必须设置的账簿。按照借贷记账法的记账规则，现金和银行存款的增加记在账户的借方，减少记在账户的贷方。因此，二者的期初余额、本期发生额和期末余额的关系均表示为：

期末余额＝期初余额＋本期增加发生额－本期减少发生额

由此，企业银行存款日记账应该按表10－2的方式进行记录。

表 10－2　银行存款日记账　单位:元

日期	经济业务摘要	借方	贷方	余额
9 月 1 日	期初余额			10 500.00
9 月 2 日	从银行借款 20 000 元	20 000.00		30 500.00
9 月 3 日	购买设备 15 000 元		15 000.00	15 500.00
9 月 4 日	购买办公用品 185 元		185.00	15 315.00
9 月 5 日	购买原材料 7 000 元		7 000.00	8 315.00
9 月 8 日	购买辅料 500 元		500.00	7 815.00
9 月 9 日	销售商品 5 500 元	5 500.00		13 315.00
9 月 10 日	支付运费 120 元		120.00	13 195.00
9 月 12 日	支付电费 450 元		450.00	12 745.00
9 月 15 日	支付电话费 200 元		200.00	12 545.00

通过上面的账簿记录可以发现,企业在 9 月 15 日的银行存款余额为 12 545元。

四、财务报表分析

(一)企业财务报表的内涵与作用

财务报表是以货币为计量单位,以文字和表格的形式,采用系统的会计处理程序与方法,将企业的各种会计信息按照使用者的一般需要予以汇总编制而成,并能及时地向报表使用者提供真实信息的报告。企业编制财务报表,对于改善企业外部有关方面的经济决策环境和加强企业内部经营管理具有重要意义。财务报表的作用主要表现在:

(1)企业投资者(包括潜在投资者)和债权人(包括潜在债权人)为了进行正确的投资决策和信贷决策,需要利用财务报告了解有关企业经营成果、财务状况及现金流量情况的会计信息。

(2)企业管理者为了考核和分析财务成本预算的完成情况,总结经济工作的成绩和存在的问题,评价经营效益,需要利用财务报告掌握企业的有关会计信息。

(3)国家有关部门为了加强宏观经济管理,需要各单位提供财务会计报告资料，以便通过汇总分析，了解各部门、地区经济预算完成情况、财经法规制度执行情况，并针对问题及时运用经济杠杆和其他手段，调控经济活动，优化资源配置。

（二）财务报表的编制

1. 资产负债表的含义及编制

资产负债表是反映企业在某一特定日期全部资产、负债和所有者权益状况的报表。有助于了解企业所掌握的经济资源及其分布情况、分析评价及预测企业的偿债能力、预测企业未来的财务趋势。根据财务报表列报准则的规定，资产负债表采用账户式的格式。简单的资产负债表的格式见表 10－3。

表 10－3　资产负债表　　单位：元

资　　产	年初数	期末数	负债及所有者权益	年初数	期末数
流动资产：			流动负债：		
货币资金			短期借款		
应收账款			应付账款		
存货			应付职工薪酬		
其他应收款			其他应付款		
预付账款			预收账款		
应收利息			应交税费		
一年内到期的非流动资产			一年内到期的长期负债		
其他流动资产			其他流动负债		
流动资产合计			流动负债合计		
非流动资产：			非流动负债：		
固定资产			长期借款		
在建工程			长期应付款		
无形资产			其他非流动负债		
长期应收款			非流动负债合计		
长期股权投资			负债合计		
其他非流动资产			所有者权益：		

续表：

资　　产	年初数	期末数	负债及所有者权益	年初数	期末数
非流动资产合计			实收资本		
			资本公积		
			盈余公积		
			未分配利润		
			所有者权益合计		
资产总计			负债及所有者权益总计		

其中，“货币资金”项目，反映企业“库存现金”“银行存款”“其他货币资金”合计。

“其他应收款”项目，反映企业除应收账款、预付账款、应收股利、应收利息等经营活动以外的其他各种应收、暂付的款项。

“存货”项目，反映企业期末在库、在途和在加工中的各种存货的可变现净值。包括原材料、库存商品等的价值。

“其他流动资产”项目，反映企业除货币资金、应收账款、应收利息、应收股利、其他应收款、存货等流动资产以外的其他流动资产。

“无形资产”项目，反映企业持有的无形资产，包括专利权、非专利技术、商标权、著作权、土地使用权等。

“长期股权投资”项目，反映企业对子公司、联营企业和合营企业的长期股权投资。

“应付职工薪酬”项目，反映企业根据有关规定应付给职工的工资、职工福利、社会保险费、住房公积金、工会经费、职工教育经费、非货币性福利、辞退福利等各种薪酬。

“应交税费”项目，反映企业按照税法规定计算应交纳的各种税费，包括增值税、消费税、营业税、所得税、资源税、土地增值税、城市维护建设税、房产税、土地使用税、车船使用税、教育费附加等。

2. 利润表的含义及编制

利润表，也称损益表，是反映企业一定会计期间生产经营成果的会计报表。它全面揭示了企业在某一特定时期实现的各种收入、发生的各种费用、成本或支出,以及企业实现的利润或发生的亏损情况。利用利润表可以评价企业的经营成果、投资效率,分析企业的盈利能力以及预测未来一定时期内的盈利趋势。按照我国会计准则的规定,企业应当编制多步式利润表。简单的多步式利润表格式如表 10－4。

表 10－4　利润表　　单位:元

项　　目	本期金额	上期金额
一、营业收入		
减:营业成本		
营业税金及附加		
销售费用		
管理费用		
财务费用		
二、营业利润(损失以“－”号填列)		
加:营业外收入		
营业外支出		
三、利润总额(损失以“－”号填列)		
减:所得税费用		
四、净利润(损失以“－”号填列)		

其中:“营业收入”项目,反映企业经营主要业务和其他业务所确认的收入总额。

“营业成本”项目,反映企业经营主要业务和其他业务所发生的成本总额。

“营业税金及附加”项目,反映企业经营业务应负担的消费税、营业税、城市建设维护税、资源税、土地增值税和教育费附加等。

“营业外收入”项目,反映企业发生的与经营业务无直接关系的各项收入和利得。如非流动资产处置利得、非货币性资产交换利得、债务重组利得、政府补助、盘盈利得、捐赠利得等。

“营业外支出”项目,反映企业发生的与经营业务无直接关系的各项支出和损失。如非流动资产处置损失支出、非常损失、盘亏损失等、非货币性资产交换损失、债务重组损失、公益性捐赠。

3. 现金流量表的含义及编制

现金流量表是反映一定时期内企业经营、投资和筹资活动对其现金及现金等价物所产生影响的财务报表。通过现金流量表,可以概括反映经营活动、投资活动和筹资活动对企业现金流入流出的影响,对于评价企业实现的利润、财务状况及财务管理,要比传统的损益表提供更好的基础。简单现金流量表格式如表 10－5。

表 10－5　现金流量表

编制单位:　　　　　　　　20　　年 1—12 月　　　　　　　单位:元

项　　目	本期金额	上期金额
一、经营活动产生的现金流量:		
销售商品、提供劳务收到的现金		
收到的税收返还		
收到的其他与经营活动有关的现金		
经营活动现金流入小计		
购买商品、接受劳务支付的现金		
支付给职工以及为职工支付的现金		
支付的各项税费		
支付其他与经营活动有关的现金		
经营活动现金流出小计		
经营活动产生的现金流量净额		
二、投资活动产生的现金流量:		
收回投资收到的现金		
取得投资收益收到的现金		
处置固定资产、无形资产和其他长期资产收回的现金净额		
处置子公司及其他营业单位收到的现金净额		
收到其他与投资活动有关的现金		

续表：

项　　目	本期金额	上期金额
投资活动现金流入小计		
购建固定资产、无形资产和其他长期资产支付的现金		
投资支付的现金		
支付其他与投资活动有关的现金		
投资活动现金流出小计		
投资活动产生的现金流量净额		
三、筹资活动产生的现金流量：		
吸收投资收到的现金		
取得借款收到的现金		
收到其他与筹资活动有关的现金		
筹资活动现金流入小计		
偿还债务支付的现金		
分配股利、利润或偿付利息支付的现金		
支付其他与筹资活动有关的现金		
筹资活动现金流出小计		
筹资活动产生的现金流量净额		
四、汇率变动对现金及现金等价物的影响		
五、现金及现金等价物净增加额		
六、期末现金及现金等价物余额		

（三）财务报表分析的内涵及方法

财务报表分析是以财务报表为主要依据，采用科学的评价标准和分析方法，遵循规范的分析程序，通过对企业的财务状况、经营成果和现金流量等主要指标的比较分析，从而对企业的经营情况及其绩效做出判断、评价及预测。主要方法有比较分析法、比率分析法、因素分析法等。

1. 比较分析法

比较分析法是指将实际达到的数据同特定的各种标准相比较,从数量上确定其差异,并进行差异分析或趋势分析的一种分析方法。其中差异分析是指通过差异揭示成绩或差距,作出评价,并找出产生差异的原因及其对差异的影响程度。趋势分析是指将实际达到的结果,与不同时期财务报表中同类指标的历史数据进行比较,从而确定财务状况、经营成果和现金流量的变化趋势和规律的一种分析方法。

2. 比率分析法

比率分析法是将企业同一时期财务报表中的相关项目进行对比,得出一系列财务比率,以此揭示企业财务状况的分析方法。财务比率主要包括三大类:构成比率、效率比率和相关比率。构成比率是反映某项经济指标的各个组成部分与总体之间关系的财务比率,如流动资产占总资产的比率;效率比率是反映某项经济活动投入与产出之间关系的财务比率,如权益净利率等;相关比率是反映经济活动中某两个或两个以上项目比值的财务比率,如流动比率、速动比率等,以考察各项经济活动之间的相互关系,揭示企业的财务状况。

(四)财务指标比率分析法

1. 偿债能力分析

通过对偿债能力的分析,可以考察企业持续经营能力和抵御财务风险的能力,有助于对企业未来收益的预测。

(1)短期偿债能力分析。短期偿债能力就是企业以流动资产偿还流动负债的能力,反映企业偿付日常到期债务的实力,是衡量企业财务状况好坏的重要标志。财务指标主要包括:

①流动比率。流动比率是流动资产与流动负债的比率。反映企业可在短期内转变为现金的流动资产偿还到期流动负债的能力。计算公式为:

$$流动比率=\frac{流动资产}{流动负债}$$

【例 10-1-2】甲公司流动资产为 24 500 元,流动负债为 13 300 元,其流动比率为 24 500 ÷ 13 300 = 1.84,意味着对每 1 元的流动负债,企业都有 1.84 元的流动资产做保障。

通常,流动比率越高,反映企业短期偿债能力越强。经验表明,一般2:1的比例较适宜。表明企业财务状况稳定,除满足日常生产经营的流动资金需求外,还有足够的财力偿付到期的短期债务。但比率过高则表明企业资金的使用效率和获利能力存在问题,不同行业对流动比率要求存在差异,应结合营业周期、应收账款、存货周转情况综合分析。

②速动比率。速动比率是速动资产与流动负债的比值。速动资产是指流动资产减去变现能力较差且不稳定的存货、预付账款、待摊费用、一年内到期的非流动资产及其他流动资产等后的余额。

把存货等变现能力差的资产从流动资产总额中减去,计算出的速动比率反映的企业的短期偿债能力更加令人信服。速动比率的计算公式如下:

$$速动比率=\frac{速度资产}{流动负债}$$

【例10-1-3】接例10-1-2,甲公司流动资产中存货10 000元,预付账款2 500元,则速动比率为(24 500-10 000-2 500)÷13 300=0.9。

一般认为速动比率为1:1较合适,如果过低说明企业偿债能力不够,过高则是企业可能拥有过多的速动资产而失去一些有利的投资机会,不同行业要求也完全不同。

③现金比率。现金比率是现金资产与流动负债的比值。速动资产中,流动性最强、可直接用于偿债的资产称为现金资产,反映企业直接支付能力。现金比率的计算如下:

$$现金比率=\frac{货币资金+交易性金融资产}{流动负债}$$

【例10-1-4】接例10-1-3,甲公司速动资产中包括货币资金5 000元,交易性金融资产2 000元,则公司的现金比率=(5 000+2 000)÷13 300=0.53。

(2)长期偿债能力分析。长期偿债能力是指企业在长期借款使用期内的付息能力和长期借款到期后归还借款本金的能力。反映企业长期偿债能力的指标有资产负债率、产权比率、利息保障倍数等。

①资产负债率。企业负债总额与资产总额的比值,反映债权人提供的资金

占企业全部资产的比重。从债权人角度看，比值越小，企业投资者对债权人债务的保障程度越高；从投资者角度看，借款利率小于加权平均资金成本时，该比率越大，投资者得到的利润会越高；从经营者的角度看，需要根据预期的利润和增加的风险，权衡利弊，找到一个合适的资产负债率。其公式如下：

$$资产负债率=\frac{负债总额}{资产总额}$$

【例 10－1－5】甲公司资产总额为 600 000 元，负债总额为 150 000 元，则公司资产负债率＝150 000÷600 000＝0.25。

②产权比率。产权比率是负债总额与股东权益的比值，反映由债权人提供的资本与股东提供的资本的相对关系、企业财务结构的稳定性，以及企业清算时对债权人的保障程度。产权比率高，显示企业是一种高风险高报酬的财务结构，长期偿债能力差。其计算公式为：

$$产权比率=\frac{负债总额}{股东权益}$$

【例 10－1－6】接例 10－1－5，甲公司产权比率＝150 000÷(600 000－150 000)＝0.33。

③利息保障倍数。利息保障倍数是企业息税前利润与利息费用的比率，反映企业息税前利润为所需支付的债务利息的倍数，用于衡量企业偿付借款利息的能力。其计算公式为：

$$利息保障倍数=\frac{息税前利润}{利息费用}$$

【例 10－1－7】甲公司本年利润总额（即息后税前利润）30 万元，财务费用中利息费用 5 万元，则利息保障倍数＝(30＋5)÷5＝7。从长期看，要维持企业基本偿债能力，利息保障倍数至少应大于 1。

创业者应时刻关注企业的偿债能力，确保在债务到期时能够有足额的现金偿还，避免由于无法偿债导致企业被迫清算的风险。

2. 营运能力分析

营运能力是企业在一定时期管理资产运营效率的能力。通常用各种资产的周转率表示，反映企业资产使用的效率情况，代表企业投入和运用单位资产产生营业收入的能力。资产周转得越快，企业创造营业收入的能力越强。企业营运能力分析的指标主要有:应收账款周转率、存货周转率、流动资产周转率和总资产周转率。

(1)应收账款周转率。应收账款周转率反映企业应收账款的周转速度,它是一定时期内赊销收入净额与应收账款平均余额的比率。在一定时期内,企业应收账款周转次数越多,即每次的周转天数越少,表明应收账款回收速度越快,企业运营管理效率越高。计算公式如下:

$$应收账款周转率(次数)=\frac{赊销收入净额}{应收账款平均余额}$$

【例 10-1-8】甲公司应收账款周转率计算如表 10-6。

表 10-6　应收账款周转率计算表

单位:元

项目	20×3 年	20×4 年
赊销收入净额	40 000	50 000
应收账款年末余额	20 000	20 000
应收账款平均余额	15 000	20 000
应收账款周转率(次数)	2.67	2.5
应收账款周转天数	134.8	144

说明:20×4 年应收账款平均余额=(20 000+20 000)÷2=20 000(元)

(2)存货周转率。存货周转率是指营业收入与平均存货的比值,衡量和评价企业购入存货、投入生产、销售收回等各环节管理状况的综合性指标。存货周转速度越快,存货周转天数越短,存货的占用水平越低,流动性越强,存货转换为现金、应收账款的周转速度越快。其计算公式为:

$$存货周转率=\frac{销售成本}{平均存货}$$

$$存货周转天数=\frac{365}{存货周转率}$$

【例 10-1-9】甲公司存货周转率计算如表 10-7。

表 10-7　存货周转率计算表

单位:元

项目	20×3 年	20×4 年
主营业务成本	12 000	15 000
存货年末余额	4 000	2 000
存货平均余额	3 000	3 000
存货周转率(次数)	4	5
存货周转天数	90	72

(3)流动资产周转率。流动资产周转率是营业收入与平均流动资产之比,表明流动资产 1 年中周转的次数,反映单位流动资产所产生的营业收入。流动资产周转速度快,会相对节约流动资产,等于相对扩大资产投入,增强企业盈利能力。其计算公式为:

$$流动资产周转率=\frac{销售收入}{流动资产}$$

【例 10-1-10】甲公司存货周转率计算如表 10-8。

表 10-8　流动资产周转率计算表

单位:元

项目	20×3 年	20×4 年
销售收入净额	150 000	200 000
流动资产年末余额	70 000	80 000
流动资产平均余额	60 000	75 000
流动资产周转率(次数)	2.5	2.67
流动资产周转天数	144	135

甲公司 20×4 年流动资产周转率比上年有所提高,流动资产周转次数由 2.5次升为 2.67 次,周转天数由 144 天降为 135 天。由此评价该公司流动资产的营运能力得到改善。

(4)总资产周转率。总资产周转率是营业收入与平均资产总额的比值,表明企业全部资产在 1 年中的周转次数,反映企业单位资产投资所产生的营业收入。在营业收入净利率不变的情况下，资产周转的次数越多，资产的运营效率越高，产生的利润就越多。其公式为：

$$总资产周转率 = \frac{销售收入}{资产总额}$$

创业者应充分关注企业的营运能力，通过提高各种资产的周转速度，使其发挥更大的作用，用有限的资金创造无限的财富。

3. 盈利能力分析

盈利能力是企业在一定时期内产生利润的能力。盈利能力较强的企业具有较强的主营业务竞争力和通过持续投入研发和投资新项目拓展新业务的能力，有利于投资者的收益回报和再投资，是重要的经营业绩衡量标准。常用的衡量指标有销售净利率、资产净利率、权益净利率。

(1)销售净利率。销售净利率是净利润与销售收入的百分比，反映每单位销售收入带来的净利润的大小，表示销售收入的收益水平。计算公式为：

$$销售净利率 = \frac{净利润}{销售收入}$$

(2)资产净利率。资产净利率是指企业净利润与资产总额的百分比。该指标越高，表明资产的利用效率越高，说明企业在增加收入和节约资产使用等方面取得了良好的效果。

$$资产净利率 = \frac{净利润}{资产总额}$$

(3)权益净利率。权益净利率是企业净利润与股东权益的百分比。该指标是综合财务分析的核心指标，可以分解为销售净利率、资产周转率与权益乘数的乘积，而这三个指标分别反映了企业的盈利能力、营运能力以及偿债能力。所以，权益净利率是企业整体经营情况的体现。其公式为：

$$权益净利率 = \frac{净利润}{股东权益} = 销售净利率 \times 资产周转率 \times 权益乘数$$

其中：

$$权益乘数 = \frac{资产}{股东权益}$$

【例 10－1－11】甲公司 2013 年利润表如下，其 2013 年初、年末的资产总额分别为 58 万元、62 万元，2013 年初、年末所有者权益分别为 46 万元、50 万元，试分析其盈利能力。

利 润 表

编制单位:甲有限责任公司　　2013 年　　单位:元

项目	本期金额	上期金额
一、营业收入	600 000	480 000
减:营业成本	510 000	420 000
营业税金及附加	15 000	10 000
销售费用	6 000	4 500
管理费用	5 500	5 000
财务费用	1 200	1 000
二、营业利润(损失以“ - ”号填列)	62 300	39 500
加:营业外收入	4 200	3 500
营业外支出	2 500	2 000
三、利润总额(损失以“ - ”号填列)	64 000	41 000
减:所得税费用	16 000	10 250
四、净利润(损失以“ - ”号填列)	48 000	30 750

甲公司 2013 年销售净利率 =48 000 ÷600 000 ×100% =8%

总资产平均余额 =(58 +62) ÷2 =60 万元,资产净利率 =48 000 ÷600 000 ×100% =8%

所有者权益平均余额 =(46 +50) ÷2 =48 万元,权益净利率 =48 000 ÷480 000 ×100% =10%

企业盈利能力的分析指标均是正指标,在其他条件相同的情况下,越高越好,说明企业单位总资产、净资产和营业收入赚取利润的能力越好。创业者出于对投资资产保值增值的需要,会密切关注企业的盈利能力。

企业家提醒:

创业期企业尤其要重视现金流量信息,防止偿付能力不足带来财务危机的发生。

第二节　银行结算管理

一、银行账户管理概述

根据《银行账户管理办法》,银行账户分为基本存款账户、一般存款账户、临时存款账户和专用存款账户。各类账户有不同的设置和开立条件,但开设程序相同,即存款人先申请并填制开户申请书、提供相应的证明文件,送交盖有存款人印章的印鉴卡片,经银行审核同意后,即可开立相应账户。

(一)基本存款账户

基本存款账户是指存款人办理日常转账结算和现金收付的账户。存款人的工资、奖金等现金的支取,只能通过本账户办理。可以申请开立基本存款账户的组织有:企业法人、企业法人内部单独核算的单位、行政事业单位、外国驻华机构、社会团体、外地常设机构、个体经营户和个人等。

(二)一般存款账户

一般存款账户是指存款人在基本存款账户以外的银行借款转存,与基本存款账户的存款人不在同一地点的附属非独立核算单位开立的账户。存款人可以通过本账户办理转账结算和现金缴存,但不能办理现金支取。

(三)临时存款账户

临时存款账户是指存款人因临时经营活动需要开立的账户。存款人可以通过该账户办理转账结算和根据国家现金管理规定办理现金收付。外地临时机构、临时经营活动需要的单位和个人可以申请开立该账户。

(四)专用存款账户

专用存款账户是指存款人因特定用途需要开立的账户。特定用途的资金范围包括:基本建设的资金;更新改造的资金;特定用途,需要专户管理的资金。

二、银行存款结算管理

(一)银行存款结算方式

结算是指企业与其他单位或个人之间发生经济往来时所引起的货币收支

行为。按其货币收付方式的不同,结算可以分为现金结算和银行结算两种。企业单位间的经济往来,除按规定可以使用现金的,其他都必须通过银行办理转账。现行的银行结算方式主要有:支票、银行本票、银行汇票、商业汇票、委托收款、托收承付、汇兑和信用卡等几种。

(二)结算方式的具体规定

1. 支票

支票是出票人签发的,委托办理支票存款业务的银行或其他金融机构在见票时无条件支付确定的金额给收款人或者持票人的票据。我国常用的支票形式是现金支票和转账支票。现金支票是开户单位用于向开户银行提取现金的凭证,其既可用于向银行提取现金,又可以办理转账;转账支票是用于同城单位之间的商品交易、劳务供应或其他款项往来的结算凭证。其只能用于转账结算,而不能用于提取现金。

现金支票结算程序:由付款单位会计人员签发现金支票并加盖银行预留印鉴,注明收款人后交收款人,收款人持现金支票到付款单位开户银行提取现金,并按照银行的要求交验有关证件。

转账支票结算程序:付款人按应支付的款项签发转账支票后交收款人,凭支票存根贷记"银行存款"账户,借记对应账户。收款人审查无误后,填制一式两联进账单连同支票一并送交本单位开户银行,经银行审查无误后,在进账单回单上加盖银行印章,退回收款人,作为收款人入账的凭据,收款人据此借记"银行存款"账户,贷记对应账户。另一联和支票银行留存,作为划转款项和记账凭据。

2. 银行本票

银行本票是银行签发的,承诺自己在见票时无条件支付确定的金额给收款人或者持票人的票据。按其金额不同分为定额本票和不定额本票两种。银行本票适用于单位、个体经济户和个人在同城范围内的商品交易和劳务供应以及其他款项的结算。

银行本票的结算程序包括签发本票和款项结算两个阶段。先由申请人办理银行本票,填写"银行本票申请书",银行受理后,在收妥款项后,据以签发银行本票。申请人持银行本票可以向填明的收款单位或个体经济户办理结算。

收款人收到付款人交来的银行本票,经审查后,填写一式两联进账单连同收到的银行本票,交本单位开户银行办理收款入账手续。

3. 银行汇票

银行汇票是指由出票银行签发的,由其在见票时按照实际结算金额无条件付给收款人或者持票人的票据。银行汇票适用于异地单位、个体经济户、个人之间需要支付的各种款项。凡在银行开立账户的单位、个体经济户和未在银行开立账户的个人,都可以向银行申请办理银行汇票,而且也都可以受理银行汇票。

银行汇票结算经过承汇、结算、兑付和结清余额四步骤,具体结算程序包括:汇款人委托银行办理汇票—银行签发汇票—汇款人使用汇票结算—持汇票进账或取款—通知汇票已结付—结算划拨以及结算汇票退还余额。

4. 商业汇票

商业汇票是收款人或付款人签发,由承兑人承兑,并于到期日向收款人或背书人支付款项的票据。商业汇票按承兑人不同,分为商业承兑汇票和银行承兑汇票。商业承兑汇票适用于在银行开立账户的法人之间,根据购销合同进行的商品交易。银行承兑汇票适用于国有企业、股份制企业、集体所有制工业企业、供销合作社以及三资企业之间,根据购销合同进行的商品交易。其他法人和个人不得使用银行承兑汇票。

商业承兑汇票结算程序包括:签发商业承兑汇票—承兑并盖预留银行印鉴—委托收款—收款人开户行将凭证和汇票传递给付款人开户行—到期兑付—银行划拨款项—收妥入账。银行承兑汇票结算程序则为:出票(指由收款人签发)—申请承兑并签订承兑协议—同意承兑—送交银行承兑汇票—到期交付票款—到期日前委托银行收款—承兑行将款项划拨给收款人开户行—收款人收妥票款入账。

5. 委托收款

委托收款是指收款人委托银行向付款人收取款项的结算方式。根据凭证传递方式不同,委托收款可分为委邮和委电两种,由收款人选用。凡在银行或其他金融机构开立账户的单位和个体经济户的商品交易,公用事业单位向用户收取水电费、邮电费、煤气费、公房租金等劳务条款项以及其他应收款项,无论是在同城还是异地,均可使用委托收款的结算方式。

6. 托收承付

托收承付结算,是指根据购销合同由收款人发货后委托银行向异地购货单位收取货款,购货单位根据合同核对单证或验货后,向银行承认付款的一种结算方式。托收承付结算方式只适用于异地订有经济合同的商品交易及相关劳务款项的结算。代销、寄销、赊销商品的款项,不得办理异地托收承付结算。

托收承付的结算程序主要是:收款人发出商品—收款人委托银行收款—收款人开户行将托收凭证传递给付款人开户行—付款人开户行通知付款人承付—付款人承认付款—银行间划拨款项—通知收款人货款收妥入账。

7. 汇兑

汇兑是汇款人委托银行将款项汇给外地收款人的结算方式。根据传递方式不同,可分为信汇和电汇两种。适用于异地单位、个体户和个人的各种款项结算。

8. 信用卡

信用卡是指由银行或专营机构签发,可在约定银行或部门存取现金、购买商品及支付劳务报酬的一种信用凭证。适用于同城或异地支取现金、转账结算和消费等。

企业家提醒:

创业期企业的银行结算管理一定要注意风险控制,严格实施转账制度,恪守信用,履约付款。

第三节 纳税实务管理

一、企业涉税与核算

(一)企业涉及的税种

目前,按照征收对象的不同,我国企业涉及的主要税种可分为六大类:

(1)流转税:包括增值税、消费税、营业税、关税。

(2)所得税:企业所得税、个人所得税。

(3)资源税:资源税、城镇土地使用税。

(4)特定目的税:城市维护建设税、土地增值税、耕地占用税、车辆购置税、烟叶税。

(5)财产税:车船税、房产税。

(6)行为税:印花税、契税。

(二)常见税种的征税范围与税额计算

目前,我国企业涉及最广泛的税种包括:增值税、消费税、营业税、企业所得税等。

1. 增值税

增值税是以商品(含应税劳务)在流转过程中产生的增值额作为计税依据而征收的一种流转税。征税范围包括生产、批发、零售和进口货物,加工和修理修配劳务。应纳税额的计算分一般纳税人和小规模纳税人。

(1)一般纳税人。

①税率。增值税税率包括三档:基本税率17%;低税率13%,适用情况:粮食、食用植物油、鲜奶、自来水、暖气、冷气、热水、煤气、石油液化气、天然气、沼气、居民用煤炭制品、图书、报纸、杂志、饲料、化肥、农药、农机、农膜、国务院规定的其他货物;零税率主要涉及出口货物。

②应纳税额计算。

增值税应纳税额 = 当期销项税额 - 当期进项税额

其中,销项税额是纳税人销售货物或提供应税劳务,按照销售额或应税劳务收入和规定的税率计算并向购买方收取的增值税额。计算公式为:销项税额 = 不含税的销售额 × 税率。而纳税人购进货物或者接受应税劳务所支付或者负担的增值税额为进项税额,通常是不含税的购买价与税率的乘积。

【例 10-3-1】甲公司为增值税一般纳税人,适用税率 17%,4 月份购入材料支付货款 10 000 元,增值税进项税额 1 700 元,取得增值税专用发票。销售 A 产品含税销售额为 23 400 元。则甲公司 4 月增值税应纳税额为多少?

【解析】由题已知,甲公司 4 月进项税额 1 700 元,

销项税额 = 23 400 ÷ (1 + 17%) × 17% = 3 400(元)

甲公司 4 月增值税应纳税额 = 3 400 - 1 700 = 1 700(元)

(2)小规模纳税人。

①划分标准。对于从事货物生产或者提供应税劳务以及以从事货物生产或者提供应税劳务为主的纳税人,年应征增值税销售额在 50 万元以下(含)的,为小规模纳税人。对上述规定以外的纳税人,即从事商业批发零售的纳税人年应税销售额在 80 万元以下(含)的,为小规模纳税人。

②征收率 3%。

③计算公式:应纳税额 = 不含税销售额 × 征收率。

【例 10-3-2】甲公司为小规模纳税人,4 月取得含税收入 82 400 元,则其当月增值税应纳税额是多少?

【解析】当月增值税应纳税额 = 82 400 ÷ (1 + 3%) × 3% = 2 400 元。

2. 消费税

消费税是指对消费品和特定的消费行为按消费流转额征收的一种商品税。涉及 14 类应税消费品,具体税目税率见表 10-9。

表 10－9　消费税税率表

税　　目	税率
一、烟	
1. 卷烟	
(1)甲类卷烟	56%加0.003元/支(生产环节)
(2)乙类卷烟	36%加0.003元/支(生产环节)
(3)批发环节	5%
2. 雪茄烟	36%
3. 烟丝	30%
二、酒及酒精	
1. 白酒	20%加0.5元/500克(或者500毫升)
2. 黄酒	240元/吨
3. 啤酒	
(1)甲类啤酒	250元/吨
(2)乙类啤酒	220元/吨
4. 其他酒	10%
三、化妆品	30%
四、贵重首饰及珠宝玉石	
1. 金银首饰、铂金首饰和钻石及钻石饰品	5%
2. 其他贵重首饰和珠宝玉石	10%
五、鞭炮、焰火	15%
六、成品油	
1. 汽油	
(1)含铅汽油	1.52元/升
(2)无铅汽油	1.52元/升
2. 柴油、航空煤油	1.20元/升
3. 石脑油、溶剂油、润滑油	1.52元/升
4. 燃料油	1.20元/升

续表：

税　　目	税率
七、摩托车 1. 气缸容量(排气量,下同)在250毫升 2. 气缸容量在250毫升以上的	 3% 10%
八、小汽车 1. 乘用车(按排气量) 2. 中轻型商用客车	 1% ~40% 5%
九、高尔夫球及球具	10%
十、高档手表	20%
十一、游艇	10%
十二、木制一次性筷子	5%
十三、实木地板	5%

消费税应纳税额计算包括:从价定率、从量定额以及复合计税三种。

(1)从价定率计征消费税。主要涉及:生产、进口、委托加工化妆品、贵重首饰及珠宝玉石、鞭炮焰火、摩托车、小轿车、高尔夫球及球具、高档手表、游艇、木质一次性筷子、实木地板、批发卷烟、零售金银首饰、钻石、钻石饰品。计算公式为:

应纳消费税额 = 应税消费品销售额 × 税率

(2)从量定额计征消费税。主要涉及:生产、进口、委托加工啤酒、黄酒、成品油。计算公式为:

应纳消费税额 = 应税消费品销售数量 × 单位税额

(3)复合计税。主要涉及:生产、进口、委托加工卷烟和白酒。计算公式为:

应纳消费税额 = 应税消费品销售数量 × 单位税额 + 应税消费品销售额 × 比例税率

【例10-3-3】某摩托车厂(增值税一般纳税人),2014年3月销售摩托车50辆,每辆不含税销售价为6 000元,消费税税率为10%,则该摩托车厂当月应缴的消费税是多少?

【解析】当月应缴的消费税 =6 000 ×50 ×10% =30 000 元。

3. 营业税

营业税是以在我国境内提供应税劳务、转让无形资产和销售不动产所取得的营业额为课税对象而征收的一种商品劳务税。具体税目税率见表10－10。

表 10－10 营业税税率表

税目	税率	征收范围
一、交通运输业	3%	陆路运输、水路运输、航空运输、管道运输、装卸搬运
二、建筑业	3%	建筑、安装、修缮、装饰及其他工程作业
三、金融保险业	5%	金融、保险
四、邮电通信业	3%	邮政、电信
五、文化体育业	3%	表演、播映、其他文化业、经营游览场所;举办各种比赛和为体育比赛或体育活动提供场所的业务
六、娱乐业	5% ~20%	保龄球、台球、卡拉 OK 歌舞厅等
七、服务业	5%	代理业、旅店业、饮食业、旅游业、仓储业、租赁业、广告业务及其他服务业

营业税应纳税额计算公式为:营业税应纳税额 = 营业额 × 税率

【例 10－3－4】某咨询公司 6 月发生咨询活动咨询费收入 50 000 元,问营业税是多少?

【解析】咨询公司当月应纳营业税额 =50 000 ×5% =2 500(元)。

4. 企业所得税

企业所得税是以企业取得的生产经营所得和其他所得为征税对象所征收的一种税。其纳税义务人是在我国境内的企业和其他取得收入的组织,但不包括个人独资企业、合伙企业。适用税率为 25%,计算公式为:

企业所得税应纳税额 = 应纳税所得额 × 适用税率

应纳税所得额 = 利润总额 ± 纳税调整项目金额

主要调整项目如下:

(1)工资薪金。企业一般采用“计税工资标准”对企业的工资薪金支出进行调整。涉及职工福利费、工会经费、职工教育经费应根据扣除标准进行调整,具体标准见表 10－11。

表 10－11　职工福利费、工会经费、职工教育经费扣除标准

项目	准予扣除的限度	超过规定比例部分的处理
职工福利费	不超过工资薪金总额 14% 的部分	不得扣除
工会经费	不超过工资薪金总额 2% 的部分	不得扣除
职工教育经费	不超过工资薪金总额 2.5% 的部分	准予在以后纳税年度结转扣除

特殊规定：软件企业发生的职工教育经费中的职工培训费用可全额据实扣除。

（2）利息费用。纳税人向金融企业借款的利息支出，可据实扣除。向非金融企业借款的利息支出，不超过按照金融企业同期同类贷款利率计算的数额的部分可据实扣除，超过部分不许扣除。

（3）业务招待费。企业发生的与生产经营活动有关的业务招待费支出，按照发生额的 60% 扣除，但最高不得超过当年销售（营业）收入的 5‰。

（4）广告费和业务宣传费。企业每一纳税年度发生的符合条件的广告费和业务宣传费，不超过当年销售（营业）收入 15% 的部分，准予扣除；超过部分，准予在以后纳税年度结转扣除。

（5）公益性捐赠支出。企业实际发生的公益性捐赠支出，在年度利润总额 12% 以内的部分，准予在计算应纳税所得额时扣除。

（6）保险。符合标准的社会保险，即五险一金（基本养老保险、基本医疗保险、失业保险、工伤保险、生育保险及住房公积金）准予扣除。纳税人为其投资者或雇员向商业保险机构投保的人寿、财产保险，不得税前扣除。

（7）租赁费。企业根据生产经营活动的需要租入固定资产支付的租赁费，属于经营性租赁的，可根据租赁期限均匀扣除；属于融资性租赁，构成融资租入固定资产价值的部分应当提取折旧费用，分期扣除，租赁费支出不得直接扣除。

（8）手续费及佣金支出。一般企业，按与具有合法经营资格中介服务机构或个人所签订服务协议或合同确认的收入金额的 5% 计算限额。保险企业，财险按当年全部保费收入扣除退保金后余额的 15% 计算限额；人身保险按当年全部保费收入扣除退保金后余额的 10% 计算限额。

（9）免税收入。纳税人国债利息收入；从居民企业取得的股息、红利等权益

性投资收益;非营利组织的非营利收入均为免税收入,不计入应纳税所得额,相应调减应纳税所得。

(10)不得扣除的项目(纳税调增)。包括:向投资者支付的股息、红利等权益性投资收益款项;企业所得税税款;税收滞纳金;罚金、罚款和被没收财物的损失;未经核定的准备金支出(提取的各项资产减值准备、风险准备等准备金)以及与取得收入无关的其他支出。

【例10-3-5】某境内居民企业2013年发生业务:销售产品收入2 000万元;转让一项商标所有权,取得营业外收入60万元;取得国债利息2万元;直接投资境内另一居民企业,分得红利50万元。全年销售成本1 000万元;营业税金及附加100万元;销售费用500万元,含广告费400万元;管理费用205万元,含业务招待费80万元;财务费用45万元;营业外支出40万元,含捐款30万元、罚款2万元。计算该企业应纳的所得税额。

【解析】

①该企业的会计利润总额 = 2 000 + 60 + 2 + 50 - 1 000 - 100 - 500 - 205 - 45 - 40 = 222(万元),

②收入调整:2万元国债利息以及50万境内居民企业分回的红利属于免税收入,纳税调减52万元。

③广告费:以营业收入2 000万元为基数,扣除限额 = 2 000 × 15% = 300万元;广告费超支400 - 300 = 100万元;调增应纳税所得额100万元。

④业务招待费:发生额的60%为80 × 60% = 48万元;营业收入的5‰为2 000 × 5‰ = 10万元;则招待费限额为10万元,超支70万元纳税调增。

⑤营业外支出:捐赠限额为222 × 12% = 26.64万元,公益性捐赠超限额30 - 26.64 = 3.36万元;行政罚款2万元不得扣除。合计应纳税调增5.36万元。

⑥该企业应纳税所得额 = 222 - 52 + 100 + 70 + 5.36 = 345.36(万元)

⑦该企业应纳所得税额 = 345.36 × 25% = 86.34(万元)

二、企业纳税基本程序

（一）税务登记

我国税务登记种类包括：开业税务登记；变更、注销税务登记；停业、复业登记；外出经营报验登记。详见表 10－12。

表 10－12 税务登记相关规定一览表

税务登记种类	纳税人情况	登记时限
开业税务登记	领取营业执照从事经营活动纳税人	领取营业执照之日起 30 日内
	其他纳税人	纳税义务发生之日起 30 日内
变更税务登记	需在工商或其他机关办理变更	变更登记之日起 30 日内
	不需在工商或其他机关办理变更	发生变化之日起 30 日内
注销税务登记	停业、破产、解散、撤销以及依法应当终止履行纳税义务的	申报办理注销工商登记前，先申报办理注销税务登记
	因住所、生产经营场所变动而涉及改变主管登记机关的	在向工商行政管理机关申请前或住所、生产经营场所变动前，向原登记机关办理注销登记，并在 30 日内向迁达地主管税务机关申报办理开业税务登记
	不需在工商行政管理机关注销登记	有关部门批准或宣告终止之日起 15 日内
	被吊销营业执照	被吊销营业执照之日起 15 日内
停业复业登记	定期定额征税的纳税人，在经营期限内需要停业的，应办理停业登记。纳税人应于恢复生产经营之前，向税务机关提出复业登记申请	
外出经营报验登记	从事生产、经营的纳税人外出经营	《外管证》有效期 30 日，最长不超过 180 日

（二）纳税申报

纳税申报是纳税程序的中心环节，是纳税人发生纳税义务后，按税务机关规定的内容和期限，以书面形式申明相关纳税事项及应纳税款所履行的法定手续。

1. 纳税申报对象

纳税申报对象指谁应办理纳税申报。包括：正常履行纳税义务的纳税人，取得临时应税收入的纳税人，享有减税、免税待遇的纳税人和扣缴义务人。

2. 纳税申报内容

主要包括两方面：一是纳税申报表或代扣代缴、代收代缴税款报告表；二是与纳税申报有关的资料或证件。

3. 纳税申报方式

方式主要有：直接申报、邮寄申报、数据电文。此外，实行定期定额缴纳税款的纳税人，可以实行简易申报、简并征期等申报纳税方式。

4. 申报网上纳税的流程

(1)纳税人向国税局的征管部门提出网上申报纳税申请，经县(市)区税务局审批后，正式参与网上申报纳税。

(2)纳税人向税务机关提供在银行已经开设的缴税账户，并保证账户中有足够用于缴税的资金。

(3)纳税人与银行签署委托划款协议，委托银行划缴税款。

(4)纳税人利用计算机和申报纳税软件制作纳税申报表，并通过网络传送到税务机关的计算机系统中。

(5)税务机关将纳税人的应划缴税款信息，通过网络发送给有关的银行。由银行从纳税人的存款账户上划缴税款，并打印税收转账专用完税凭证。

(6)银行将实际划缴的税款信息利用网络传送给税务机关的计算机系统。

(7)税务机关接收纳税人的申报信息和税款划缴信息，打印税收汇总缴款书，办理税款的入库手续。

(8)纳税人到银行营业网点领取税收转账完税凭证，进行会计核算。

(三)税款缴纳

纳税人在纳税申报后，应按照法定的方式、期限将应纳税款解缴入库，这是纳税人完全履行纳税义务的标志。税款缴纳方式有：自核自销、申报核实、申报查验、定额申报缴款等。在规定的期限内，纳税人有特殊困难无法按时缴款的，必须向主管税务机关提出书面申请，经核准后，在批准的延期内缴纳税款，延期最长不超过3个月。

三、创业纳税筹划

纳税筹划是纳税人在熟知相关税收法规的基础上，在不违反税法的前提下，通过对筹资、投资和运营活动的巧妙安排，达到规避或减轻税负的行为。下面重点介绍企业创业过程中纳税筹划事项。

（一）企业组织形式选择与纳税筹划

创业者对企业组织形式的选择不同，其承担的责任与风险有差异，投资所得也将产生差别。如果选择公司（有限责任公司或股份有限公司）作为法人实体，则依据其营业利润征收企业所得税，税后利润为股息、红利分配给股东时，股东个人还要缴纳个人所得税。如果选择成立合伙企业，则不需缴纳企业所得税，仅就各个合伙人分得的利润征收个人所得税。

【例10－3－6】假设两位投资者欲共同投资60万元，开一小型零售商店，预计每年盈利10万元，如果按合伙形式其投资者仅缴纳个人所得税，设个人所得税适用税率为20%，则该项投资年税后所得为8万元（10－10×20%），两位投资者缴纳个人所得税合计2万元。

如果该商店为一家有限责任公司，则其盈利应先缴企业所得税。设企业所得税税率为25%，税后利润7.5万元（10－10×25%），税后利润如全部分给投资者，则两位投资者还须缴纳个人所得税合计1.5万元（7.5×20%），税后投资净所得为6万元。可见，选择合伙企业形式比公司制形式每年节约纳税支出2万元（10×25%＋7.5×20%－10×20%）。

（二）注册地点选择与纳税筹划

我国针对各个不同时期不同地区经济发展的要求，对相应地区分别制定了不同的税收优惠政策。这些不同地区差别税负的税收政策，为创业者提供了纳税筹划的机会。因此，创业者选择企业的注册地点，对于企业节省税金支出具有十分重要的意义。

1. 高新技术产业税收优惠政策

国家重点扶持的高新技术企业，按15%的税率征收企业所得税。对经济特区和上海浦东新区内的国家重点扶持的高新技术企业，自取得第一笔生产经营收入所属纳税年度起，第一年至第二年免征企业所得税，第三年至第五年按照25%的法定税率减半征收企业所得税。

2. 西部大开发的优惠政策

自2011年1月1日至2020年12月31日，对设在西部地区的鼓励类产业企业减按15%的税率征收企业所得税。对在西部地区新办交通、电力、水利、邮政、广播电视企业业务收入占企业总收入70%以上的，内资企业从开始生产经营之日起，可享受“两免三减半”的优惠政策，减半时按照15%的税率计算出应纳税额后减半。

3. 其他相关地域差异纳税筹划

我国部分税种在设置时就根据地域差异制定差别税率，如：城市维护建设税中，纳税人的所在地如果在市区税率为7%；在县城、建制镇税率为5%；以外的其他地区税率为1%。城镇土地使用税根据大城市、中等城市、小城市、县城、建制镇、工矿区设置了从高到低的定额税率，以外其他地区则不征税。房产税的征税范围与城镇土地使用税一样，只涉及城市、县城、建制镇、工矿区。

【例10-3-7】郊县某金属制品厂于2014年1月兴建，拥有土地面积4万平方米，房产原值30万元。该厂负责人经税务咨询人员指点，将厂址选在离县城1公里远的乡下，此举使该厂每年仅城市维护建设税和城镇土地使用税、房产税就节约近6万元。

税务咨询人员筹划过程如下：预计该厂每年缴纳增值税38万元。如果厂址建在县城，按5%缴纳城市维护建设税38×5%=1.9万元，城镇土地使用税4万元(征收标准是1元/平方米)，房产税30×(1-30%)×1.2%=0.252万元；如果建在乡下，按1%缴纳城市维护建设税3 800元，城镇土地使用税、房产税全免，合计节省5.772万元。

(三)投资方向的纳税筹划

我国现行税制对投资方向不同的纳税人制定了不同的税收政策，鼓励对国家急需发展的高科技行业及基础设施、农业等的投资，限制对过度竞争行业的投资。

1. 农业税收优惠

企业从事农、林、牧、渔业项目的所得，可以免征、减征企业所得税。农村为农业生产的产前、产中、产后服务的行业取得的收入暂免缴纳所得税。

2. 与环保相关的税收优惠

企业从事符合条件的环境保护、节能节水项目的所得，自第一笔生产经营收入年度起，享受“三免三减半”税收优惠。企业购置并实际使用环境保护、节能节水、安全生产等专用设备的，该专用设备的投资额的10%可以从企业当年的应纳税额中抵免。企业综合利用资源，生产符合国家产业政策规定的产品所取得的收入，可以在计算应纳税所得额时减按90%计入收入。

3. 软件和集成电路产业税收优惠

集成电路线宽小于0.8微米(含)的集成电路生产企业、境内新办的集成电路设计企业和符合条件的软件企业，享受“两免三减半”税收优惠。集成电路线宽小于0.25微米或投资额超过80亿元的集成电路生产企业，减按15%的税率征收企业所得税；其中经营期在15年以上的，自获利年度起“五免五减半”。国家规划布局内的重点软件企业和集成电路设计企业，如当年未享受免税优惠的，可减按10%的税率征收企业所得税。

4. 高新技术企业税收优惠

国家重点扶持的高新技术企业，减按15%的税率征收企业所得税。企业开发新技术、新产品、新工艺发生的研究开发费用，准予加计50%扣除。

5. 第三产业的税收优惠政策

对新办的独立核算的从事咨询业(包括科技、法律、会计、审计、税务等)、信息业、技术服务业的企业或经营单位，自开业之日起，第1年至第2年免征所得税。

(四)收入的纳税筹划

企业通过不同的销售方式取得收入，产生的税负也是不同的。

【例10-3-8】某商场为增值税一般纳税人，销售利润率为20%，现销售200元商品，其成本为160元。现有四种促销方案，方案一：采取以旧换新的方式销售，旧货的价格定为20元，即买新货时可以少缴20元。方案二：商品九折销售。方案三：购买物品满200元时返还20元。方案四：购买物品满200元时赠送价值20元的小商品，其成本为12元。以上交易价格均为含税价格。某消费者同样购买200元商品，对于商家来说，四种方式的税负情况是不同的，如果仅考虑增值税，应选择哪个方案？

【解析】

方案一：税法规定，采取以旧换新方式销售货物的，应按新货物的同期销售价格确定销售额，不得抵扣旧货物的收购价格。

应纳增值税 $=200\div(1+17\%)\times17\%-160\div(1+17\%)\times17\%=5.81$（元）

方案二：税法规定，如果销售额和折扣额在同一张发票上分别注明，可以按照折扣后的余额作为销售额计算增值税。

应纳增值税 $=200\times90\%\div(1+17\%)\times17\%-160\div(1+17\%)\times17\%=2.91$（元）

方案三：应纳增值税 $=200\div(1+17\%)\times17\%-160\div(1+17\%)\times17\%=5.81$（元）

方案四：应纳增值税 $=[200\div(1+17\%)\times17\%-160\div(1+17\%)\times17\%]+[20\div(1+17\%)\times17\%-12\div(1+17\%)\times17\%]=7.01$（元）

如果只考虑增值税，则方案二最好，方案四最差。因此，企业除了考虑销售方式对消费者的吸引力外，还要考虑纳税金额的高低，综合考虑两方面的因素，最后作出对企业最有利的选择。

（五）成本费用纳税筹划

1. 会计核算方法的选择

一般来讲，在物价上涨的情况下，存货的后进先出法优于加权平均法和移动平均法，先进先出法最次。但我国目前会计制度已明确规定不准使用后进先出法，故在通货膨胀下，加权平均法和移动平均法优于先进先出法。

2. 固定资产折旧方法的选择

当企业处于正常纳税期时，在税务机关允许的情况下，选择加速折旧法对企业更有利。当企业处于减免税期时，加速折旧不能给企业带来节税效应，应采用平均年限法。

可见，企业处于正常纳税期和减免税期应选用不同的存货计价方法和折旧方法。对创业企业而言，如果在企业设立的开始几年有减免税，要特别注意与正常经营企业相比，会计方法应有不同的选择。

企业家提醒：

创业企业的纳税筹划要遵循合法性、保护性及综合性原则。全面考虑企业所处行业与创业阶段特征，结合本地区的税收政策，实施纳税筹划。

思考题：

1. 新创企业影响所有者权益增减变动的因素有哪些？
2. 简述商业汇票的两种形式、适用范围及结算程序。
3. 简述新创企业应考虑的纳税筹划问题。

第十一章　基础人力资源管理

再造阿派克斯门业公司

阿派克斯门业公司的总裁吉姆·德莱尼遇到一个难题。按他的说法，这个难题就是，无论他用何种方法来告诉公司的员工应当怎样工作，他们都依然“我行我素”；这导致了吉姆与公司员工以及员工的直接上级发生了多次争论。公司的设计部门就是一个例子。公司期望该部门的设计师能够与建筑师一起进行各种大门的设计工作，以使这些门能符合某些具体的规格要求。然而，正如吉姆所说，这种工作虽然并不是像“火箭科学”那么高深的学问，但这些设计师总是不可避免地犯错误，比如在设计中使用了过多的钢铁。试想一下，如果这是为一栋高30层的写字楼设计的门，这种问题可能要使公司多支出数万美元的成本。

订单处理部门则是另外一个例子。吉姆希望订单部门用一种非常明确、具体的方式来填写订单，但是大多数订单处理员却不知道应当如何填写这种好几页的订单表格。只是在遇到一些非常具体的问题时——比如应当将客户划分为“工业”客户还是“商业”客户——他们才临时应付一下。

该公司目前的培训过程如下。虽然一些职位有已经过时的职位描述，但没有一个职位有自己的培训手册。对新员工的所有培训都是通过在职培训方式进行的。通常情况下，都是由准备离职的人用临走前的一两周的时间来对新员工进行培训。如果准备离职的员工和新员工之间没有时间上的重叠期，就会派一位过去偶然在这一职位上工作过一段时间的其他员工来对新员工进行培训。整个公司的培训——例如，无论是对机械工、秘书、装配工、工程师还是会计员等——基本上都是一样的。阿派克斯门业公司的培训急需变革。

第一节 人力资源规划

一、人力资源规划的任务

人力资源规划从广义上来说是企业所有各类人力资源规划的总称,狭义上是企业从战略规划和发展目标出发,根据其内外部环境的变化,预测企业未来发展对人力资源的需求,以及为满足这种需要所提供人力资源的活动过程。

编制和实施人力资源规划的目标,就是要通过规划人力资源管理的各项活动,使组织的需求与人力资源的基本状况相匹配,确保组织总目标的实现。

人力资源规划的任务包括以下几项:

(一)系统评价组织中人力资源的需求量

人力资源规划就是要使组织内外人员的供给与一定时期组织内部预计的需求相一致。一个组织在进行了组织设计之后,需要把组织的需求与组织内部现有人力资源状况进行动态对比并找出预计的缺额。

(二)选配合适的人员

组织中的员工总是随着内外环境的不断变化而变动的。为了确保担任职务的人具备职务所要求的基本知识和技能,必须对组织内外的候选人进行筛选。

(三)指定和实施人员培训计划

培训既是为了适应组织内部变革和发展的要求,也是为了提高员工素质,实现员工个人生涯发展的要求。

二、人力资源规划的编制流程

一个企业必须根据企业的整体发展战略目标和任务来制订其本身的人力资源计划。一般来说,一个企业组织的人力资源规划的编制要经过以下五个步骤:

(一)预测和规划本组织未来人力资源的供给状况

通过对本组织内部现有各种人力资源的认真测算,并对照本组织在某一定时期内人员流动的情况,即可预测出本组织在未来某一时期里可能提供的各种人力资源状况。主要操作为对本组织内现有的各种人力资源进行测算和分析组织内人力资源流动的情况。

(二)对人力资源的需求进行预测

经过第一步对本组织员工在未来某一时期内人力资源供给方面的预测规划,接着就要根据组织的战略目标来预测本组织在未来某一时期对各种人力资源的需求,对人力资源需求的预测和规划可以根据时间的跨度而相应地采用不同的预测方法。

(三)进行人力资源供需方面的分析比较

人力资源计划编制的第三步是把本组织人力资源需求的预测数与在同期内组织本身仍可供给的人力资源数进行对比分析。从比较分析中则可测算出对各类人员的所需数。在进行本企业组织在未来某一时期内可提供的人员和相应所需人员的对比分析时,不但可测算出某一时期内人员的短缺或过剩情况,还可以具体地了解到某一具体岗位上员工余缺的情况,从而可以测出需要具有哪一方面的知识、技术档次方面的人,这样就可进行有针对性的物色或培训,并为组织制定有关人力资源相应的政策和措施提供依据。

(四)制定有关人力资源供需方面的政策和措施

在经过人力资源供给测算和需求预测比较的基础上,组织即应制定相应的政策和措施,并将有关的政策和措施呈交最高管理层审批。

(五)审核人力资源规划的效益

这一步主要包括两项:制定审核的标准、对其效益进行评估。

三、人力资源规划编制的原则

人力资源规划的编制和组织执行不仅关系到人力资源本身的获得和利用,而且影响到企业其他资源的利用效率;不仅关系到企业的生存和发展,而且直接关系到以企业为舞台的员工职业生涯的发展。因此,人力资源规划的编制需要遵循以下原则:

（一）既要保证企业短期自下而上的需要，也要能促进企业的长期发展

由于环境的变化，企业活动的内容和方式也在不断变化。因此，通过人力资源规划的编制和组织实施，不仅要确保组织获得必要的人力资源，使组织的每项活动都有符合相关要求的人去从事，从而保证组织目前活动的顺利进行，而且要为组织的未来发展准备人才力量。

（二）既要能促进员工现有人力资源价值的实现，又要能为员工的长期发展提供机会

员工是企业人力资源的基本构成要素，企业是员工参与社会活动、实现个人社会价值的基本舞台。从满足员工个人需要的角度去考察，企业人力资源规划的编制和组织实施，不仅要使企业人力资源的现有价值得到充分实现，而且要为人力资源未来在企业，甚至在社会的发展创造条件。因此，人力资源规划的编制和组织实施既要注意现有人力资源条件的充分运用，使每一个人都能去从事与其个人特点相吻合的工作，而且要在使用中为他们提供提高和完善自己的机会。

第二节　招聘与配置

一、员工招聘活动的实施

（一）员工招聘的程序

招聘是指安置、确定和吸引有能力的申请者的活动过程。员工的招聘程序是：

（1）人力净需求的计算。即明确拟招聘员工的数量和层次、类型。

（2）工作分析。即对拟招聘职务编制或准备职务说明书，明确拟招聘职位的工作职责、任务内容和任职资格条件。

（3）制订招聘计划。即人力资源部收集和确认各部门用人需求，编制招聘计划。

（4）计划审批。

(5)应聘者申请。

(6)组织测试。包括笔试、实际操作、面试、心理测试等。

(7)进行背景调查,核实资料,组织体检。

(8)甄选。重要职位的招聘还要进行专门谈话,确定其应聘动机和特别条件。

(9)安排。介绍公司情况和任职的部门、职位的具体情况,提出要求。

(10)试用。试用期要进行考察,试用期限随公司的需要和使用者的实际表现而定。

(11)正式录用,签订劳动合同,办理录用手续。

(二)员工招聘的渠道与方法

企业人员的补充有内部补充和外部补充两个方面的来源,即通过内部和外部两个渠道招募员工。

1. 内部招聘

企业现有的员工是企业管理岗位的最大的招聘来源。内部招聘的主要方式如下:

(1)内部晋升。这种做法给员工以升职的机会,会使员工感到有希望、有发展的机会,对于激励员工非常有利。从另一方面来讲,内部提拔的人员对本单位的业务工作比较熟悉,能够较快适应新的工作。然而内部提拔也有一定的不利之处,如人员选择的范围小,特别是那些规模较小的企业,可能选不到合适的人员到需要的岗位上。所以,当关键的职位出现空缺时,往往采取内外同时招聘的方法。

(2)工作轮换。为在合适的职位上有合适的人,现在有不少企业都在实行工作轮岗制,如中层管理人员实行平调,即职务级别不发生变化,工作岗位发生变化;又如员工实行岗位轮换,这样可以使员工成为多面手。岗位轮换过程中实行能上能下,适当流动,可留住人才,自动淘汰多余的人。

内部招聘的做法通常是企业在内部公开空缺职位,吸引员工来应聘。这种方法起到的另一个作用,就是使员工有一种公平合理、公开竞争的平等感觉,它会使员工更加努力奋斗,为自己的发展增加积极的因素。这无疑是人力资源开发与管理的目标之一。

2. 外部招聘

外部招聘就是根据组织制定的标准和程序从组织外部选拔符合空缺职位要求的员工。外部招聘的主要方法如下:

(1)发布广告。其总体特点是信息传播范围广、速度快,应聘人员数量大、层次丰富,单位的选择余地大。通常的做法是在一些大众媒体上刊登出单位岗位空缺的信息,吸引对这些空缺岗位感兴趣的潜在人选应聘。

(2)借助中介。随着人才流动的日益普遍,各类人才交流中心、职业介绍所、劳动力就业服务中心等就业中介机构应运而生。这些机构通过定期或不定期地举行交流会,使得供需双方面对面地进行商谈,缩短了招聘与应聘的时间。

(3)校园招聘。校园招聘亦称为上门招聘,即由企业单位的招聘人员通过到学校招聘、参加毕业生交流会等形式直接招募人员。

(4)网络招聘。目前,越来越多的企业借助互联网承担起公司人力资源管理与开发的多项职能。采用互联网招聘的方式,可以从某种程度上满足企业的要求,因为网络招聘具有以下优点:成本低、选择余地大;不受地点和时间的限制;使应聘者求职申请书、简历等重要资料的贮存、分类、处理和检索更加便捷化和规范化。

(5)熟人推荐。通过单位的员工、客户、合作伙伴等熟人推荐人选,也是单位招募人员的重要来源。

(三)面试

面试是一个通过口头提问和口头回答的方式来获取一个人的信息的过程。面试的基本类型根据不同的视角可分为不同的类型。

根据结构化程度不同,可分为结构化面试和非结构化面试。一般专家将结构化面试界定为基于仔细选择的、与职位有关的问题以及标准答案实施的面试。而在非结构化面试中,管理人员并没有一个固定的面试格式要遵守,有很少的正式面试指南或者对“正确的”或“错误的”答案赋分的标准。

根据面试的内容或所提问题的类型可将面试分为情境性面试、行为面试、职位相关性面试等其他面试。

作为管理者,在实践中,可以通过以下方式使面试更加系统化,同时更为有效:

(1)确保你了解职位。首先要研究该职位的职位描述,了解这个职位所需要的理想任职者应当具备哪些特征和技能。

(2)使面试结构化。任何结构化面试的效果都要好于非结构化面试。如果时间紧迫,那么,也可以在不开发全套的结构化面试方案的情况下,询问一些具有一致性且与职位相关的一些问题,如对所有的求职者提出相同的问题、根据实际的工作职责来提问题。

(3)面试安排。面试应该在一个相对安静的房间中进行,这里不能接电话,同时各种干扰因素也减到最少。

(4)营造和谐的气氛。面试的主要目的是了解接受面试的求职者。要做到这一点,在一开始的时候应当让求职者感到比较轻松自在。

(5)提问题。尽量按照事先列出的情境性、行为性、工作知识性问题来提问。

(6)在面试过程中做好简要的记录。这样做有助于避免在面试的前期阶段就凭借不充分的信息作出仓促决定,同时也有助于在面试结束后唤起自己的记忆。

(7)结束面试。留出时间来回答求职者可能提出的任何问题。在合适的情况下,可以向求职者宣传公司文化。

(8)回顾面试。在求职者离开之后,应该审阅自己的面试记录,在面试者的答案上打分,然后在对面试过程的记忆还比较清晰的时候,回顾一下整个面试过程。

二、人力资源的有效配置

人员配备是组织根据目标和任务需要正确选择、合理使用、科学考评和培训人员,以合适的人员去完成组织结构中规定的各项任务,从而保证整个组织目标和各项任务完成的职能活动。

(一)人员配置的原理

(1)要素有用原理。即任何要素(人员)都是有用的,换言之,没有无用之人,只有没用好之人,而配置的目的是为所有人员找到和创造其发挥作用的条件。

(2)能位对应原理。人与人之间不仅存在能力特点的不同,而且在能力水平上也是不同的,具有不同能力特点和水平的人,应安排在要求相应特点和水平的职位上,并赋予该职位应有的权利和责任,使个人能力水平与岗位要求相适应。

(3)互补增值原理。这个原理强调人各有所长也各有所短,以己之长补他人之短,从而使每个人的长处得到充分发挥,避免短处对工作的影响,通过个体之间取长补短而形成整体优势,实现组织目标的最优化。

(4)动态适应原理。这个原理指的是人与事的不适应是绝对的,适应是相对的,从不适应到适应是在运动中实现的,随着事物的发展,适应又会变为不适应,只有不断调整人与事的关系才能达到重新适应,这正是动态适应原理的体现。

(5)弹性冗余原理。弹性冗余原理要求在人与事的配置过程中,既要达到工作的满负荷,又要符合劳动者的生理心理要求,不能超越身心的极限,保证对人、对事的安排要留有一定的余地,即要保障所有员工的身心健康。

(二)人员配置程序

(1)制订用人计划,使用人计划的数量、层次和结构符合组织的目标任务和组织机构设置的要求。

(2)确定人员的来源,即确定是从外部招聘还是从内部重新调配人员。

(3)对应聘人员根据岗位标准要求进行考查,确定备选人员。

(4)确定人选,必要时进行上岗前培训,以确保能满足组织需要。

(5)将所定人选配置到合适的岗位上。

(6)对员工的业绩进行考评,并据此决定员工的续聘、调动、升迁、降职或辞退。

(三)人员配置方法

(1)以员工为标准进行配置。按员工岗位测试的每项得分,选择最高分任用,缺点是可能同时多人在该岗位上得分较高,结果仅择一人,另外忽略性格等因素,可能使优秀人才被拒门外。

(2)以岗位为标准进行配置。从岗位需求出发,为每个岗位选择最合适的人。此方法组织效率高,但只有在岗位空缺的前提下才可行。

(3)以双向选择为标准进行配置。就是在岗位和应聘者之间进行必要的调整,以满足各个岗位人员配置的要求。此方法,综合平衡了岗位和员工两个方面的因素,现实可行,能从总体上满足岗位人员配置的要求,效率高。但对岗位而言，可能出现得分最高的员工不能被安排在本岗位上，对员工而言，可能出现不能被安排到其得分最高的岗位上的情况。

第三节　员工培训

一、员工培训的目标

员工培训是指组织为开展业务及培育人才的需要，采用各种方式对员工进行有目的、有计划的培养和训练的管理活动。培训旨在提高员工队伍的素质，促进组织的发展，实现以下四个方面的具体目标。

（一）补充知识

随着科学技术进步速度的加快，人们原先拥有的知识与技能在不断老化。为了防止组织中各层级人员工作技能的衰退，组织必须对员工进行不断的培训，使他们掌握与工作有关的最新知识和技能。这些知识和技能，虽然可以在工作前的学校教育中获取，但更应该在工作中根据实际情况不断地加以补充和更新，使它们在实践中不断地得到锤炼和提升。

（二）发展能力

员工培训的一个主要目的便是根据工作的要求，努力提高他们在决策、用人、激励、沟通、创新等各方面的综合能力。特别是随着工作的日益复杂化和非个人行为化，改进组织内部人际关系的能力要求不断提高，这使得组织内对合作的培训变得愈发重要，这也是衡量组织竞争力的重要体现。

（三）转变观念

每个组织都有自己的文化价值观念和基本行为准则。员工培训的重要目标就是要通过对组织中各个成员特别是对新聘管理人员的培训，使他们能够根据环境和组织的要求转变观念，逐步了解并融于组织文化之中，形成统一的价值观念，按照组织中普遍的行动准则来从事管理工作，与组织目标同步。

（四）交流信息

组织培训员工的基本要求是要通过培训加强员工之间的信息交流，特别是使新员工能够及时了解组织在一定时期内的政策变化、技术发展、经营环境、绩效水平、市场状况等方面的情况，熟悉未来的合作伙伴，准确而及时地定位。

二、员工培训的原则

（一）理论联系实际、学以致用的原则

员工培训要坚持针对性和实践性，以工作的实际需要为出发点，与职位的特点紧密结合，与培训对象的年龄、知识结构紧密结合。

（二）全员培训与重点提高的原则

有计划有步骤地对在职的各级各类人员进行培训，提高全员素质。同时，应重点培训一批技术骨干、管理骨干，特别是中高层管理人员。

（三）因材施教的原则

针对每个人员的实际技能、岗位和个人发展意愿等开展员工培训工作，培训方式和方法切合个人的性格特点和学习能力。

（四）讲求实效的原则

效果和质量是员工培训成功与否的关键，为此必须制订全面周密的培训计划和采用先进科学的培训方法和手段。

（五）激励的原则

将人员培训与人员任职、晋升、奖惩、工资福利等结合起来，让受训者受到某种程度的鼓励，同时管理者应当多关心培训人员的学习、工作和生活。

三、培训过程

培训活动一般包括四个步骤。

（1）首先是培训需求分析。在这一步，需要确定职位所需要的知识和技能，然后将这些要求与将要受训者已经具备的知识和技能进行对比。

（2）第二步是教学设计阶段，即为此次培训确定具体的、可衡量的知识和绩效方面的培训目标，查阅各种可能的培训内容（包括工作手册、练习和各种活动等），并为此次培训项目编制预算。

（3）第三个步骤是实施培训计划，即运用在职培训或在线培训等方法对目标员工群体实际实施培训。

(4)最后,在评估阶段,需要对培训项目的成功程度作出评估。

四、培训需求分析和设计培训方案

如何进行培训需求分析取决于接受培训的是新员工还是老员工,新老员工可分别通过任务分析和绩效分析来确定。

(一)任务分析

任务分析是通过对职位的详细研究来决定这一职位要求任职者具备哪些特定的技能。职位描述和任职资格说明书在这里很有用。这些文件列出了一个职位的具体工作职责和所需的技能,从而成为决定培训需求的一个基本参照点。还可以通过审阅绩效标准、实际承担某一职位以及询问职位的当前任职者及其直接上级主管人员来进行培训需求分析。

许多企业为一些职位开发了相应的胜任素质模型。胜任素质模型往往会在一张示意图上概括出胜任某一职位所需具备的各种胜任素质,如知识、技能和行为等。其目的是将胜任某个职位所需的各种胜任素质整合在一张图上。胜任素质模型并不需要附加任何具体的表格,它的一个重要功能在于为职位所需的各种胜任素质提供一个概览。

(二)绩效分析

绩效分析是一个确认是否存在绩效缺陷并且判定这种绩效缺陷是否能通过培训或者其他手段来加以解决的过程。

绩效分析的第一步通常是把员工的实际绩效与应当达成的绩效加以对比。目的是帮助管理人员确定员工是否确实存在绩效缺陷,同时还能够帮助管理人员确定导致这种绩效缺陷的原因所在。

企业可以通过如下途径来了解当前员工的绩效状况。包括审查以下几项:绩效评价情况;与职位相关的绩效数据(包括生产率、缺勤率和迟到的情况、争议、浪费、交货延期、停工期、维修、设备利用以及客户投诉等);员工的直接上级或其他专家观察到的情况;对员工本人或者其他上级进行的交谈;对工作知识、技能以及出勤情况等所做出的测试或考察;员工态度调查;员工个人的工作日志;评价中心的评估结果;具体的“绩效差距”分析软件。

绩效分析的核心是要确定员工绩效不佳的原因。对于那些由于所受到的激励不足而导致绩效欠佳的员工来说,指望通过培训来提升绩效的做法将会是徒劳的。因此,在这方面,区分绩效不佳的原因到底是员工不会做还是不愿做,就非常重要。

(三)设计培训方案

在掌握培训需求分析的结论之后,企业或管理人员就可以着手设计培训方案了,其中包括设定培训目标、制定培训方案的预算以及确定培训内容和培训方法。

五、实施培训方案

培训方案的实施要求采用一种或多种培训方法来实际实施培训。我们将从较为简单的、对科技水平要求较低的培训方法入手,进而过渡到基于计算机技术的培训方法。

(一)在职培训

在职培训是指一个人通过实际操作来学习如何完成一项工作。

1. 在职培训的类型

大家所熟悉的在职培训是手把手地指导或者定岗学习。在这种情况下,一位经验丰富的员工或者受训者的直接上级主管人员会对员工进行培训。在这一过程中,员工可能仅仅是通过观察上级的工作来学习技能,当然最好是上级或该职位的专家能够按步骤演示给员工看。职位轮换是另外一种在职培训技术,在这种培训中,员工按照计划好的时间间隔,从一个职位转换到另外一个职位。特殊任务安排也以类似方式让那些级别稍低的高层管理人员获得解决某些实际问题的一手经验。

2. 在职培训过程

为了确保在职培训取得成功,可以遵循以下步骤实施:

第一步:使受训者做好准备。

第二步:操作过程演示。

第三步:尝试操作。

第四步:继续跟进。

(二)学徒制培训

学徒制培训是指通过将正式学习与长期的在职培训相结合的方式,使一个人成为技术工人。这种培训的传统方法是，让受训者或者学徒在一位技能熟练的师傅的指导下学习。

（三）非正规学习

美国培训与开发协会的多项调查显示，员工在工作中学到的80%的知识都来自非正规途径，而不是正规培训，其中包括每天与同事合作完成工作这种学习途径。

（四）工作指导培训

许多工作（或者说一些工作中的一部分内容）都是由一系列有逻辑顺序的步骤组成。因此，最好是一步一步地教给员工。这种按照一个一个的步骤培训员工的方法称为工作指导培训。首先按照适当的顺序列出工作中需要完成的所有步骤；然后，在每一个步骤旁边列出相应的“关键点”。工作指导培训表上的步骤说明了受训者应当做什么，而相应的关键点则说明了如何做以及为什么要这样做。

（五）课堂讲授

很多研究和实践经验都证明，课堂讲授可能是一种非常有效的培训方式，其可以用一种快速而简单的方式向一大群受训者传递知识。

（六）视听培训

DVD 光碟、电影、PPT 幻灯片以及录音磁带等视听培训技术正在被广泛使用。视听培训比课堂讲授的成本相对更高，但也更有其自身的优点。毫无疑问，视听培训会让人更有兴趣。

（七）远程培训和视频会议

远程培训是指一位培训师在一个中心地点，通过电视网络对身处异地的员工实施的一种培训活动。

视频会议允许一个地方的人与位于另一个城市或国家的人或者位于多个城市的人群进行实时的交流。

（八）计算机辅助培训

在计算机辅助培训中，培训师利用基于电脑或 DVD 系统的互动方式来增强员工的知识或技能。

（九）模拟式培训

模拟式培训，即虚拟现实培训让受训者置身于一种能够模拟他们在现实工作中遇到的各种工作事件和场景的人工三维环境之中。传感器能够传递受训者对于电脑场景所作出的反应，而受训者借助特殊的眼镜、听觉和传感装置，能够“看到、感觉到和听到”正在发生的事情。对于不同的人来说，模拟式培训的含义不同。

（十）网络培训

网络培训正在快速取代其他形式的培训。企业基本上有两种途径使其员工得到网络培训。第一种途径是，公司可以鼓励并支持其员工通过公司内部网络或者从互联网上众多网络培训服务供应商那里学习网络课程。第二种途径是企业可以与网络培训服务供应商签订合同，使员工只需通过公司内网的学习门户就可以方便获得该网络课程供应商的相关课程。

员工培训方法还有很多，如程序化学习、技工训练、电子绩效支持系统、虚拟课堂、基于运用互联网的学习、终身学习和读写培训技术等。

六、培训效果衡量

实践中，可以对以下四种基本类型的培训效果进行评价：

（1）反应。即评价受训者对培训项目的反应。

（2）学习。对受训者进行测试，以确定他们是否学会了要求他们掌握的原理、技能和实施。

（3）行为。即受训者的工作行为是否因为参加培训项目而发生了变化。

（4）结果。反应、学习以及行为都很重要，但是如果培训项目没有产生一些可衡量的结果，它可能就没有达到其目标。

第四节　绩效管理

一、绩效管理的意义

所谓绩效管理，是指各级管理者和员工为了达到组织目标共同参与的绩效计划制订、绩效辅导沟通、绩效考核评价、绩效结果应用、绩效目标提升的持续循环过程，绩效管理的目的是持续提升个人、部门和组织的绩效。

（一）绩效管理促进组织和个人绩效的提升

绩效管理通过设定科学合理的组织目标、部门目标和个人目标，为企业员工指明努力方向。管理者通过绩效辅导沟通及时发现下属工作中存在的问题，给下属提供必要的工作指导和资源支持，下属通过工作态度以及工作方法的改进，保证绩效目标的实现。通过绩效管理能使内部人才得到成长，同时能吸引外部优秀人才，使人力资源能满足组织发展的需要，促进组织绩效和个人绩效的提升。

（二）绩效管理促进管理流程和业务流程优化

所谓流程，就是一件事情或者一个业务如何运作，涉及因何而做、由谁来做、如何去做、做完了传递给谁等几个方面的问题，上述四个环节的不同安排都会对产出结果有很大的影响，极大地影响着组织的效率。在绩效管理过程中，各级管理者都应从公司整体利益以及工作效率出发，尽量提高业务处理的效率，应该在上述四个方面不断进行调整优化，使组织运行效率逐渐提高，在提升了组织运行效率的同时，逐步优化公司管理流程和业务流程。

（三）绩效管理保证组织战略目标的实现

企业一般有比较清晰的发展思路和战略，有远期发展目标及近期发展目标，在此基础上根据外部经营环境的预期变化以及企业内部条件制订出年度经营计划及投资计划，在此基础上制定企业年度经营目标。企业管理者将公司的年度经营目标向各个部门分解就成为部门的年度业绩目标，各个部门向每个岗位分解核心指标就成为每个岗位的关键业绩指标。

二、影响员工绩效的因素

影响绩效的主要因素有员工技能、外部环境、内部条件以及激励效应。员工技能是指员工具备的核心能力，是内在的因素，经过培训和开发是可以提高的；外部环境是指组织和个人面临的不为组织所左右的因素，是客观因素，我们是完全不能控制的；内部条件是指组织和个人开展工作所需的各种资源，也是客观因素，在一定程度上我们能改变内部条件的制约；激励效应是指组织和个人为达成目标而工作的主动性、积极性，激励效应是主观因素。

在影响绩效的四个因素中，只有激励效应是最具有主动性、能动性的因素，人的主动性、积极性提高了，组织和员工会尽力争取内部资源的支持，同时组织和员工技能水平将会逐渐得到提高。因此，绩效管理就是通过适当的激励机制激发人的主动性、积极性，激发组织和员工争取内部条件的改善，提升技能水平进而提升个人和组织绩效。

三、绩效管理的一般程序

绩效管理的一般程序主要为以下八项：确定绩效目标；收集相关信息；设计绩效指标；制定考核方案；方案贯彻执行；监督、反馈、调控；考核、评估、沟通；奖酬兑现与绩效整改。可见，绩效管理的目的主要是进行绩效控制、薪酬管理、职务晋升、培训与发展以及管理沟通。

四、绩效评价主体

（一）直接上级

直接上级的评价往往是大多数绩效评价的核心所在。这种做法是有道理的，因为主管人员通常是最有资格对下属员工的绩效进行评价的人，同时他们也是需要对下属员工的绩效负责的人。

（二）同事

随着越来越多的企业开始采用自我管理团队的工作方式，同事或"团队"评价，即一位员工接受其同事的评价变得非常普遍。在典型情况下，由需要接受评价的员工选定一位自己的绩效评价主席，然后再由这位主席挑选出一位主管人员以及这位员工的另外三名同事对这位员工的工作绩效进行评价。

（三）评价委员会

许多企业采用评价委员会的做法，这些委员会通常包括员工的直接上级以及其他 2 ~ 3 位主管人员。尽管主管人员作出的评价可能会存在一定的分歧，但是由多人得出的综合评价结果往往更为可信、公正，同时也更为有效。

（四）自我评价

员工进行自我评价可能存在的一个主要问题是员工对他们自己的工作绩效所作出的评价，通常都要高于主管人员或同事对他们所作出的评价。然而，一项研究发现,人们并不总是会对他们自己的绩效有正面看法。

(五)下级评价

很多企业让下属以匿名的方式对他们的上级主管人员的工作绩效进行评价,这一过程被许多人称为自下而上的反馈。这一评价过程可以帮助高层管理人员诊断组织的管理风格,发现组织中潜在的"人"的问题,并且在必要时对个别管理人员采取纠正性行动。

(六)360°绩效反馈

很多企业已经把自下而上的反馈和同事反馈的做法进一步扩充为"360°绩效反馈"。在这种情况下,评价信息的来源是围绕在一位员工周围的方方面面的人,其中包括他的上级、下级、同事以及内部或外部客户。

五、绩效评价的步骤

首先,对员工所担任的职位以及工作绩效标准进行界定。界定职位是指管理人员和自己的下属就下属员工需要承担的工作职责、达到的工作标准以及将来使用的评价方法达成一致。

其次,评价绩效,即将下属员工的实际工作绩效与事先确定的绩效标准进行比较。

最后,进入反馈面谈阶段。在这个反馈阶段,主管人员要与自己的下属人员就其绩效情况以及所取得的进步进行讨论,并且针对任何需要改进之处共同制订开发计划。

六、绩效评价技术

(一)图评价尺度法

这是一种最简单和运用最普遍的绩效评价方法。图评价尺度法列举了一些特征要素(如"沟通"和"团队合作"等),同时还分别为每一个特征要素列举了绩效的取值范围(从"不令人满意"到"优异",或从"低于期望"到"杰出榜样")。主管人员找出其中哪一个分数最能反映下属员工在某一项特征要素上的实际表现,然后在这个分数上画圈或者打钩,再将员工在所有要素上的得分进行加和。

（二）交替排序法

交替排序法是运用最为普遍的绩效评价方法之一，即根据一种或多种特征要素来对员工进行从绩效最好到绩效最差的排序。其操作方法是：首先，列出所有需要接受评价的下属人员的名单，将其中自己并不是很熟悉的因而无法对其作出评价的人的名字划去。然后，标出在被评价的某一特征方面，表现最好和最差的员工。接着，在剩下的员工中挑出表现次最好的和次最差的，以此类推，直至所有需要接受评价的员工都排列完毕。

（三）配对比较法

配对比较法使排序法变得更为精确。这种方法要求根据每一种特征要素（例如“工作数量”“工作质量”等），将每一位员工与其他所有员工进行配对比较。

（四）强制分布法

强制分布法类似于在一条曲线上进行等级划分。在使用这种方法时，需要根据一些预定的比例将被评价者划分到几个不同的绩效等级中。

（五）关键事件法

在采用关键事件法时，主管人员需要从一位下属人员的工作相关行为中找出那些能够代表非常好的绩效或非常差的绩效的事例，并且记录下来。然后每隔一段时间，如 6 个月左右，主管人员和下属人员在记录下来的事件的基础上，共同讨论后者的工作绩效。

（六）行为锚定等级评价法

行为锚定等级评价法使用一些特定的代表优良绩效和不良绩效的具体事例，对一个量化的评价尺度加以解释或进行锚定。建立一个行为锚定等级评价尺度通常要求按照以下五个步骤来操作：编写关键事件—开发绩效维度—重新分配关键事件—对关键事件进行等级评价—建立最终的绩效评价工具。

（七）目标管理法

目标管理法通常是指一种复杂的且在整个组织范围内使用的目标设立和评价计划。在使用目标管理法的时候，要牢记目标设定的一些基本原则（SMART、具体描述等）。与下属员工共同制定目标的过程有时会演变成一场“拉锯战”，因为管理人员偏向于制定较高的目标，而下属人员则希望将目标制定得更低。管理者只有对职位和下属人员的能力越了解,才会对自己制定的绩效标准越有信心。

第五节 薪酬福利管理

一、薪酬的定义及基本构成

员工薪酬,通俗点说,就是员工为企业工作,企业为员工支付相应的经济性报酬,以满足员工需要。一般我们可以将其分为基本薪酬、可变薪酬和间接薪酬三类。

(1)基本薪酬,是企业为员工完成该职位的工作任务而愿意付出的一种员工获得的固定薪酬。一般企业以此作为员工可变薪酬的计提依据。

人们有时倾向于将薪酬分为薪金和工资两种。薪金是偏向于具有高知识学历和特殊技能的人员的劳动报酬。而工资是根据西方法律来说的,一般是针对临时工性质的人员的劳动报酬,是短期的小时、日、周工资制。

基本薪酬具有高刚性和高差异性,主要是根据地区生活水平、行业薪酬水平、员工各方面的资历总和等确定。

(2)可变薪酬,主要就是员工的绩效薪酬,其计算及获得是根据企业的绩效标准,对比员工的工作业绩情况来计算。企业以可变薪酬来激励员工,以提高企业效益并获得更远的发展。

可变薪酬包含的内容很多。企业可依据不同的目标选择不同的可变薪酬方案。现金奖金、股票增值权和虚拟股票属于短期激励,股权激励属于长期激励,其功能是解决所有者与经营者利益一致性的问题。

(3)间接薪酬又称福利薪酬,是企业从人性角度出发,为员工所提供的各种在职及退休后的经济保障,其费用一般由员工和企业共同承担,或企业为员工全部支付。其支付形式与直接薪酬不同,主要为实物或服务。

二、基本工资制度

基本工资制度,也称工资等级制度,员工按工资标准领取的工资构成了全部工资收入的基本部分。目前企业中流行的主要基本工资制度包括:

(一)岗位工资制

岗位工资制是根据员工目前所在的职位来决定员工报酬的一种工资制度。它的特点是员工只能根据目前的职位取得报酬;职位变化,报酬随之变化;职位通常同员工的资历相联系。但是这种工资制度并未考虑业绩和员工是否为提高工作业绩而提高了工作技能,同时,员工在企业内部的岗位流动也不容易,不能给员工带来很多的发展机遇。尽管如此,这是目前被国内外广泛采用的一种基本工资制度。

(二)技能工资制

这是根据员工所拥有的与工作相关的技能与知识水平来决定员工报酬的一种工资制度。它的特点是员工的基本报酬是基于技术而不是资历来支付;工资增长,先要证明其精通要求掌握的技术;也可以提高组织内部员工的流动性,进而提供更多的发展机遇。

(三)绩效工资制

它是根据员工的表现或绩效来决定员工报酬的一种工资制。这种工资制最能体现收入与贡献挂钩的经济利益原则。

(四)结构工资制

这是我国现在比较普及的工资制度。在结构工资中,既有职位工资部分,也有资历工资、技能工资的成分,还有随工作表现浮动的部分。

在企业薪酬管理实践中,通常企业选择一个或两个为主要形式,其他为辅助形式。选择并确定工资制度形式是很关键的,这体现着公司的价值导向。

三、薪酬设计的影响因素

理论上,薪酬设计的影响因素主要表现在企业内部、外部及员工个人三部分,以下作简单说明:

(一)企业内部因素的影响

企业内部的影响因素有很多,主要为企业宏观因素,具体包含以下几点:企业远景目标、企业经营状况、企业文化等。薪酬的设计需要与企业愿景目标、企业文化等一致,只有两者有效地结合才能发挥一倍以上的功效。同时,薪酬设计受企业经营状况的制约,也可以理解为经济制约。

（二）企业外部因素的影响

企业外部因素是相对于企业内部因素而言的，主要是从企业外部影响薪酬设计的角度考量的。具体包括政府的相关政策、劳动力市场的供求关系及价格水平等。我国市场经济体制虽然逐渐成熟，但是受国家性质的影响，政府对市场有着较多的宏观调控，作为一个合法企业，政府出台的相关政策是企业所必须关注的。同时，企业可根据对劳动力市场的供求关系及价格水平的了解，对本企业的薪酬设计水平有个大致的框架了解，在确保满足人们基本的物质生活水平时，又具有比较强的竞争优势。

（三）员工个人因素的影响

薪酬的设计除了宏观上分析，还包括微观上员工个人因素的分析，主要因素可围绕员工岗位的职责说明书的内容来展开，如资历水平、员工的工作表现、工作年限、工作量、工作技能以及员工所在岗位及职务差别，等等。

四、确定薪酬水平

在确保内部公平性、外部公平性和一定程度的程序公平性的情况下，确定薪酬水平的过程一般分为五个步骤：实施一次薪酬调查，了解其他企业为具有可比性的职位支付的薪酬水平；通过职位评价确定组织中的每个职位的相对价值；把相似的职位归类划分到不同的薪酬等级中；通过运用薪酬政策曲线为每个薪酬等级定价；对薪酬水平进行微调。

（一）薪酬调查

薪酬调查，即调查其他企业支付的薪酬水平，在为职位定价方面扮演了重要的角色。事实上，每一家企业至少都会通过电话、报纸或者互联网进行非正式的薪酬调查。

企业会通过三种方式来使用薪酬调查。第一，企业会运用通过薪酬调查得到的数据为标杆职位定价。第二，企业会通过正式或非正式的薪酬调查，了解具有可比性的企业支付给那些具有可比性的职位的薪酬水平，然后为20%左右甚至更大比例的职位直接确定薪酬水平。第三，在薪酬调查中还可以收集保险、病假、带薪休假等员工福利方面的数据，从而为企业进行员工福利方面的决策提供基础。

（二）职位评价

职位评价的目的在于确定一种职位的相对价值。职位评价是为了确定一个职位相对于其他职位的价值而对职位进行正式的、系统性的相比较的过程。职位评价的最终结果会影响工资等级或薪酬等级，它反映了各种职位或职位族的薪酬水平。职位评价的基本原则是：那些要求任职者具备更高的任职资格条件、承担更多的责任以及履行更为复杂的工作职责的职位，应当比那些在这些方面的要求低的职位价值高。职位评价的基本程序是将一个职位与其他职位进行比较，如要求任职者付出的努力程度、所承担的工作责任以及需要具备的技能等进行比较。

职位对比的基本方法有两种。首先，可以采取根据直觉来进行判断的方法，即仅仅确定一种职位比另一种职位更为重要，但是并不深究其原因。其次，可以根据所有这些职位都包含的一系列特定的基本要素来对它们进行比较，即报酬要素。

（三）将类似职位归入薪酬等级

评价人员基于确定薪酬的目的，将类似的职位分成组（比如根据排序情况以及点数大小），划分到相应的职位等级之中。这样，一个组织就不需要同时处理数百种不同的薪酬水平，而只需管理较少种不同的薪酬水平就可以了。

（四）为每一个薪酬等级定价——工资政策曲线

工资政策曲线可帮助设计适用于每一个薪酬等级（或每一个职位）的基本薪酬水平，它描述了相对于每一个职位实际获得的薪酬水平。纵轴表示薪酬水平，横轴表示薪酬等级（用点数表示）。工资政策曲线的定价方式如下：

（1）找到每一薪酬等级所对应的平均薪酬水平。

（2）用散点描绘每一薪酬等级所对应的薪酬水平。

（3）拟合一条能够将上述各个散点联系起来的曲线，即所谓的工资政策曲线。

（4）职位定价，位于工资政策曲线上的薪酬水平就是每一个薪酬等级中的所有职位对应的目标工资或薪酬水平。

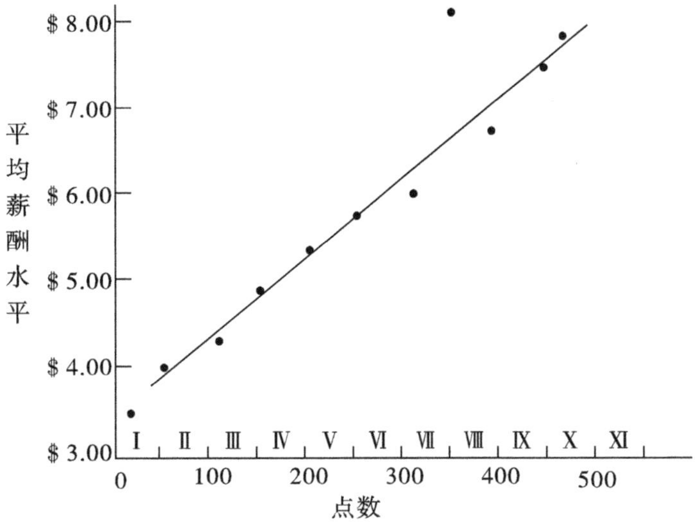

注:一些职位的薪酬水平可能会大大偏离工资政策曲线

图 11－1 工资政策曲线

(五)对薪酬水平进行微调

对薪酬水平进行微调涉及两件事情,一是建立薪酬区间;二是对不正常的薪酬水平进行纠正。

1. 建立薪酬区间

薪酬区间常常表现为在每一个薪酬等级上的一个个垂直的小方盒,这个小方盒标出了某个薪酬区间的最低薪酬水平、最高薪酬水平以及中间薪酬水平。工资政策曲线通常会成为每一薪酬区间的薪酬水平锚定点。大多数企业在设计薪酬等级中的一位资深员工可能会比位于上一薪酬等级中的某位刚刚入职的新员工得到更高的薪酬水平。

建立薪酬区间的原因如下:首先,它可以使企业在劳动力市场上保持一种比较灵活的立场。其次,薪酬区间还使企业可以向处于同一薪酬等级之中但是在绩效方面或者资历方面存在差异的员工,支付不同的薪酬水平。

2. 纠正不正常的薪酬水平

某一特定职位的薪酬水平有可能会远远落在工资政策曲线之外,或者大大超出其所在的薪酬等级所对应的薪酬区间。这就意味着相对于组织中的其他职位而言,企业在当前向这个职位支付的平均薪酬水平过高或者过低了。对于那些薪酬水平过低的职位,解决的措施是比较显而易见的:将它们上调到所在薪酬等级对应的薪酬区间的最低水平。

五、员工福利

福利,指员工因为保持与企业之间的雇佣关系而获得的各种间接的经济性或非经济性的报酬,是任何一位员工的薪酬收入中一个非常重要的组成部分。员工福利的内容可以分为两大部分:法定福利和企业福利。

(一)法定福利

法定福利主要包括社会保险和法定带薪假日两部分。

1. 社会保险

社会保险,我国过去称为"劳动保险",是指国家依法对遭遇劳动风险的职业劳动者,提供一定物质补偿和帮助的社会保障法律制度建设。我国社会保险项目主要有养老保险、医疗保险、工伤保险、失业保险和生育保险。

2. 法定带薪假日

法定带薪假日是员工的一种福利假期,也就是员工享受假日的同时,还享有正常薪水待遇,它是一种无条件"带薪假期"。除了法定节假日以外,公司还有福利假期,可能是公司的成立日、周年庆,甚至是工龄达到一定程度的无条件"带薪假期"等。

(二)企业福利

企业福利是企业在没有政府立法要求的前提下主动提供的。这些福利项目的多少和标准的高低,在很大程度上要受企业经济效益和支付能力及高层管理者的经营理念的影响。常见的有:工作午餐、交通补贴、通信补贴、房租补贴、旅游等。

第六节 劳动关系管理

一、劳动关系概述

(一)劳动关系定义

劳动关系是现代社会经济组织与其雇员的关系。企业劳动关系主要指企业所有者、经营管理者、普通职工及其工会组织之间在经营活动中形成的各种权、责、利的关系，集中反映在所有者与雇员的关系中，也称劳资关系。

（二）劳动法律关系的含义和特征

1. 劳动法律关系的含义

所谓劳动法律关系是指劳动法律规范在调整劳动关系过程中形成的雇员与雇主之间的权利义务关系，即雇员与雇主在实现现实的劳动过程中所发生的权利义务关系。

2. 劳动法律关系的特征

(1) 劳动法律关系的内容是权利和义务。

(2) 劳动法律关系是双务关系。

(3) 劳动法律关系具有国家强制性。

3. 劳动法律关系的构成要素

劳动法律关系的构成要素分别为劳动法律关系的主体、内容与客体。劳动法律关系的主体是指依据劳动法律的规定，享有权利、承担义务的劳动法律关系的参与者，即雇主与雇员。劳动法律关系的内容是指劳动法律关系主体享有的权利、承担的义务。劳动法律关系的客体是指主体权利义务所指向的事物，即劳动法律关系所要达到的目的和结果。

二、劳动关系调整的方式

劳动关系的调整方式依据调节手段的不同，主要分为七种，即通过劳动法律法规对劳动关系的调整；劳动合同规范的调整；集体合同规范的调整；民主管理制度（职工代表大会、职工大会）的调整；企业内部劳动规则的调整；劳动争议处理制度的调整；劳动监督检查制度的调整。

（一）劳动法律法规

劳动法律法规由国家规定，体现国家意志，覆盖所有劳动关系，通常为调整劳动关系应当遵循的原则性规范和最低标准。

（二）劳动合同

劳动合同是劳动者与用人单位确立劳动关系、明确双方权利义务的协议。劳动合同是劳动关系当事人依据国家法律的规定，经平等自愿、协商一致缔结的，体现当事人双方的意志，是劳动关系当事人双方合意的结果。订立劳动合同的目的是为了在劳动者和用人单位之间建立劳动法律关系，规定劳动合同双方当事人的权利和义务。

（三）集体合同

集体合同是集体协商，双方代表根据劳动法律法规的规定，就劳动报酬、工作时间、休息休假、劳动安全卫生、保险福利等事项，在平等协商一致的基础上签订的书面协议。根据劳动法的规定，集体合同由工会代表职工与企业签订，没有成立工会组织的，由职工代表与企业签订。

（四）民主管理（职工代表大会、职工大会）制度

目前我国职工参与管理的形式主要是职工代表大会制度和平等协商制度。

（五）企业内部劳动规则

企业内部劳动规则是企业规章制度的组成部分，企业内部劳动规则的制定和实施是企业以规范化、制度化的方式协调劳动关系，对劳动过程进行组织和管理的行为，是企业以经营权为基础行使用工权的形式和手段。

（六）劳动争议处理制度

劳动争议处理制度是一种劳动关系处于非正常状态，经劳动关系当事人的请求，由依法建立的处理机构、调解机构、仲裁机构对劳动争议的事实和当事人的责任依法进行调查、协调和处理的程序性规范，是为保证劳动实体法的实现而制定的有关处理劳动争议的调解程序、仲裁程序和诉讼程序的规范。

（七）劳动监督检查制度

劳动监督检查制度是为了保证劳动法的贯彻执行，是关于法定监督检查主体的职权，监督检查的范围，监督检查的程序，以及纠偏和处罚的行为规范。劳动监督检查制度具有保证劳动法体系全面实施的功能。

思考题：

1. 试比较人员内部招聘和外部招聘的优点和局限性。
2. 人力资源的有效配置需遵循哪些原理？
3. 员工培训的目的是什么？
4. 员工培训的方法有哪些？
5. 薪酬设计的影响因素有哪些？

后　记

大众创业，万众创新。创业教育是发展我国社会主义市场经济的必然要求，是落实科教兴国战略的客观需要，是解决当前学生就业问题的重要途径。创业与创新在高校的青年学生中已经蔚然成风，创业教育也在不少高校内开展得如火如荼。什么样的创业教育才是理性而科学的，高校创业教育究竟落脚于何处？这是当下高校亟须思考的问题。

大学生创业教育作为学校教育的一部分，不应只是告知学生想办法赚钱那么简单，以赚钱为目的的创业教育只能与教育的真谛南辕北辙。大学生创新创业教育要想落到实处，真正应该做的是着眼于绝大多数学生的长远发展，点燃学生的创意之火，培育学生的创新精神，锻炼学生的创业能力，让学生做好充分的职业准备，为未来的职业发展打下坚实的基础。

根据当前大学生创业教育形势的发展，本书编写时进行了广泛的调研，吸取了多方的意见，同时征求了省内外多名创业教育工作者和一批实战企业家的建议。本教材的编写者多为高校创业教育的一线教师，在教材编写过程中，我们按照“编”“教”“创”相结合的原则，力求做到既有理论深度，又能通俗易懂，既能让学生在思想上受启发，又能在实践上受指导。

刘新跃担任本书主编，负责全书框架设计与论证、编写指导、审稿工作，台启权、聂全高、张玉新负责统稿工作，各章执笔人如下：薛芳（第一章），赵冰（第二章），李成新（第三章），齐怀峰（第四章），孙良林（第五章），张玉新（第六章），宫超（第七章），左方敏（第八章），刘新跃、江江（第九章），聂全高、傅海荣（第十章），台启权、余国婷（第十一章）。为确保教材的编写质量，编者广泛阅读了国内外大量文献资料，引用了有关研究成果，也借鉴了诸多优秀创业教育教材，如清华大学李肖鸣等编著的《大学生创业基础》，武汉大学韩国文等编著的《创业学》等，在本书即将付梓之际，对他们表示最衷心的感谢！

由于编者的水平和视角所限，本书的疏漏和错误之处在所难免，恳请广大读者提出宝贵意见，谢谢。

编者

2015 年 7 月

参考文献

[1] (美)埃里克·莱斯. 精益创业:新创企业的成长思维[M]. 吴彤,译. 北京:中信出版社,2012.

[2] 曹君. 百货店选址评估方法分析及应用[D]. 上海:华东理工大学,2010.

[3] 陈浩凯. 大学生创业设计[M]. 长沙:湖南科学技术出版社,2003.

[4] 陈亚光. 会计实务入门两星期 会计实务的全部要点和关键[M]. 北京:企业管理出版社,2005.

[5] 崔东红. 创业·创新·创富[M]. 北京:中国经济出版社,2006.

[6] 丁利. 浅谈大学生创业团队的建设与管理问题[J]. 教育观察,2013(5):84.

[7] (美)菲利普·科特勒,等. 市场营销管理(亚洲版)[M]. 8 版. 何志毅,等译. 北京:机械工业出版社,2006.

[8] 盖地. 税务会计与纳税筹划[M]. 8 版. 大连:东北财经大学出版社,2012.

[9] 干胜道. 创业财务规划[M]. 北京:清华大学出版社,2005.

[10] 郭凡,任瑞璋. 创业必备的财务核心知识[M]. 北京:中国经济出版社,2011.

[11] 郭国庆,钱明辉. 市场营销学通论[M]. 3 版. 北京:中国人民大学出版社,2007.

[12] 郭毅,陈洪安. 市场营销案例[M]. 北京:清华大学出版社,2006.

［13］韩国文. 创业学［M］. 武汉:武汉大学出版社,2007.

［14］何永祺,傅汉章. 市场学原理［M］. 3 版. 广州:中山大学出版社,2006.

［15］胡德华. 市场营销经典案例与解读［M］. 北京:电子工业出版社,2006.

［16］黄海燕. 浅析创业团队的组建［J］. 商场现代化杂志,2008(9):65－66.

［17］(美)S. B. 科斯特斯,盖泽·斯泽罗威. 财务报表分析及案例［M］. 2 版. 张志强,等译. 北京:中国宇航出版社,2002.

［18］邝鸿. 现代市场营销大全［M］. 北京:经济管理出版社,1990.

［19］(美)理查德·兰伯特. 读懂财务语言［M］. 邓峰,译. 北京:中信出版社, 2013.

［20］李光. 创业导论［M］. 武汉:武汉大学出版社,2003.

［21］李海琼. 市场营销理论与实务［M］. 北京:清华大学出版社,2007.

［22］李肖鸣,朱建新. 大学生创业基础［M］. 2 版. 北京:清华大学出版社,2013.

［23］(美)斯蒂芬·P·罗宾斯,玛丽·库尔特. 管理学［M］. 11 版. 李原,等译. 北京:中国人民大学出版社,2012.

［24］马清梅,陈荣铎. 市场营销学［M］. 北京:清华大学出版社,2007.

［25］钱旭潮,等. 市场营销管理:需求的创造和传递［M］. 北京:机械工业出版社,2005.

［26］秦立柱,秦兆行. 创业团队的组建与激励问题研究［J］. 中小企业科技,2007(6):21－24.

［27］盛敏,元明顺,刘艳玲. 市场营销学案例［M］. 2 版. 北京:清华大学出版社,2005.

［28］王德敏. 财务部规范化管理工具箱［M］. 3 版. 北京:人民邮电出版社,2013.

［29］王化成. 财务报表分析［M］. 北京:北京大学出版社,2007.

［30］王化成. 财务管理［M］. 4 版. 北京:中国人民大学出版社,2013.

［31］王琪琪. 浅谈大学生创业中的财务管理问题［J］. 现代企业教育,2012(6):148 – 149.

［32］汪歙萍,熊丙奇. 大学生创业［M］. 上海:上海交通大学出版社,2001.

［33］(美)沃尔特·艾萨克森. 史蒂夫·乔布斯传［M］. 管延圻,等译. 北京:中信出版社,2011.

［34］吴健安. 市场营销学［M］. 3 版. 北京:高等教育出版社,2007.

［35］吴泗宗,顾文钧,盛敏,等. 现代市场营销学［M］. 上海:同济大学出版社,2000.

［36］徐鼎亚. 市场营销学［M］. 2 版. 上海:复旦大学出版社,2001.

［37］徐微. 把好会计第一关 出纳操作案例分析［M］. 上海:立信会计出版社,2009.

［38］(瑞士)亚历山大·奥斯特瓦德,(比利时)伊夫皮尼厄. 商业模式新生代［M］. 王帅,等译. 北京:机械工业出版社,2011.

［39］杨善林. 企业管理学［M］. 北京:高等教育出版社,2009.

［40］杨顺勇,牛淑珍,赵春华. 市场营销案例与实务［M］. 上海:复旦大学出版社,2006.

［41］杨艳萍. 创业学［M］. 长沙:湖南大学出版社,2004.

［42］曾春水. 大学生创业教程［M］. 南昌:江西人民出版社,2007.

［43］曾春水,毛国涛. 创业教育与实践［M］. 长春:吉林大学出版社,2005.

［44］瞿继光. 企业纳税一点通［M］. 北京:中国法制出版社,2008.

［45］张典焕. 创业概论［M］. 上海:立信会计出版社,2004.

［46］张小强. 今天,你创业了吗?［M］. 北京. 清华大学出版社. 2010.

［47］张喜梅,吕雅文. 大学生创业导论［M］. 北京:高等教育出版

社,2005.

[48] 张玉利. 创业管理[M]. 2 版. 北京:机械工业出版社,2011.

[49] 赵星义,张志文. 大学生创业指导教程[M]. 北京:新华出版社,2009.

[50] 安鸿章,劳动和社会保障部职业技能鉴定中心企业人才资源管理师项目办公室. 企业人力资源管理师三级[M]. 北京:中国劳动社会保障出版社,2009.

[51] 周勇. 集群效应与企业进驻科技园区的决策[M]. 北京:科学出版社,2010.

[52] 朱小平,刘国宁. 新编会计速成[M]. 北京:中国致公出版社,2007.